이세계담 영웅의 신화 전설이 된

타테마츠리 지음

미유키 루리아 일러스트

송재희 옮김

이세계 알레테이아에 소환되어 《군신》으로서
동료들과 함께 일대 제국을 쌓아 올린 소년, 오구로 히로.
히로는 기억과 힘을 대가로 원래 세계에 돌아와 일상을 보냈지만
이번에는 1000년 후의 알레테이아에 소환되고 만다.
그곳에서 만난 것은 그란츠 대제국의 황녀, 리즈.
1000년 전에 함께 싸웠던 의형, 알티우스와 닮은 반짝임을 그녀에게서 본 히로는
리즈의 성장을 재촉하여 여제(女帝)로 만들기 위해 행동을 같이한다.

주변 나라들과 전쟁을 벌이는 가운데,
리즈는 히로의 인도로 왕으로서 성장을 거듭한다.
하지만 그러던 중, 여섯 나라의 책략으로 황제가 암살당하고 만다.
혼란에 빠진 제국에 여섯 나라가 침공해 오는 가운데,
근소한 병사와 함께 출진한 히로는 전장에서 목숨을 잃었다……고 여겨지게 된다.
가면을 쓰고 바움 소국의 왕, 《흑진왕》으로서 리즈 앞에 나타난 히로.
속마음을 보여 주지 않은 채 모든 것을 짊어지고 암약하는 히로에게
리즈는 그가 선 위치까지 도달하여 그를 넘어서겠다고 맹세한다.

그렇게 히로와 리즈의 길은 갈라지고, 2년의 시간이 흘렀다……

신화 전설이 된
영웅의
이세계담 ⑧

타테마츠리 / 일러스트 미유키 루리아

리즈

"히로, 너는 무엇을……?"

흑진왕 ^{수르트}

루카

"리즈…… 아득히 높은 곳에서
널 기다릴게."

오구로 히로 / 흑진왕

1000년 전의 영웅인 《군신》이며, 다시 이 세계에 소환된 이후로는 그 후손이라고 밝힌다. 리즈와 함께 행동했지만 어떤 목적을 위해 전사(戰死)로 위장하고 가면 쓴 남자 《흑진왕》으로서 바움 소국의 왕이 된다. 《천제》 및 《명제》의 소유자.

세리아 에스트레야 엘리자베스 폰 그란츠

통칭 『리즈』. 그란츠 대제국의 제6황녀이자 차기 황제 후보. 미숙하지만 사람을 끌어당기는 왕의 자질을 지녔다. 《염제》의 소유자.

트레아 르단디 아우라 폰 브나다라

제립 훈련 학교를 수석으로 졸업, 《군신소녀》라는 이명을 가진 천재 책사. 《군신》을 동경하고 있으며 리즈를 지지한다.

하란 스카아하 드 페르젠

페르젠 왕가의 유일한 생존자. 그란츠가 멸망시키고 여섯 나라가 탈취한 조국의 부흥을 위해 리즈와 함께 행동한다. 《빙제》의 소유자.

미스테 칼리아라 로자 폰 켈하이트

리즈의 언니이자 동방 귀족을 아우르는 켈하이트 가문의 가주 대리. 남방 귀족을 아우르는 무주크 가문과 대립하고 있다.

클라우디아 반 레벨링

레벨링 왕국의 여왕. 히로가 전사로 위장할 때 한몫 거들며 《흑진왕》과 친교를 맺는다.

루카 마몬 드 울페스

여섯 나라의 선봉으로서 그란츠를 침공한 울페스국의 전 왕녀. 2년 전의 전쟁으로 남동생과 왼팔을 잃었다.

스트라이아

4대 무녀 공주. 정령왕을 섬기며 중앙 대륙에서 유일하게 그와 대화 할 수 있는 여성. 히로의 정체를 알고 있다.

레온 벨트 알티우스 폰 그란츠

그란츠 대제국의 초대 황제. 1000년 전에 함께 싸웠던 히로의 의형이자 《염제》의 옛 소유자.

INDEX

프롤로그

그날은 비가 내렸다.

그치지 않는 비가, 벼락이 치는 저 끝까지 계속해서 내렸다.

"아아…… 아아아! 거짓말, 거짓말, 거짓말이야!"

하늘은 휘몰아치고, 대지는 굉음에 요동치며, 낮게 윙윙거리는 바람과 함께 세계를 압박했다.

울부짖는 소년의 목소리는 압살되었다. 하지만 그는 천둥소리에 질세라 소리 높여 외쳤다.

"왜, 왜! 어째서, 네가……!"

그러나 그 목소리는 닿지 않았다. 바람에 지워지고 빗방울에 튕겨 허공으로 사라졌다.

거센 바람에 노출된 소년의 몸을 때리는 비, 그것은 독과 비슷한 효과를 가져왔다. 소년의 체온을 점점 빼앗아 이윽고 내뱉는 숨은 하얘졌고, 얼굴은 추위로 파래졌다.

빙상 세계에 갇힌 것처럼 냉기가 지상을 뒤덮으려 했다.

그렇다면 그가 안은 여성 또한 체온이 떨어지는 것은 자연의 섭리였다.

"……그만. 이 이상 그녀를 상처 입히지 말아 줘."

그 필사적인 간청을 비웃듯 비는 멈추지 않고 소원을 무산시켰다.

가차 없이 내리는 차가운 빗방울이 여성에게 쏟아졌다.

소년이 필사적으로 막으려고 했지만 그 작은 등으로는 그녀를 지켜 낼 수 없었다.

"레이…… 레이…… 눈을 떠 줘. 제발…… 부탁이야. 네 목소리를 들려줘."

그 밖에도 하고 싶은 말은 아주 많았을 것이다.

냉정한 상태였다면, 평정심을 유지하고 있었다면, 이루 다 할 수 없을 만큼 많은 말이 있었을 터다. 하지만 생명의 등불이 꺼진다는 것을 깨달았을 때, 머릿속은 공백에 묻혔고 모든 것이 사라졌다.

"어째서 이렇게 된 거야! 왜 그녀가 희생되어야만 하는데!"

소용없음을 알면서도 그녀의 영혼을 붙잡듯 소년은 그녀를 끌어안았다. 엄마와 떨어지기 싫어하는 어린아이처럼 목덜미에 얼굴을 묻고 말로 표현할 수 없는 울음소리를 냈다.

"누가…… 누가 좀…… 제발……."

누구도 응답해 주지 않았다. 그래도 기도하지 않을 수 없었다.

"뭐든 할 테니까…… 제발……."

누구도 구해 주지 않았다. 그래도 소원하지 않을 수 없었다.

"그녀를 살려줘!"

누구도 도와주지 않았다. 그래도 갈구하지 않을 수 없었다.

기도가 헛되이 끝나도, 소원이 무참히 깨져도, 소년은 포기하지 않고 계속 갈구했다. 그녀를 구할 방법이 있을 거라며 필사적으로 모색했다.

"그, 그래…… 정령왕! 너라면 구할 수 있어. 정령왕, 보고 있지?! 그녀를 구해 줘! 영혼을 세계에 붙드는 것 정도는 너한 테 쉬운 일이잖아!"

하지만 하늘을 올려다본 순간— 소년은 기적이 일어나지 않을 것임을 깨달았다.

거무칙칙한 구름이 천공에 소용돌이치며 지상을 내려다보았고, 휘몰아치는 폭풍은 더욱 위협적으로 거세졌다.

그에 반비례하듯 얕게 오르내리던 여성의 가슴 부근— 상처에서 흘러나오는 피는 비에 씻겨 호흡과 함께 사라졌다. 번개가 내리치며 절망에 물든 소년의 얼굴을 격렬하게 비추었다.

"시, 싫어, 싫어, 싫어, 싫어!"

외침이 목을 찢고, 숨이 기도를 메우고, 오열이 호흡을 막았다.

산소를 원하며 심장이 날뛰어도 소년은 가슴을 쥐어뜯으며 살기를 거절했다.

"아, 아아, 아아아…… 아아아아악!"

함께 살기로 맹세했다. 그래서 마음이 망가졌다.

반드시 구해 내겠다고 맹세했다. 그래서 영혼이 망가졌다.

받아들이기 힘든 현실, 허용할 수 없는 진실, 그 모든 것을 부정하기 위해 소년은 통곡했다.

"아, 아아, 아아아아아아아아아아아아!"

그날— 소년의 혼이 죽었다.

마음

제1장 바움의 왕

"⋯⋯기상할 시간이에요."

험악한 목소리가 들려오자, 히로는 눈도 뜨지 않고 침대에서 뛰어내렸다.

그 순간— 파괴음이 귀를 때렸다.

몸이 움츠러들 정도로 거센 소리는 몸속 중심을 뒤흔들 만큼 강렬했다.

"칫."

그 인물이 혀를 차는 소리는 히로에게 들리지 않았다.

폭풍에 떠밀려 바닥을 세차게 구르고 있었기 때문이다.

"윽?!"

히로는 벽에 머리를 세게 박은 뒤에야 멈췄고, 그 자세 그대로 눈을 떴다.

눈빛이 탁하게 가라앉은 여성이 대형 해머를 한 손에 들고 서 있는 모습이 금색과 흑색— 각기 색이 다른 두 눈동자에 잡혔다.

"또 너인가⋯⋯."

머리를 문지르며 바닥에 앉은 히로는 분진이 흩날리는 방 안에서 여성에게 어이없다는 시선을 보냈다.

하지만 그녀는 반성하는 기색도 없이 우뚝 서서 히로를 내려다보았다.

"잘 피하셨잖아요."

그녀의 등 뒤에는 산산조각이 난 침대가 있었다. 히로는 한탄하듯 탄식하고 일어났다.

"벌써 2년이나 지났어. 슬슬 포기해 줬으면 좋겠는데……."

"언제든 목숨을 노려도 된다는 것이 너랑 행동을 함께하는 조건이었을 텐데요."

친하게 지낼 생각 따위 없다고, 여성은 말 한 마디, 한 마디에 험악함을 담아 고양이처럼 온몸으로 경계심을 드러냈다.

"확실히 그렇게 말하긴 했지만."

그녀의 심정을 생각하면 무리도 아니므로 납득은 갔다.

하지만 안락한 수면을 방해받았으니 불평 정도는 해도 될 것이다.

"……아침마다 매번 이렇게 목숨을 노리니 편히 쉴 수가 없어."

히로는 분쇄된 침대 안으로 손을 뻗어 가면을 찾았지만 걷어차여서 날아가 버렸다.

"……왜 걷어찬 거야?"

"거기에 가면이 있었으니까요."

"……별난 취미를 가지고 있구나."

정색하며 대답한 그녀를 향해 쓰게 웃고서 창가까지 날아간 가면을 주우러 갔다.

"날씨가 좋네. 상쾌한 아침이라고는 할 수 없었지만."

문득 유리창 너머로 본 하늘은 바다처럼 푸르렀다.

새들이 맑은 하늘을 우아하게 헤엄쳤다. 서쪽으로, 동쪽으로 나아가 끝내는 바다를 넘어갈 것이 틀림없다. 지상에 얽매인 사람들을 비웃듯 한없이 자유롭게, 막힘없이, 내킬 때 휴식을 취하며 새로운 천지를 향해 날아갈 것이다.

제국력 1026년 5월 20일.

2년 전에 그란츠 대제국과 인연을 끊은 히로는 중앙 대륙 동단에 있는 바움 소국에 몸을 의탁했다. 그런 그가 체재하고 있는 곳은 바움 소국의 유일한 중규모 도시 나투어였고, 《정령왕묘》라고 불리는 신전의 한 공간— 예전에 히로가 리즈와 함께 보냈던 방이었다.

"이젤을 돌려주세요. 그러면 네 앞에서 사려져 줄게요."

아까부터 히로에게 공격적인 태도를 취하고 있는 그녀는 루카 마몬 드 울페스.

중앙 대륙 서단에 있는 여섯 나라 중 하나— 울페스국의 전 장군이었다.

2년 전 그란츠 대제국 침공 당시, 전투에서 남동생이 전사하자 복수심에 사로잡힌 그녀는 그란츠의 서방을 붕괴시킬 만큼 날뛰었다. 그러나 결국 리즈라는 장벽에 가로막혀 마음속 깊은 곳에 들끓는 증오를 발산할 수 없게 되었다.

히로는 그 감정을 이용하여 그녀를 동료로 끌어들였지만, 동생을 죽인 장본인 앞에서 평상심을 유지할 수 있을 리가 없기에 이렇게 매일 빠짐없이 목숨을 노리고 있었다.

매일— 2년간 하루도 빠짐없이.

"뭐, 참을 수 없으면 나를 죽여서 뺏어도 된다고 하긴 했지만."

설마 온종일 목숨을 위협받게 될 줄은 몰랐다.

쓴웃음을 지은 히로는 하얀 외투에 묻은 먼지를 턴 뒤 루카에게 다가갔다.

"언젠가 때가 되면 『희망(팔)』을 주겠다고 했잖아."

코끝이 맞닿을 만큼 가까운 거리에서 루카에게 미소를 지어 보였다. 그런 돌발적인 상황에도 루카의 표정은 전혀 변함없었다. 오히려 히로를 정면으로 노려보았다.

"그때까지는 내 명령에 따른다. 그것도 조건 중 하나야. 알고 있지?"

히로가 웃음을 머금고서 고하자 루카의 눈빛이 더욱 날카로워졌다.

"그런 건 몇 번이고 말하지 않아도 이해하고 있어요. 그래서 2년간 너의 지시를 전부 따랐잖아요."

"그에 관해서는 감사하고 있어. 앞으로도 잘 부탁해."

히로는 루카의 어깨를 두드리고 익숙한 손놀림으로 가면을 착용했다.

그사이에 루카가 들고 있던 거대한 해머―『요정왕』이 정제한 법정검(法淨劍) 5멸(滅) 중 하나인 『금강저(金剛杵)(바즈라)』가 모습을 감췄다.

"아무튼, 그저 내 목숨을 노리고 온 건 아니지?"

히로는 다시 루카를 바라보았다. 예전에는 왕녀였던 만큼 아름다운 여성이었다.

하지만 몸의 절반은 눈을 돌리고 싶어질 정도로 심한 화상을 입었고, 한쪽 팔도 2년 전에 히로와 싸우면서 잃었다. 그렇게 생각하면 증오스러운 원수인 히로를 매일 노리는 것도 납득이 갔다.

하지만 아쉽게도 그녀는 히로에게 찰과상 하나 입히지 못하고 있었다.

"흥, 목적의 9할은 그거였지만, 일단 무녀기사에게 전언을 부탁받았어요."

가시 돋친 어조지만 순순히 말을 전한다는 점에서 근본적인 부분은 성실하다고 확신하고 있었다. 최근 2년간 히로의 목숨을 노리면서도 명령만큼은 충실하게 지켰기 때문이다.

"오늘도 질리지 않고 각국에서 친선 대사가 찾아왔어요. 서둘러 알현실에 와달라고 하더군요."

"친선 대사인가…… 그럼 가더에게 맡겨야겠다. 그는 지금 어쩌고 있어?"

히로가 이 세계에 재소환된 이후 대치했던 마족, 가더 메테오르.
^{조로스터}

그란츠 대제국의 남쪽에 있는 리히타인 공국—그곳에서 히로는 가더와 적으로 만났다. 서로의 생명을 깎아 내고 최종적으로 승리를 거머쥔 히로는 그에게서 이용 가치를 발견하여 살리기로 했고, 가더 또한 이해관계가 일치하며 동료가 되었다.

그리고 2년 전—히로는 제4황자라는 입장을 버리고 『흑진왕(黑辰王)』이라는 이름으로 자신을 칭하게 되었는데, 그를
^{수르트}

따르듯 가더 또한 바움 소국에 몸담았다.

그는 레벨링 왕국이 가까우니 정체를 숨길 필요가 없다고 판단하여 지금은 마족의 특징인 보라색 피부를 드러내고서 국왕 보좌로 각국에 대응하고 있었다.

"주변 마을에 시찰 나갔어요. 최근 괴물들의^{몬스터} 움직임이 활발해져서 주민들로부터 많은 청원이 들어오고 있다는 모양이에요."

"가더는 없는 건가…… 그럼 어쩔 수 없지. 내가 상대할 수밖에 없겠네."

루카에게 맡겨도 좋겠지만, 그녀는 원래 울페스국 사람이고 탈주병 취급을 받고 있어서 외교상의 문제로 모습을 대대적으로 드러내는 일은 피하고 싶었다.

그렇다면 그 밖에 맡길 만한 인물은 후긴과 무닌 남매인데, 그들은 명백하게 격이 떨어지니 친선 대사가 불쾌히 여길 것이다.

즉, 괜한 알력을 피하고 싶다면 히로가 직접 나설 수밖에 없었다.

'무녀공주에게 맡기는 것도 한 방법이지만…… 이런 사소한 일로 귀찮게 하는 것도 좀 그렇지.'

히로는 체념하듯 작게 탄식하고서 출입구를 향해 발걸음을 옮겼다.

그 뒤를 루카가 따라붙었다. 몇 걸음 걷다 보니 숨기려 들지도 않는 살기가 등 뒤에서 느껴졌다. 빈틈이 생기면 바로 물어뜯으려 한다는 것을 잘 알 수 있었다.

"앞장서 주지 않을래? 도중에 공격받아서 쓸데없이 시간을 낭비하고 싶지 않으니까."

방문을 연 히로가 앞장서라고 턱짓하자 루카는 보란 듯이 한숨을 쉬고 경멸 어린 시선을 보냈다.

"흥, 여자 엉덩이를 보며 걷고 싶다는 건가요? 그랬군요. 흑진왕 폐하는 바움의 백성들이 들으면 필시 한탄할 취미를 가지고 계신 모양이네요."

그렇게 내씹듯 말하고서 발소리를 크게 낸 루카가 앞장서 걷기 시작했다.

"제대로 따라오세요. 《정령왕묘》는 미로처럼 뒤얽혀 있으니까요."

"잘 알고 있어. ······2년이나 살았으니 말이지."

어깨를 으쓱인 히로는 머리를 숙이는 무녀기사들 사이를 빠져나가 루카를 따라 복도를 걸었다.

'그리고 짧은 기간이었지만 내가 살았던 곳이야.'

정적에 휩싸인 새하얀 통로, 대리석 바닥을 통해 발소리가 경쾌하게 울려 퍼졌다.

히로는 기둥과 기둥 사이로 비쳐 드는 햇살을 눈부시게 바라보다가 잘 관리된 화단을 보며 생각에 잠겼다.

'설마······ 내가 다시 이 나라의 옥좌를 손에 넣을 줄은 몰랐지만.'

바움 소국에 왕이 있었던 것은 딱 한 번, 1000년 전에 히로가 건국했을 때뿐이다.

하지만 신흥국의 젊은 왕이 재위했던 기간은 아주 짧았고, 히로가 퇴위한 이후로는 후원자였던 2대 무녀공주가 바움 소국의 운영을 물려받았다.

'원래대로라면 바움 소국은 멸망했을 거야. 그것이 현대까지 살아남은 건 역대 무녀공주들 덕분이겠지.'

이렇게 될 것을 예견했었는지 이제는 알 수 없는 일이지만, 그녀들의 생각이나 본심이 어떻든 간에, 즉위한 히로에 대한 바움 국민들의 감정은 복잡했다.

불만과 불평, 칭찬과 갈채. 이 나라의 장래는 어떻게 될 것인가. 바움 백성들의 기질은 온화하지만, 하나같이 불안을 품고 있는 것이 현재 상황이었다.

'일단은 괴물 퇴치로 『아군(鴉軍)』이 주둔하는 게 유익하다고 여기도록 했지만, 자신에게 불똥이 튀게 되면 남의 일처럼 생각할 수 없게 돼. 얼마나 큰 결과를 낳을지는 그때가 되어 봐야 알겠지만.'

그렇게 사색하며 묵묵히 걸어가다 보니 어느덧 하얀 통로가 끝나고 탁 트인 정원이 나왔다.

반원 분수, 선명하게 꽃이 활짝 핀 화단. 수목은 생생한 초록빛으로 넘쳐 났다. 관리는 되고 있지만 오랫동안 본래 목적으로 쓰이지 않았던 곳인데, 용도에 따라 마지막으로 사용된 것은 히로가 이 세계를 떠나기로 결단했던 1000년 전이었다.

이곳은 각국 요인들의 눈을 즐겁게 할 목적으로 만들어진 정원이었지만, 현재는 정치적으로 이용되는 일 없이, 무녀공주를 포함하여 무녀기사와 수습 무녀들의 휴식처로 쓰이고 있는 듯했다.

다양한 종류의 꽃들로 둘러싸인 길을 나아가자 아까 지난 통로와는 다른 복도가 나왔다. 눈앞에는 다른 방과 비교하여 한층 큰— 오래된 목제 문이 나타났다. 투구로 얼굴을 가린 정령기사가 양옆에 서 있다가 히로의 모습을 인식하고서 조용히 머리를 숙였다.

앞서 걷고 있던 루카가 히로를 돌아보았다.

"여기서부터는 혼자 가세요. 저는 다른 방에서 대기하고 있겠어요."

"어디든 따라오는 네가 웬일이야? 내가 응대할 거니까 같이 있어도 문제없어."

타국의 친선 대사라고는 하지만 결국은 표면적인 인사를 나누고서 무난한 말을 꺼낼 뿐이다. 중요한 사항을 이야기하는 것도 아니므로 루카가 함께 자리해도 아무런 문제가 없었다. 하지만 그녀는 혐오감을 얼굴에 드러내며 고개를 가로저었다.

"혼자서는 불안한가요? 마치 갓난아기 같군요. ……라고 하고 싶지만, 이 문 너머에 있는 건 바닐 3국의 대사예요. 면식이 있을지도 모르니 저는 가지 않는 편이 좋겠죠. 강제로 끌려왔다고는 하지만 어쨌든 탈주병이니까요. 외교 문제로 발전될지도 몰라요."

"무슨 말을 하고 싶은지 잘 알았어. ……그건 그렇고 희한한 손님이 왔네."

바닐 3국은 여섯 나라의 남쪽에 있는 서방 국가— 바나헤임 교국(教國), 나라 기사왕국, 크와실 승국(僧國)을 가리키는 말이었다.

요정왕을 숭상하는 이장족^{알브}이 중심이 되어 통치하는 바나헤임 교국, 그 교황에게 최고위를 받은 자들이 건국한 나라 기사왕국, 그리고 크와실 승국은 굳건한 동맹을 맺고 있다고 한다.

그래서 중앙 대륙의 서방은 이장족의 성지가 있는 서대륙과 가깝기도 해서 요정 신앙이 뿌리 깊게 남아 있었다.

바닐 3국의 북쪽에 있는 여섯 나라도 그 영향을 많이 받아 정령 신앙에서의 개종, 이단 배제가 급속히 진행되고 있는 것 같았다. 그래서 2년 전의 그란츠 침공도 바닐 3국이 압력을 가한 것이라고 추측되지만 진상은 아직 알 수 없었다.

"……굳이 이교도의 본거지까지 오다니. 개종이라도 권유하려는 걸까, 아니면 요정 신자는 목숨 아까운 줄을 모르나?"

그란츠를 가로질러 이곳에 오기까지 쉬운 여정은 아니다. 만약 정체가 탄로 나면 정령왕을 강하게 숭배하는 일부 그란츠병이 친선 대사를 붙잡을 수도 있었다. 1000년 전에는 공통된 적인 마족을 치기 위해 손을 잡았던 사이지만, 1000년간 생겨난 골은 메워지기는커녕 오히려 더 깊어지기만 했다.

"훗, 아시잖아요? 저들은 비웃으러 온 거예요. 그란츠가 무너지고 있다는 걸 알고, 정령 신앙이 흔들리기 시작했다는 걸 듣고. 그렇게 붕괴할 조짐이 보이는 가운데 조그만 나라에 새로운 왕이 탄생했죠. 즉, 별난 일이지만 너의 존안을 배알하러 온 거예요."

루카가 비아냥과 독설을 섞어 말했다. 그에 히로는 잘도 이렇게까지 에둘러 설명할 수 있구나 싶어서 감탄하고 말았다. 하지만 훈계해 봤자 그녀의 말은 더욱 매서워질 뿐이다. 언쟁으로 발전할 가능성을 고려하면 무시하는 것이 제일이었다.

"1000년이 지났어도 원한은 잊지 않았나 보네⋯⋯."

"명이 짧은 인족(휴먼)에게는 먼 과거의 일이지만 오래 사는 이장족에게는 짧은 세월이고 최근 일이에요. 인족과의 불화를 경험한 조부모에게 당시 이야기를 질리도록 들었겠죠."

인족과 이장족의 불화는 1000년 전에 마족과 싸우는 와중에 일어났다.

어떤 인족 귀족이 이장족의 왕족이었던 여성의 미모에 눈이 멀어서 파렴치하게도 그 여성을 납치한 것이 발단이었다.

당연히 이장족은 격노했다. 사태를 알아차린 알티우스가 여성을 되찾아 돌려보냈지만 이장족의 분노는 가라앉지 않았고, 여성을 납치했던 귀족의 영지에 쳐들어가 마을들을 불태우고 주모자를 처단해 버렸다.

이로 인해 이장족 또한 인족의 화를 사게 되면서 양 진영은 일촉즉발, 전면 전쟁이 벌어지기 직전까지 갔다. 알티우스는 전쟁을 피하고자 교섭 자리를 마련하여 정식으로 사죄했지만 한번 망가진 우정을 수복할 수는 없었고, 양 종족의 전면 전쟁은 피했으나 이장족은 병사들을 철수해 그들의 영토로 돌아갔다고 한다.

당시 최전선에 나가 있었던 히로는 그렇게 들었다.

'그리고 1000년 동안 받은 여러 차별이 인족에 대한 증오를 증폭시켰어.'

그동안 축적되어 뿌리가 깊어져 버린 것을 없애기는 쉽지 않다.

그런데도 증오의 대상인 인족이 숭배하는 정령왕의 본거지에 찾아오다니, 자존심 강한 이장족에게는 혐오감을 넘어 자결하고 싶을 만한 치욕일 것이다.

"그저 내 얼굴을 보고 싶어서 온 건 아닌 것 같네……."

히로는 가면을 잡고 암울한 한숨을 쉬었다.

"고민할 여유가 있으면 얼른 만나시죠."

루카는 냉담하게 말하고는 등을 돌리고 가버렸다. 어딘가에 몸을 숨길 요량이리라. 하지만 그녀의 말대로 여기서 생각하고 있어 봤자 아무것도 진행되지 않는다.

히로는 각오를 다지고 심호흡한 뒤, 문 앞에 섰다.

"열어 줘."

두 정령기사에게 명령하자 그들은 공손하게 머리를 숙이고서 문고리를 잡았다.

*****

《정령왕묘》 내부는 표면상 네 구획으로 나뉘어 있는데, 무녀공주만이 출입할 수 있는 장소를 포함하면 총 다섯 구획이 존재했다.

중앙 구획은 정령왕을 모신 세례향— 갓난아기나 처음으로 《정령왕묘》를 찾은 자가 초대받는 곳이다.

동쪽 구획은 수습 무녀가 수행하는 금남의 장소로 외부인은 출입할 수 없다. 서쪽 구획은 무녀기사와 수습 기사의 거주 구획이고, 히로가 머무는 방도 여기 있었다. 남쪽 구획은 일반인에게 개방된 휴식처인데, 주로 순례자나 여행자가 묵는 숙소와 식당 외에 이웃 나라의 대사 등을 초대하는 홀이 마련되어 있었다.

마지막으로 북쪽 구획.

그곳은 내부이자 외부, 단 하나뿐인 출입구를 지나면 별세계가 펼쳐진다.

나무들이 울창하게 우거졌고, 작은 동물들이 즐겁게 울음소리를 내며, 시냇물 소리가 기분 좋게 고막을 두드린다. 고개를 들면 중천에 뜬 태양이 눈부셔서 눈이 가늘어진다.

이곳은 특정한 인물만이 출입할 수 있는 신성한 장소— 세례궁이었다.

세례궁 출입구 부근의 탁 트인 곳에 흰 테이블이 하나 놓여 있었다. 그 위에는 홍차 기구와 과자가 듬뿍 담긴 접시가 놓여 있었다. 그렇게 오후 다과회 같은 분위기가 흐르는 곳에서 테이블을 가운데 두고 두 여성이 대면하고 있었다.

"맑은 공기, 기분 좋은 바람, 온화한 햇살, 맛있는 홍차……마치 별세계에 온 것 같아요. ……이런 장소가 《정령왕묘》에 있을 줄은 몰랐어요."

자은색 머리카락을 가진 여성이 홍차의 향기를 즐기며 우아하게 웃었다. 어딘가 교태 섞인 동작은 동성의 가슴도 뛰게 할 정도였지만, 그녀의 동작에서는 마음을 끄는 매력이라기보다는 사람을 빨아들이는 요염함이 흘러넘쳤다.

"어머, 제가 가져온 홍차가 입에 안 맞으시나요? 무녀공주님."

봄바람을 닮은 온화한 공기가 애교 있는 상냥한 눈가에서 색기를 일렁이게 한 뒤 오뚝한 코를 어루만지고, 마지막으로 호를 그린 연분홍빛 입술을 지났다.

그 섬세한 얼굴은 환상적이고 고혹적이었다. 그러나 무엇보다 눈길을 끄는 것은 그녀의 흰 피부이리라. 『요정화』^{알브}— 마족으로 태어났으면서 이장족으로 살 수밖에 없는 이단아. 그런 자는 중앙 대륙에 한 사람뿐이었다.

레벨링 왕국의 여왕, 클라우디아 반 레벨링.

"아뇨, 향기가 산뜻하면서도 깊은 맛이 있네요. 무척 맛있어요."

조금 곤혹스러워하며 대답한 것은 청초한 분위기를 지닌 여성이었다.

클라우디아 못지않게 그 풍만한 몸을 덮은 함초롬하고 매끄러운 피부가 햇빛을 받아 윤기 있게 빛났다. 유례를 찾아보기 힘든 미모에 숨은 색향이 그녀의 매력을 한껏 부각했고, 치유의 향기가 미모에 더해져 속수무책으로 눈길을 사로잡았다. 이장족의 특징이기도 한 기다란 귀가 바람에 흩날리는 옆

머리 사이로 설핏설핏 나타났다. 그녀는 《정령왕묘》의 수호자이자 정령왕과의 대화를 허락받은 4대 무녀공주였다.

"후후, 역시 무녀공주님, 잘 아시네요. 참고로 이 잎은 우리나라의 특산품 중 하나이기도 해요. 괜찮으시다면 《정령왕묘》와도 거래하겠어요. 이곳에는 여성이 많은 것 같으니 다들 무척 기뻐하지 않을까요?"

"확실히 수습 무녀들이 기뻐할 것 같네요. ……긍정적으로 검토해 보겠어요."

"좋은 대답을 기다릴게요. 겸사겸사라고 하기는 뭣하지만 우리나라는 그 밖에 은이나 동도 산출하고 있답니다. 지금 바움 소국에 필요한 물자인 것 같은데 어떠신가요?"

클라우디아는 잡담하듯 아무렇지도 않게 말을 꺼냈으나 명백하게 외교적 요소가 담겨 있었다. 원래는 형식에 따라 공식 자리에서 이루어져야 할 일이지만, 이 자리에서 언질을 받아 두고 싶은 것이 클라우디아의 본심이리라.

무녀공주는 한순간 눈썹을 찡그렸으나 곧바로 태연한 얼굴을 가장하고서 홍차를 한 모금 마셨고, 잠시 간격을 둔 뒤에 입꼬리를 올려 미소를 지어 보였다.

"죄송하지만 《정령왕묘》는 바움 소국의 영토 일부를 빌리고 있을 뿐이라서 제게 그런 권한은 없답니다."

히로는 바움 소국의 왕위를 얻음과 동시에 《정령왕묘》를 국가라는 틀에서 떼어 냈다. 《정령왕묘》에 소속해 있는 정령기사는 정예병이지만 그 수는 1천도 되지 않았다. 히로의 사병인 『아군』도 수는 5천쯤─ 사방에서 공격해 오면 잠시도 버티지 못하리라.

바움 소국의 동쪽 대해를 넘어가면 수족의 시조, 십이지족이 지배하는 동제도.

북쪽은 클라우디아를 정점으로 힘을 얻고 있는 마족의 나라, 레벨링 왕국.

서쪽은 거듭된 전쟁으로 피폐해지긴 했으나 여전히 중앙 대륙의 유력 국가인 그란츠 대제국.

남쪽에는 노예국가 리히타인 공국이 존재했다.

"그렇군요. 그래서 이런 귀찮은 구조를 만든 건가요."

납득했는지 클라우디아가 고개를 끄덕이고 무녀공주를 바라보았다.

"《정령왕묘》는 늘 중립입니다. 죄송하지만 싸움과 관련된 일에는 일절 관여할 수 없습니다."

바움 소국에 히로가 즉위했을 때, 주변 나라들은 일제히 비난을 퍼부었다.

오랜 우호국인 그란츠 대제국도 예외는 아니었다.

빼앗긴 인족의 성지를 되찾는다. 그런 대의명분을 얻은 침략자를 피하기 위해 히로는 바움 소국과 《정령왕묘》를 분리했다.

자국의 약점이 되지 않게, 타국에 이용당하지 않게 《정령왕묘》를 독립시키고 자치권을 줘서 기묘한 구도를 만들었다.

"그렇게까지 말씀하시면 포기할 수밖에 없겠네요. 느긋하게 흑진왕 폐하를 설득해야겠어요."

원래부터 기대하지 않았는지, 아니면 확인해 두고 싶었던 것인지, 어쨌든 클라우디아치고는 쉽게 물러났다.

그런 두 사람 사이에 희미한 소리가 났다. 잔디를 밟는 소리에 두 사람의 시선이 돌아갔다.

"……이건 또 보기 드문 손님이 와 있네."

흰 외투에 감정을 살필 수 없는 가면을 썼고, 허리에는 흑도를 차고 있었다.

그는 오른손으로 가면을 벗어 온유한 얼굴을 드러냈다.

2년 전과 전혀 다를 바가 없는, 너무나도 앳된 얼굴이었다.

성장기임에도 불구하고 키도 전혀 크지 않았다.

마치 그 혼자만 **시간**이 멈춘 것처럼 아무것도 달라지지 않았다.

"흑진왕 폐하는 정말로 변함없으시네요. 저도 마족의 피가 흐르기에 늙는 속도는 인족보다 느리지만……."

그렇게 말한 클라우디아는 자신의 가슴을 손으로 감싸고 들어 올렸다.

"그래도 가슴의 성장이 멈추질 않아요. 마족인 저 스스로도 알지 못하는 곳이 성장하고 있는 거겠죠. 그런데 당신께서는 전혀 변함이 없어요. 뭔가 비결이라도 있는 건가요?"

클라우디아는 시선에 교태를 담아 촉촉한 눈빛으로 유혹하듯 올려다보았다.

하지만 그 안쪽에는 사냥감을 노리는 맹금류 같은 빛이 감돌고 있었다.

"글쎄, 밤늦게까지 안 자고, 먹을 만큼 먹으며, 방에서 게으름 피우는 게 제일 아닐까? 나태하게 지내는 것 말고 이렇다 할 비결은 없어."

두문불출이 제일이라고 단언한 히로는 어깨를 으쓱이고서 다시 가면을 썼다.

웃어야 할지 어이없어해야 할지 종잡을 수 없는 대답에 클라우디아는 어깨를 떨구며 체념을 나타냈다.

"그건 넘어가기로 하고…… 여전히 찰싹 붙어 있네요."

클라우디아의 시선은 히로의 뒤에 있는 나무 그늘로 향했다.

그곳에는 지면 밖으로 솟아난 나무뿌리에 앉은 루카가 있었다.

그것뿐이었다면 클라우디아는 아무 말도 하지 않았을 것이다.

하지만 루카는 뭐라고 중얼중얼하며 나무 그늘에서 히로를 지그시 엿보고 있었다. 그 모습은 섬뜩함을 넘어 공포를 느끼게 했다.

"응? 루카 말이야?"

그리고 이토록 원망받으면서도 태연하게 반응하는 히로 또한 이상하다고 하지 않을 수 없었다. 클라우디아는 진묘한 생물을 발견한 것처럼 히로를 바라보았다.

"혹시…… 저렇게 질척거리는 여성이 취향이신가요?"

눈을 살짝 크게 뜬 클라우디아가 히로의 얼굴을 들여다보았다.

그 표정은 마치 남편의 부정을 알게 된 아내처럼 핏기가 없었다.

"너는 무슨 말을 하는 거야……?"

"예전부터 이상하다고 생각하긴 했어요. 다가오는 여성에게 관심을 보이지 않고, 방에서 한 발짝도 나오지 않으며 책만 읽고, 가끔 밖으로 나오면 땀내 나는 남자들과 함께 괴물 퇴치에 열중하고. 그러면서 자기 목숨을 노리는 여성을 옆에 두니, 혹시 이분은 별난 취미를 가지신 게 아닐까 불안해졌거든요."

"하!"

빠른 말로 가해진 공격에 코웃음으로 대응한 히로는 화제를 바꾸기 위해 입을 열었다.

"그보다도 네가 왜 여기 있어? 볼일이 있을 때는 손님방에서 기다리라고 했잖아. 애초에 어떻게 여기로 온 거야?"

별반 반응이 돌아오지 않을 것을 알고 있었는지 클라우디아는 어깨를 으쓱이고서 히로의 의문에 대답했다.

"《정령왕묘》에는 한 시진쯤 전에 도착했지만 무녀기사에게 듣자 하니 흑진왕 폐하는 알현 중이라고 해서요. 그저 기다리는 건 심심해서 산책하기로 했는데 저는 평범한 사람들보다 오감이 예민하잖아요? 기묘한 공기를 느끼고 걸음을 옮기다 보니 이렇게 아름다운 곳이 나온 거예요."

클라우디아는 태연하게 그리 말하고서 이미 식어 버린 홍차를 입에 머금었다.

그 모습을 본 히로는 기막혀하며 허리에 손을 얹고 하늘을 올려다보았다.

"그렇게 무녀공주와 만나 여기서 홍차를 마시고 있었던 건가."

"그런 거죠."

정답이라는 듯 고개를 끄덕인 것은 무녀공주였다.

"그럼 볼일은 끝난 거네. 본론은 내 방에서 듣지."

히로는 루카에게 시선을 보냈다.

"루카, 클라우디아를 내 방으로 안내해 줘."

"왜 제가 그 도둑고양이를 안내해야 하죠?"

루카가 엄지손톱을 씹으며 히로를 원망스럽게 노려보았다.

루카와 클라우디아. 두 사람 사이에는 떨쳐 버릴 수 없는 화근이 있었다.

그것은 다름 아닌 2년 전 싸움에서 히로의 목을 칠 절호의 기회를 클라우디아가 방해한 일이었다. 루카의 첫 번째 소원이 히로의 죽음이라면 두 번째 소원은 클라우디아의 목이었다.

"클라우디아가 또 어딘가로 가려고 한다면 네 마음대로 해도 상관없어."

농담이었지만 그것이 통하지 않는 게 루카였다. 루카는 벌떡 일어나 히로에게 다가왔다.

"그렇다면 받아들이죠. 거기 도둑고양이, 교육받고 싶지 않으면 닥치고 따라오세요."

"후후, 이빨 빠진 들개를 교육하는 것도 재미있을 것 같네요."

둘 다 쓸데없는 한마디가 많았다. 두 사람은 주먹다짐을 시작할 것처럼 험악한 분위기를 자아내면서 서로를 견제하며

나란히 걷기 시작했다.

"두 사람은 먼저 가줘. 나도 금방 뒤따라갈 테니까."

들었는지 못 들었는지 두 사람은 서로를 노려보며 복도 끝으로 사라졌다. 히로는 두 사람의 뒷모습을 바라보다가 무녀 공주에게 시선을 돌렸다.

"너는 처음부터 **보고** 있었지? 그들의 목적이 뭔 것 같아?"

뜬금없는 질문임에도 불구하고 무녀공주는 이해했다는 듯 고개를 끄덕이고서 입을 열었다.

"현 단계에서는 뭐라고 확실히 말할 수 없지만…… 뭔가를 확인하러 온 것은 틀림없겠죠."

히로가 조금 전까지 만나고 있었던 바닐 3국의 친선 대사들은 놀랍게도 정말 그저 인사를 하러 왔을 뿐이었다. 서남단에 있는 바닐 3국에서 동쪽 끝에 있는 바움 소국까지 굳이 목숨 걸고 온 이유가 단순히 인사하기 위해서라니 도저히 납득할 수 없는 일이었다. 그리고 무녀공주는 여기서 클라우디아를 상대하며 알현 모습을 **보았을** 터. 왜냐하면 그녀에게는 특수한 『눈』이 있기 때문이다.

대대로 무녀공주에게 계승된 세계 3대 비안(秘眼) 중 하나— 『천리안』. 멀리 떨어진 곳을 보고, 사람의 감정을 색으로 포착하고, 미래를 내다보는 힘을 가진 신비한 눈.

"……역시 정령왕이 있는지 없는지 확인하러 왔다고 생각하는 게 타당하려나?"

"그럴지도 모르죠. 아뇨, 그럴 가능성이 커요."

히로는 턱 끝을 문지르고서 고민스럽다는 듯 크게 한숨을 쉬었다.

"아직 바닐 3국에 들키고 싶지 않았는데……."

"애초에 완벽히 숨길 수 있는 일은 아니었어요. 정령왕의 힘은 강대했으니, 지금까지 들키지 않은 게 기적과 같죠."

무녀공주가 위로의 말을 건넸으나 히로의 음울한 기분은 풀리지 않았다.

"루카가 이곳에 들어올 수 있었어. 역시 정령왕은 돌아오지 않았나 보네."

원래는 클라우디아도 찾아올 수 없는 곳이다.

하지만 그것도 정령왕의 힘이 작용할 때의 이야기였다.

"네……. 사라지신 채예요. 몇 번 불러 보긴 했지만 한 번도 응답해 주지 않으셨어요."

"내 기억이 옳다면…… 내가 재소환됐을 때 정령왕은 이미 사라진 상태였던 것 같은데, 맞아?"

"그러네요…… 말씀하신 대로예요. 흑진왕 폐하가 재소환되셨을 때는 이미 정령왕께 말을 걸어도 대답해 주지 않으셨어요."

"그전에는 대화가 가능했어?"

"의사소통 정도는…… 아뇨…… 그러네요."

무녀공주는 망설이며 얼굴을 숙이고서 드물게도 말을 우물거렸다.

"흑진왕 폐하께는 솔직히 말씀드리는 편이 좋을지도 모르겠어요."

무언가를 결심하고서 얼굴을 든 무녀공주는 울적한 표정을 짓고 있었다.

"정령왕의 힘은 인족의 인구가 증가할수록 약해졌어요. 흑진왕 폐하를 재소환하기 직전에는 약간의 힘밖에 남아있지 않았죠."

그리고 히로를 재소환하느라 모든 힘을 써 버렸는지 정령왕은 불러도 반응하지 않게 되었다. 동시에 지금까지 지하에 잠복해 있던 무리가 요란하게 움직이기 시작한 것은 정령왕이라는 장애물이 사라졌기 때문이리라.

"그 이전에 계기가 있었을 거야. 정령왕의 힘이 약해진 계기가……."

히로가 지구로 귀환하기 직전 무렵에 정령왕의 힘은 인구 증가 정도로 약해질 만한 것이 아니었다.

"나는 이 세계에 온 뒤로 줄곧 어떤 것을 조사했고, 또 눈치챈 점이 있어."

"……눈치챈 점이요?"

"응. 나는 두 시대에 주목했어. 첫 번째는 500년 전, 두 번째는 300년 전이야."

500년 전은 기육족(嗜肉族)과 각인족(刻印族)이라는 새로운 종족이 발견된 해다. 그리고 300년 전은 황제가 암살당했다는 전대미문의 사건이 일어나며 『흑사향』이 그 이름을 떨친 해였다.

"정령왕은 500년 전부터 힘이 점차 약해지다가 300년 전에 힘을 대부분 써 버린 게 아닐까 하고 나는 추측하고 있어. 그게 아니라면 황제 암살이라는 사건이 일어날 리 없어."

히로는 단언하고서 검지를 세우고 무녀공주를 바라보았다.

"더 흥미로운 이야기가 있어. 그란츠 대제국이 건국되고 새로운 종족이 출현할 때까지 황제의 수는 스물둘. 하지만 나머지 500년간은 **어째서인지** 재위 기간이 짧은 황제가 늘어났어. 그리고 300년 전의 황제 암살을 기점으로 천수를 누린 자가 적어."

그리고 계속 조사할수록 그란츠 황가가 품은 어두운 부분이 보였다.

"나는 어떤 곳에서 **붉은 머리**를 가진 남성을 **봤어**."

알티우스가 잠든 무덤 안에서, 방대한 정보량이 깃든 세계에서 만난 옛 황제의 환영들. 그중에서도 **붉은 머리** 남자가 가지고 있던 보검 네 자루가 히로의 뇌리에 새겨져 지워지지 않았다.

"정말로…… 깜짝 놀랐어. 그는 『염제』를 가지고 있었어."

무녀공주는 눈을 홉뜨고 어깨를 크게 떨었다.

*****

제국력 1026년 5월 21일.

맑은 하늘을 새 떼가 구름처럼 가로질렀다.

장애물 없는 하늘을 즐겁게 헤엄치는 새들이 지상에서 삶을 영위하는 사람들 위를 활공했다.

거대한 도시— 성벽이 사방을 에워쌌고, 정연하게 늘어선 노점에 넘쳐 나는 사람들이 볼일을 보고서 건축물이 비좁게 줄지어 선 곳으로 돌아갔다.

그 중심에 호화찬란한 위용을 뽐내는 궁전이 세워져 있었다.

이곳은 대제도 클라디우스— 그란츠 대제국의 수도이자 중앙 대륙에서 더없이 영화로운 대도시이며 가장 오래된 도시 중 하나였다.

그렇게 역사 깊은 운치에 지배된 대도시를 내려다보는 것은 황궁 베네자인.

눈 아래 펼쳐진 거리에 열기가 흘러넘치는 것과는 달리 광대한 부지는 말을 꺼내는 것이 망설여질 만큼 엄숙한 정적으로 가득 차 있었다. 그런 부지 중앙에 왕처럼 군림하는 것이 황궁이었다.

거대한 현관에는 강인한 병사가 서 있고, 근처에는 병사들이 묵는 숙소가 설치되어 있었다. 2년 전에 연달아 도적의 침입을 허락한 이후로 새로 설치된 것이었다.

그렇게 엄중한 현관을 지나면 또 강인한 병사들이 맞이해 준다. 입구에서는 짐 검사가 이루어지고 철저한 신체검사가 실시되었다. 근처 대합실은 각국의 귀족 제후들로 넘쳐 났다. 거기서 긴 복도를 직선으로 나아가 알현실을 지나쳐서 모퉁이를 몇 번 돌면 국가의 중진만이 출입을 허락받은 구획에 들어갈 수 있다.

이곳에는 그란츠 황가와 관련된 자들이 살고 있지만, 2년 전에 일어난 제1황자의 반란으로 대부분이 살해된 비참한 장소이기도 했다.

그래서 비어 버린 방이 많았고, 여전히 피비린내가 가시지 않은 방도 남아 있었다.

더 나아가면 여성 병사들이 경비하는 장소가 나온다.

황제를 위해 만들어진 대욕탕 입구로, 그곳을 지키는 병사들에게서는 쥐새끼 한 마리 들여보내지 않겠다는 왕성한 의욕이 느껴졌다.

당연한 일이었다. 현재 대욕탕에는 그란츠 대제국을 짊어진 여성이 입욕 중이었기 때문이다.

뿌연 수증기가 가득한 대욕탕에는 얇은 명주를 두른 아리따운 여성들이 서 있었다.

개중에는 칼을 찬 여성도 있어서 조금 뒤숭숭한 분위기도 감돌았다.

그녀들은 거대한 욕조를 바라보고 있었다. 중앙에 있는 커다란 사자상의 강인해 보이는 입에서 뜨거운 물이 토해졌고, 목욕물이 가득 찬 욕조에 쏟아지며 튄 물방울이 천장에 설치된 창문으로 들어온 햇빛을 받아 반짝였다.

"……."

욕조 안에는 실오라기 하나 걸치지 않은 붉은 머리 소녀가 있었다. 균형 잡힌 신체는 적당히 탄탄하여 우아한 색기가 수증기를 물들였다. 옥구슬 같은 피부를 따라 흘러내리는 땀이 보석처럼 반짝여 그녀의 요염함을 한층 부각했다. 그 모습은 신들이 만들어 낸 환상을 보는 듯했다. 그 정도로 그녀는 눈길을 끄는 매력이 흘러넘쳤다.

세리아 에스트레야 엘리자베스 폰 그란츠.

그란츠 대제국의 제6황녀이자 『염제』의 소지자. 또한 차기 황제로 여겨지고 있는 인물이었다.

지금 그녀는 명상 중이었다.

눈을 감고서 물속 깊은 곳으로 가라앉듯 심호흡을 되풀이했다. 정령검 5제인 『염제』의 힘을 끌어내기 위해 가장 깊은 영역을 목표하고 있었다.

'더 들어갈 수 있어…… 더…… 더…….'

호흡하고 있는데도 산소를 들이마실 수 없는 듯한 감각. 그것이 영역에 들어가는 것이었다. 정령검 5제가 가진 역대 소지자의 기억— 어둠에 덮인 그곳을 더듬더듬 나아갔다. 정신 차리고 보니 주위는 빛에 휩싸여 있었고, 눈을 뜨자 방대한 정보가 폭발적으로 생겨났다. 리즈 앞에서 압도적인 광경이 수없이 펼쳐졌다.

'여기가 아니야……. 여기는 이미 봤어. 그 밖에도 있을 거야.'

강제로 망막에 새겨지는 풍경을 잘라 버리고서 리즈는 더 깊은 곳을 향해 계속 들어갔다.

점차 호흡이 거칠어지고 가슴이 세차게 오르내리며 그녀의 표정은 고통스럽게 일그러지기 시작했다.

'더 깊이…… 큭!'

아랫입술을 깨물어 고통을 견디려고 했지만 한계였다.

산소를 갈구하듯 몸부림치며 손을 뻗자 새로운 빛이 폭발했다.

"아, 커헉…… 아…… 아직, 이 앞으로는 갈 수 없구나."

대량의 땀을 지면으로 뚝뚝 흘리면서 등을 말고 괴롭게 헐떡이던 리즈는 얼굴을 들었다.

흐린 하늘은 당장에라도 비를 뿌릴 것 같았다.

천공에 감도는 불안을 조장하듯 지상에는 크게 도려내진 구멍이 점재해 있었다.

전쟁터……임에도 불구하고 시체는 하나뿐.

그런 기묘한 경관 속에 두 사람이 있었다.

한 명은 금발 벽안의 아름다운 청년이었고, 다른 한 명은 흑발 흑안의 소년이었다.

"……아직 부족해."

리즈는 분한 표정을 지으며 주먹으로 지면을 때리고서 일어난 후, 이마에 맺힌 땀을 닦고 걷기 시작했다. 이곳에 오는 것은 두 번째다. 이곳은 『염제』의 옛 소지자인 초대 황제 알티우스의 기억이었다. 그리고 눈앞에 나타난 금발 벽안의 청년이 바로 그란츠 열두 대신 중 하나인 『시신(始神)』^{젤티우스}이었다.

그란츠 열두 대신을 신앙하는 백성이 봤다면 깜짝 놀란 나머지 실신했을 것이다. 귀족 제후는 너무 기뻐서 눈물을 흘릴지도 모른다. 하지만 리즈의 관심사는 그가 아니었다.

그녀가 시선을 주는 것은 단 한 명, 목 없는 주검 근처에 쓰러진 상처투성이 소년이었다.

"……히로."

당장에라도 숨이 넘어갈 것처럼 가느다란 호흡을 반복하며 얕게 오르내리는 가슴 부근에는 창에 관통당한 듯한 구멍이 뚫려 있었다. 평범한 사람이었다면 과다 출혈로 죽었어도 이상하지 않을 만큼 많은 혈액이 흐르고 있었다.

더욱이 입에서는 대량으로 피가 토해져 나와 피거품이 입가를 덮고 있었다. 리즈는 입가를 닦아 주려고 손을 뻗었지만 안개를 붙잡듯 그에게 닿을 수는 없었다.

『왜…… 왜 돌아가지 않았지? 히로, 네가 이런 책무를 질 필요는 없었어. 그런데…… 어째서…….』

리즈가 얼굴을 들자 양쪽 무릎을 꿇고 눈물을 흘리는 알티우스가 있었다.

『용서해라. 한심한 의형을 용서해라. 네게 아무것도 해주지 못하는 짐을 용서해 다오.』

알티우스는 히로의 흑의에서 하얀 카드 한 장을 꺼냈다.

정령 부적과 비슷하지만 느껴지는 분위기가 다르다고 리즈는 단정했다.

별개의 것. 히로만을 위해 준비된 물건임은 쉽게 상상이 갔다.

『짐의 실태다……. 이리될 줄 예상했거늘, 너에게 잊히고 싶지 않아서 사적인 감정을 우선했다. 역시 기억을 지우고 강제로 지구로 송환해야 했어.』

하얀 카드를 히로의 이마에 대고서 알티우스는 참회하듯

몇 번이고 사죄를 되풀이했다. 그러는 동안에도 하얀 카드가 광채를 뿜어내며 히로의 머릿속에서 무언가를 없애기 시작하는 것을 리즈는 눈으로 보았다.

『뒷일은 짐에게 맡겨라. 너는 원래 세계에서—.』

그때, 한차례 바람이 불었다.

목구멍이 들러붙는 듯한 위화감. 온몸의 털이 쭈뼛 곤두서는 섬뜩한 기척.

지하 감옥에 갇힌 듯한 소름 끼치는 공기가 몸을 휘감았다.

『나의 **저주**를 삼키고서도 아직 살아 있는가. 의외로 끈질긴 애송이군.』

현실이 아닌데도 압도적인 존재감이 리즈의 온몸을 찔렀다.

정체는 알 수 없었다. 모습이 보이지 않았기 때문이다.

그래도 리즈 앞에 정체 모를 무언가가 나타났다는 것은 느껴졌다.

알티우스에게는 그것이 보이는지 그는 똑바로 허공을 노려보며 이를 드러냈다.

『그런 모습이 되어서까지 다시 싸우기를 희망하는가, 무모 왕(無貌王)이여.』

『몸을 잃은 지금은 그것도 불가능하니 다음 기회를 도모하기로 하지.』

『그렇다면 꺼져라. 그리고 기력을 회복하는 게 좋을 거다.

데미우르고스

다음에는 짐의 이빨이 너를 꿰뚫을 테니.』

『훗, 300년, 500년, 700년, 끝내는 1000년까지 네가 살아 있다면 그렇겠지.』

『……신대(神代)는 짐의 대에서 끝낼 것이다. 반드시 너를 찾아내 영혼 한 조각 남김없이 멸해 주겠다!』

『훗, 크큭, 네놈의 의제(義弟)가 존재하는 한은 그것 또한 불가능하다.』

업신여기는 웃음소리가 대기를 진동시키고 사라졌다.

점차 섬뜩한 기운도 멀어졌고, 남은 것은 반론할 말을 잃은 알티우스가 분한 얼굴로 입술을 깨무는 모습뿐이었다.

숨 막히는 정적이 흐른 후, 히로의 몸에 이변이 일어나기 시작했다.

가슴에 뚫린 커다란 구멍이 메워지고 있었다.

알티우스는 그 모습을 보고 가슴을 쓸어내리고서 안도한 표정을 지었다.

『히로. 나의 의제여. 이로써 정말로 작별이다.』

아쉬워하듯 웃은 알티우스는 히로를 안고 황야를 걷기 시작했다.

『짐은 모든 것을 너에게 남기고 가겠다. 힘밖에 남기지 못하는 의형을 용서해 주겠나?』

리즈는 두 사람을 놓치지 않기 위해 그 등을 쫓으며 알티우스의 말에 귀를 기울였다.

『긴 전란 속에서 가족을 잃고, 친구를 잃고, 그래도 희망이 있다고 믿으며 함께 달려왔지. 그런데도 남은 것은 아첨받는 권력뿐…… 소중한 것은 무엇 하나 형태가 되지 않았다. 서로 고생한 끝에 얻은 결과가 이것이다.』

발을 멈추고 하늘을 올려다본 알티우스는 마지막으로 리즈를 보았다.

『얄궂은 일 아닌가?』

"……그럴지도 몰라. 하지만 헛되지는 않았어."

리즈의 대답이 전달됐을 리는 없지만 알티우스는 만족스럽게 고개를 끄덕였다.

『짐의 후계자여. 자신이 믿는 길을 계속해서 걸어라. 후회가 없도록 말이다.』

"응, 알고 있어."

리즈가 망설이지 않고 대답하자 알티우스는 **어째선지** 울 것 같은 얼굴로 웃었다.

거기서 기억은 끝났다. 세계는 붕괴하기 시작했고, 이내 잔해에 뒤덮였다.

눈부신 빛이 리즈의 시야를 가득 채웠지만 그녀는 눈 한 번 깜빡이지 않고 그저 한 점을 바라보았다.

"히로…… 반드시 너의 모든 것을 뺏으러 갈게."

그것은 2년을 거쳐 성장한 결의의 표명이었다. 예전에 소년 앞에서 큰소리쳤던 소녀를 강하게 만든 말, 식지 않는 열을 끓어오르게 하는 각오였다.

"……후우."

눈꺼풀을 들어 올리자 평소와 같은 대욕탕이 눈에 날아들었다.

폐에 산소를 공급하자 유황 냄새가 순식간에 코안을 가득 채웠다.

리즈가 조용히 일어나자 매끄러운 피부가 물을 튕겨 냈고, 쇄골에 고였던 물이 흘러내려 길쭉한 배꼽을 요염하게 적셨다.

그 광경을 보고 곁을 지키던 궁녀들이 감탄의 한숨을 쉬었지만 순식간에 정신을 차리고서 허둥지둥 천을 들고 리즈에게 달려갔다.

그러나 제삼자가 보기에는 그 동작 하나하나가 세련된 움직임이었다.

리즈는 젖은 몸을 궁녀들에게 맡기고 눈앞에서 걸어오는 인물을 인식했다.

"리즈, 리히타인 공작이 도착했다."

영롱한 미모 속에서 아나함이 배어나는 요염한 분위기를 풍기는 여성.

하나로 묶은 뒷머리는 오른쪽 어깨에 걸쳐 앞으로 흘러내려 풍만한 몸을 빛내는 가슴 위에서 흩어졌다.

몸에 걸친 복장은 넓적다리 근처에서 대담하게 갈라졌고, 그리로 엿보이는 각선미는 아름답고 관능적이라 정욕을 크게 부추겼다.

"긴장한 것 같으니 갑자기 물어뜯지는 마."

미스테 칼리아라 로자 폰 켈하이트.

전 제3황녀— 켈하이트 가문의 가주 대리이자 리즈와는 이복 자매였다.

"그건 상대방의 태도에 달렸지. 우리도 국민의 생활이 걸려 있으니까 양보하진 않을 거야."

리즈는 궁녀에게 군복을 가져오라고 말하고서 다시 언니를 봤다가 눈을 동그랗게 떴다.

"로자 언니, 왜 그래?"

턱에 손을 올린 로자가 리즈의 몸을 핥듯이 바라보고 있었다.

"이 몸을 보려고 궁녀를 지원하는 자가 해마다 늘고 있으니 말이지. 그 탓에 나라의 재정이 압박돼서 참 고민스러운 일이야. 그렇지 않나?"

로자가 리즈의 몸을 닦는 궁녀에게 동의를 구하자 궁녀는 뺨을 빨갛게 물들이며 얼굴을 숙였다.

"무슨 바보 같은 소리를…… 그녀도 곤란해하고 있잖아."

"아니, 여전히 귀족들에게서 끊임없이 혼담이 들어오고 있으니 말이지. 지금 리즈의 입장을 생각하면 소용없는 일이라는 걸 알 텐데도 거절당하면 실망하니 죄 많은 외모야."

그렇게 말한 로자는 리즈의 쇄골을 검지로 쓰다듬더니 손가락을 쭉 내려 가슴을 찔렀다. 동생이 냉담한 시선을 보내든 말든 개의치 않고 로자는 계속해서 입을 열었다.

"역시 2년 동안 조금 성장한 가슴 때문일지도 몰라."

"……상대해 주질 못하겠네."

어이없어하며 언니 옆을 지나친 리즈는 욕실을 나가 탈의실에 놓인 전용 의자에 앉았고, 다시 궁녀들에게 몸을 맡겼다.

지금부터 리히타인 공작과 만나야 하니 그란츠 대제국의 황제 대리로서 복장을 갖춰야 했다. 머리카락도 말리지 않고 나가는 것은 언어도단이었다.

"키도 컸고 머리카락도 자라서 그런지 어딘가 요염한 분위기를 풍기기 시작했어. 여자인 내가 봐도 심장이 욱신거리는 느낌이야."

아직도 계속하는 거냐며 기막힌 마음을 나타내듯 리즈는 의자 팔걸이에 팔꿈치를 올리고 턱을 괬다.

"그 왜, 하룻밤만이라도 함께하고 싶다면서 산더미 같은 금화를 가져왔던 몰염치한 대상인도 있었잖아. 그때의 리즈는 정말 무서웠지."

더 이상 참을 수 없게 됐는지 리즈는 로자를 가리키고 노려보며 말했다.

"미스테 칼리아라 로자 폰 켈하이트 **재상**, 용건 없으면 나가."

그란츠 대제국의 진영은 2년간 크게 변했다.

바뀌지 않을 수 없었다. 2년 전에 일어난 제1황자의 반란으로 황제가 죽고, 여섯 나라의 침공으로 제3황자와 제4황자를 잃었다. 심지어 혼란을 틈타 도적이 황궁을 습격해 그 공격으로 로자가 다쳤고, 제2황자도 침입자와의 싸움에서 패배해 중상을 입었으며, 기리시 재상은 침입자에게 목숨을 빼앗겼다.

전대미문의 사건이 연달아 일어나면서 대제도는 혼란에 빠졌다.

로자의 적대 파벌인 남방 귀족의 우두머리— 무주크 가문의 가주 베투에게도 예상외의 일이었음이 틀림없다.

　베투가 리즈와 함께 출병한 틈을 타, 호기를 포착한 로자는 단숨에 승부를 걸었다. 반란으로 권세를 잃은 중앙 귀족, 거듭된 전쟁으로 피폐해진 서방 귀족, 그에 속한 자들을 동방 귀족의 자금력과 베투의 책략으로 퍼진 히로의 아이를 가졌다는 소문까지 최대한 이용하여 포섭했다.

　그리고 전후 처리를 끝낸 베투가 돌아왔을 때, 로자는 철벽의 방비를 굳힌 채 기리시 재상의 후임자로서 재상 지위를 훌륭하게 손에 넣었다.

　"……옛날에는 언니, 언니~ 하면서 뒤를 졸졸 쫓아다녔는데 말이야."

　로자가 입을 삐죽 내밀고 토라진 것처럼 굴자 리즈는 옷을 갈아입으며 한숨을 쉬었다.

　"그럼 재상다운 일을 해."

　"알겠어, 알겠어. 그렇게 무섭게 굴지 마. 리즈에게 미움받으면 언니는 울어 버릴 거야."

　반성하는 기색도 없이 어깨를 으쓱인 로자는 곧바로 진지한 표정을 짓더니 리즈의 몸단장을 돕던 궁녀들을 내보냈다.

　"그럼 본론을 이야기하지."

　옷을 다 갈아입은 리즈는 의자에 고쳐 앉아 언니에서 재상으로 바뀐 로자를 바라보았다.

　"무주크 가문— 베투가 편지를 보냈어."

베투는 재상 쟁탈전에서 패배했으나, 여섯 나라 정벌에서 세운 공적으로 군무부 장관으로 승진하며 구심력 저하를 막았다.

그 인사권은 황제가 가지고 있지만 선대 황제 글라이하이트는 제1황자의 반란 때 사거했다. 표면상으로는 앓아누웠다고 세상에 공표했으나― 그런 복잡한 사정으로 생긴 틈을 타 베투는 장관 자리에 올랐다. 하지만 로자도 억지로 재상 자리를 손에 넣었기에 베투를 강하게 비판할 수가 없었다.

그 이후로 이상하게도 베투는 공공연하게 움직이지 않았고, 최근 2년간은 대제도에 대리를 둔 채 그 자신은 본거지인 선스피어에 비중을 두고 있었다.

"슬슬 움직이기 시작할 것 같았는데 마침내 움직이는구나."

"그래. 녀석은 리즈를 꼭두각시로 만들려고 물밑에서 움직이고 있었으니까."

"그래서 편지 내용은?"

"그란츠 대제국의 제6황녀인 리즈에게 요청이야. 슈타이센 공화국― 요툰헤임파의 원군으로 가달라는군."

"왜 그런 곳에?"

슈타이센 공화국은 원래 여러 나라로 나뉘어 있었던 연방 국가였다.

500년쯤 전, 그란츠 대제국에 대항하기 위해 중앙 대륙 남방의 지배권을 둘러싸고 싸우던 삼국― 리히타인 공국, 요툰헤임 왕국, 니다벨리르 왕국이 동맹을 맺은 것이 시초라고 한다.

이윽고 리히타인 공국은 공화국에서 독립했고, 남은 두 세력이 슈타이센 공화국을 운영해 왔으나 그것도 3년 전부터 조금씩 양상이 달라지기 시작했다.

원로원의 최고 의장이 죽으면서 다음 최고 의장을 선출하게 되었지만, 요툰헤임파의 후보자가 니다벨리르파에게 독살당하는 사건이 일어나고 말았다.

그리고 일부 요툰헤임파가 보복에 나서면서 니다벨리르파의 후보자를 살해하는 폭거를 저질렀다. 이 일련의 사건으로 양 진영의 대립은 깊어졌고, 슈타이센 공화국에서는 내전이 발발하게 되었다.

"그래도 많은 원로원 의원이 요툰헤임파에 붙으면서 니다벨리르파의 패배가 농후하지 않았어?"

"그게 그렇지만도 않은 모양이야……. 올해 들어서부터 니다벨리르파가 세력을 회복하기 시작했다고 해. 일단은 밀정에게 보고를 받았지만 상당히 긴박한 상황인 것 같아. 의외로 조사가 더뎌. 하지만 그들의 배후에 누군가가 있다는 건 확실해."

거기까지 듣고서 리즈는 납득했는지 의자에 등을 기대고 한쪽 손을 들었다.

"……즉, 베투는 요툰헤임파에게 협력하여 은혜를 베푼 뒤 나중에 외교에 써먹겠다는 거구나."

"명목은 그렇지만, 베투의 본심은 따로 있겠지."

"본심?"

"나를 실각시키려는 거야. 리즈가 요툰헤임파의 원군으로 갔다가 니다벨리르파에게 지기라도 하면 리즈의 실책을 비난해서 내 권력을 깎아내릴 심산이겠지."

로자는 어깨를 으쓱이고서 바닥을 바라보며 말을 이었다.

"하지만 확실히 이쯤에서 실적을 내고 싶긴 해. 2년간 우리는 내부에 주목하여 개혁을 추진했어. 정책에 불만을 가진 귀족이 많은 게 현재 상황이야."

그것을 알기에 베투는 이 난제를 던졌을 것이다.

"하지만 요툰헤임파가 이기도록 도와주면 리즈의 힘을 안팎으로 내보일 수 있고 베투의 콧대도 꺾을 수 있어. 베투의 생각대로 움직이는 건 마음에 안 들지만."

"그럼 가자. 그 정도 장애물도 못 넘으면서 어떻게 옥좌를 손에 넣겠어."

리즈는 즉답했다. 로자가 깜짝 놀라서 눈을 동그랗게 떴지만 이내 눈부시다는 듯 가늘게 눈을 좁혔다.

리즈가 자신만만한 모습이었기 때문이다. 로자는 기뻐하며 연신 고개를 끄덕이고 미소를 지었다.

"……알겠어. 준비는 내가 해 두마."

"그럼 이제 리히타인 공작과 회담하러 갈까."

리즈는 의자에서 일어나 궁녀들을 다시 불렀다.

아무런 명령도 하지 않았지만 궁녀들은 리즈의 머리카락을 정중하게 빗기 시작했다.

쑥스러워하던 처음 무렵보다 그 모습이 그럴듯해지기 시작했음을 깨닫고 로자는 감개무량하게 눈꼬리를 허물었다.

*****

뻥 뚫린 상부에 설치된 천창으로 눈부신 태양이 보였다.

그런 찬란한 천장에서 쏟아지는 햇빛을 받아 붉은 융단이 깔린 대리석 바닥이 반짝였다.

광대한 공간— 그 양옆을 차지한 하얀 줄기둥이 옥좌까지 늘어서 있었다.

그 사이를 메우듯 서 있는 것은 그란츠 귀족들이었다.

이곳은 그란츠 대제국의 중추— 황궁 베네자인에 있는 알현실이었다.

'라, 란킬 장군…… 역시 나한테는 버거운 짐이야.'

리히타인 공국의 젊은 공작, 카를 오르크 리히타인은 긴장하여 얼굴을 딱딱하게 굳혔다.

카를 뒤에 서서 그를 지지하는 문관들도 그란츠 귀족들이 보내는 시선에 위축된 모습이었다. 그들이 이곳에 있는 이유는 그란츠 대제국과 맺은 불가침 조약의 기한이 지났기 때문이었다. 새로운 조약을 맺고자 문관들과 함께 그란츠를 방문하기는 했으나 격의 차이를 보게 된 카를은 완전히 압도되고 말았다.

'우리 리히타인인은 이 자리에 명백하게 어울리지 않아……'

입은 옷의 질은 같아도 최신 유행을 받아들인 그란츠 귀족들과 비교하면 동급일 터인 수준이 어느 정도 떨어지는 것처럼 느껴졌다.

'이곳에 오면 국력 차이를 뼈저리게 알게 돼.'

그렇게 카를이 우울해하는 가운데, 북소리가 울렸다.

그것이 개시 신호였는지 음악대가 용장한 음색을 연주하기 시작했다.

하지만 카를에게는 그 음색을 느긋하게 들을 만한 여유가 없었다.

긴장 탓도 있었겠지만, 그 이상으로 눈앞에 나타난 여성의 미모에 눈길을 빼앗기고 말았기 때문이다.

'설마…… 세리아 에스트레야 전하인가……?'

아니, 어쩌면 언니일지도 모른다고 착각하며 카를은 2년 전의 기억을 더듬었다.

'틀림없어……. 휘감은 분위기에 그때의 흔적이 남아 있긴 하지만, 어린 티가 사라지니 이렇게나…….'

당시에도 아름다운 소녀였으나 불과 2년 만에 이렇게까지 바뀌는가.

카를은 경악을 넘어 공포를 느끼고 말았다.

'무섭군……. 정령검 5제에게 선택받지 않았다면, 평범한 황녀로 태어났다면 경국지색으로 역사에 남았을 게 분명해.'

모든 왕이 그녀를 둘러싸고 전쟁을 시작했을 것이다. 그라우잠 산맥을 그란츠 금화로 가득 메워서라도 그녀를 수중에 두고 싶어 했을 것이 틀림없다.

너무 동요한 나머지 상상에 푹 빠지고 말았지만, 어느새 연

주는 끝나 있었고, 경국지색이라는 평을 받은 리즈는 옥좌에 앉아 카를을 흘겨보고 있었다.

'이런……'

카를은 황급히 한쪽 무릎을 꿇고 머리를 숙였다. 뒤에서 문관들이 허둥지둥 움직이는 것이 등으로 전해졌다. 그들도 제6황녀를 보고 굳어 있었던 모양이다.

"리히타인 공국의 공작, 카를 오르크 리히타인입니다. 오늘은 귀국과 새로운 조약을 맺기 위해 왔습니다. 조촐하지만 우리 리히타인 공국의 특산품을 지참했습니다. 그리고 요양 중이신 글라이하이트 폐하께 우리나라에서 제조하는 의약품을 드리고 싶습니다."

"리히타인 공작, 우선 고마워. 귀국의 약은 효과가 좋다고 들었어. 글라이하이트 폐하의 병세도 분명 쾌차되겠지."

카를은 재차 고개를 조아렸다. 그러자 제6황녀는 그 머리를 보며 말을 던졌다.

"그럼 본론으로 들어가지. 리히타인 공작, 당신이 새로 맺고 싶은 조약이란 걸 말해 봐."

극도의 긴장, 솟구치는 공포로 카를의 등이 떨렸다.

내치는 듯한 차가운 분위기가 제6황녀의 말에 담겨 있었기 때문이다.

"뻔뻔한 일이지만, 염치없는 행동임을 알면서도 부탁드리고 싶은 사항이 있습니다. 2년 전, 그란츠 대제국에 양도했던 북부 일대를 리히타인 공국에 반환해 주셨으면 합니다."

카를은 머리를 들 수 없었다.

그 미모에 담긴 노여움을 한 몸에 받을 용기가 없었기 때문이다.

그래도 주변 공기가 바뀌는 순간이 있었다.

카를이 말을 마쳤을 때— 미미하지만 제6황녀에게서 명백하게 노기가 풍겼다.

"그 땅에는 2년간 방대한 자금이 투입됐어. 기존 주민의 협력을 얻어 이주 정책도 진행 중이고. 그걸 이제 와서 돌려달라는 건 대체 무슨 심보지?"

오랫동안 리히타인 공국의 북부 일대는 불모지였다.

하지만 그것도 2년 전까지의 이야기고, 현재는 수로가 정비되어 훌륭하게 다시 태어난 상태였다. 단기간에 그것을 이루어 낸 그란츠 대제국의 기술과 수완은 놀라웠다.

그렇기에 리히타인 공국 내부에서 불만이 생기고 말았다.

2년 전에 카를과 란킬 후작이 독단으로 그란츠 대제국에 양도 결정을 내린 것을 비난하기 시작한 것이다. 그러지 않았다면 나라가 멸망했을 텐데 본데없는 자들이라고 카를은 마음속으로 투덜거리고서 말을 자아냈다.

"거저 돌려달라는 것이 아닙니다. 반환해 주신다면 앞으로 2년간 북부 일대 세수의 8할과 부근에 있는 광산 조차권을 드리겠습니다."

나쁘지 않은 조건일 터다. 지금까지 투자한 자금은 광산만으로도 되찾을 수 있었다.

게다가 2년간 북부 일대의 세수가 8할이나 손에 들어오면 지금까지 들인 노력도 헛되지 않게 된다.

하지만—.

"아까도 말했듯 기존 주민의 협력을 얻어 이주 정책이 진행 중이야. 이미 북부 일대에서 생활을 시작한 그란츠 백성도 있어. 그들에게 또 집을 버리고 고향으로 돌아오라고 잔혹한 말을 하라는 거야?"

제6황녀의 노기— 그것은 살기로 변모할 만큼 팽창했다.

찌르는 듯한 시선을 받은 카를의 이마에 대량의 비지땀이 맺혔다.

호랑이의 꼬리를 밟았음을 뒤늦게 깨닫고 카를은 공포로 이를 딱딱 부딪쳤다.

'소, 소문대로인가……. 제6황녀가 백성을 제일로 생각한다는 건 사실이었던 모양이야.'

리히타인 공국의 역대 공작 중에서도 카를은 백성을 아끼는 축에 속했다.

노예 무역이 생업인 리히타인의 기풍을 고려하면 보기 드문 편이라고 할 수 있었다.

하지만 그래도 인간의 가치를 금전으로 따지기 때문인지 제6황녀의 감정에 공감은 해도 이해하지는 못했다.

"리히타인 공작, 귀공의 나라에 기근이 들었다는 건 알고 있어."

카를은 타국에 약점을 보일 수 없어서 말하지 않았지만, 리히타인 공국은 최대 규모의 기근에 허덕이고 있었다. 국토의 절반 이상이 사막인 리히타인 공국에 작년부터 비가 전혀 내리지 않게 되었다. 그 탓에 작물이 자라지 않을 뿐만 아니라 각지에 점재한 오아시스에서 귀족 간의 싸움과 약탈이 횡행하고 있었다.

그 불운을 안 슈타이센 공화국이 리히타인 공국에 흐르는 잘레강의 물을 막으면서 기근은 더욱 심각해지고 있는 상황이었다.

"수로 시설이 좋아진 북부 일대의 물이 욕심나는 것도 이해가 가. 하지만 그란츠 대제국은 백성을 소홀히 하면서까지 북부 일대를 넘기지 않아."

냉엄한 시선을 받은 카를은 분하지만 물고 늘어지기를 포기했다.

이 이상 억지를 부린다면 이 자리에서 목이 잘려도 이상하지 않았다.

그만큼 제6황녀의 분노는 무시무시해서 카를을 짓누르는 중압감은 이루 헤아릴 수 없을 정도였다.

"……아, 알겠습니다."

"귀국이 원한다면 그란츠 대제국은 최대한 지원하겠어. 나중에 문관을 보낼 테니 잘 이야기하고 정하도록 해."

"가, 감사합니다."

"그럼 리히타인 공작, 조촐한 식사를 준비했으니 느긋하게 즐기고 가."

그렇게 말한 제6황녀는 이야기를 끝내고 옥좌에서 일어나 떠나갔다.

'란킬 장군…… 미안해. 역시 내게는 짐이 너무 무거웠어.'

결국 성과는 없었고, 그저 자신보다 어린 소녀 앞에서 순수한 **힘의 차이**를 통감했을 뿐이었다.

'……역량 자체가 달라.'

한심한 결과에 카를은 분한 얼굴로 아랫입술을 깨물었다.

제6황녀의 위압에 겁먹어서 카를은 한 번도 얼굴을 들지 못했었다.

제2장 교차하는 의도

제국력 1026년 5월 24일.

각지에서 전쟁의 불씨가 꺼지지 않는 시대.

이제 누구도 남의 일처럼 여길 수 없었다. 그렇다고 해서 일반인에게 해결할 만한 힘이 있는 것도 아니었다. 언제 큰불이 되어 중앙 대륙에 번질지 사람들은 두려움에 떨며 기다릴 뿐이었다. 내일에 대한 불안을 품으며 전전긍긍 하루하루를 보내는 것 외에 사람들이 할 수 있는 일은 없었다.

그 탓인지 최근 2년간 바움 소국을 찾는 순례자의 수는 폭발적으로 늘어났다.

전쟁터로 간 아들이나 남편의 안부를 바라는 자, 어두운 미래를 우려하는 자, 이웃 나라의 중신들도 다가올 날에 대비해 정령 부적을 바라며 대량의 금화를 들고 《정령왕묘》를 찾아왔다.

그런 사람들로 넘쳐 나는 바움 소국이지만, 이 나라에는 도시가 하나밖에 없었다.

완만한 분지에 펼쳐진 중규모 도시 나투어뿐이었다.

순례자들로 가득한 도시의 중앙부에는 하얀 상자 형태의 신전이 위엄을 뽐내고 있었다.

그렇게 거룩한 빛을 내는 신전의 한 공간.

활짝 열린 창문으로 온화한 바람이 실내에 침입해 아무렇게나 놓인 책의 페이지를 장난스레 넘기고서 공기와 섞여 밖으로 도망쳤다. 근처 책장에는 누렇게 변색된 오래된 책들이 꽂혀 있었다. 그래도 청소는 잘 이루어지고 있는지 먼지는 전혀 없었다.

이곳은 히로가 재소환되고 바움 소국에 들렀을 때 사용했던 방으로, 1000년 전에도 자신의 방으로 썼던 곳이었다. 인테리어는 당시와 똑같았다. 창가에는 1000년 전부터 변함없이 깃발 두 개가 세워져 있었다.

하나는 하얀 바탕에 천칭 문장이 들어간 깃발. 다른 하나는 검은 바탕에 백은빛 검을 움켜쥔 용의 문장이 들어간 깃발이었다.

"흠······."

세월이 느껴지는 책상— 책더미가 점거한 곳에서 목소리가 흘러나왔다.

'클라우디아에 의하면······ 제2황자의 힘이 약해져서 북방 귀족이 와해될 위기인 모양인데, 역시 2년 전 습격의 영향이 여전히 남아 있는 거겠지.'

2년 전, 그란츠 대제국의 중추— 황궁 베네자인은 도적의 습격을 받았다.

그때 기리시 재상이 흉인에 쓰러졌고 제2황자도 중상을 입었다고 한다.

기리시 재상의 장례식은 화려하게 집행되었다고 들었다. 제2황자는 장례식에 얼굴을 내비치지 않고 본거지인 북방으로 돌아가 요양 생활을 보내게 되었다고 한다.

'힘의 상실로 인한 권세의 실추…… 인간은 한순간에 추락하는구나.'

북방에서 지대한 권력을 행사하던 양대 산맥을 잃으면서 굳건했던 북방 귀족의 단결이 무너지고 말았다.

'앞으로 북방은 어지러워질 거야. 나야 움직이기 편하지만, 그란츠로서는 간과할 수 없는 문제지.'

그래도 그란츠 대제국의 중추는 아무것도 할 수 없으리라. 거듭된 전쟁으로 중앙과 서방이 피폐해지고 있을 때, 북방은 조용히 힘을 비축해 왔기 때문이다. 전쟁이 터지면 동원할 수 있는 병력은 20만이 넘는다는 말도 있었다.

'단결은 없어도 힘은 건재해…… 섣불리 손대면 벌집을 건드린 것처럼 크게 난리가 나겠지.'

히로는 고민스럽게 턱을 문지르고서 일어나 책장으로 다가갔다.

"분명……."

무슨 일이든 완급이 필요하다. 역사, 전쟁, 정치, 외교에서도 너무 풀어지면 발목을 잡히고, 너무 서두르면 넘어진다.

즉, 지금까지 북방이 느슨했다면 지금 북방을 둘러싼 상황은 급작스럽다고 할 수 있었다.

'그럼 이후에 북방을 찾아올 건 놀라우리만큼 고요한 정적— 완(緩)이야. 그러고 나서 숨통을 끊는 급(急)이 찾아올 거야.'

이것은 자연스럽게 일어난 현상이 결코 아니다.

누군가가 의도하지 않은 이상, 이런 엄청난 일은 불가능하다.

십중팔구 『흑사향』의 짓일 거라고 히로는 확신하고 있었다.

'노리는 건 북방의 지배권…… 아니, 그란츠 대제국이 붕괴한 후가 목적인가.'

히로는 책 한 권을 들었다.

그란츠 북방에 구축된 거대한 벽―『정령벽』^{프리트호프}에 관해 적힌 책이었다.

'붉은 머리 황제…… 『흑사향』…… 그리고 리즈의 엄마.'

히로는 책을 읽으려다가 시야에 잡힌 기묘한 광경에 페이지를 넘기던 손을 멈췄다. 책을 보던 시선이 옆으로 흘러가 침대로 떨어졌다.

한 여성이 고른 숨을 내쉬며 새근새근 자고 있었다.

방을 가득 채우는 햇살을 받아 갈색 피부에 맺힌 땀이 요염하게 반짝였다.

"하여간 후긴은 또 장비를 입은 채로……. 안 불편한가?"

그녀는 업무상 가볍게 움직일 수 있는 경장비를 특수하게 개조하여 민첩성을 추구한 독자적인 장비를 입었다. 그 탓에 피부를 노출한 부분이 많았다. 하지만 색기는 느껴지지 않았고, 근육질이라 그런지 건강한 아름다움이 감돌았다.

그렇게 매력 넘치는 후긴은 2년 전, 리히타인 공국에서 일어난 내란을 계기로 우여곡절을 거쳐 히로를 섬기게 된 여장부였다.

현재는 각국에 보낸 첩보원과의 연락 담당으로서 오빠와 함께 한없이 바쁘게 지내고 있지만, 이렇게 가끔 시간이 나면 히로의 방을 찾아와 휴식을 취했다.

"그보다 너는 뭐하는 거야……?"

그렇게 히로가 말을 건 사람은 푹 잠든 후긴이 아니었다.

일심불란히 후긴의 뺨을 콕콕 찌르고 있는 루카였다.

"……역시 이겔을 닮았어요. 이렇게 무방비한 점이라든가, 드센 성격이라든가, 볼의 탄력이 똑같아요. 혹시 이겔이 후긴으로 다시 태어난 건 아닐까요……."

"……나이가 안 맞는데?"

히로가 의문을 입에 담았으나 루카는 눈 한 번 깜빡이지 않고 후긴의 뺨을 콕콕 찔렀다.

"후후, 크후후후, 이겔, 이겔, 이겔, 이겔, 이겔, 이겔."

루카가 자신만의 세계에 들어가면 누구의 목소리도 들리지 않는다. 2년간 통감한 사실이었다. 방해하면 그대로 발광하여 이쪽의 목숨을 뺏으려 든다.

"……뭐, 적당히 해."

설득하길 포기한 히로는 루카를 방치하기로 하고서 책을 들고 자리로 돌아왔다.

그러자 미리 짜기라도 한 것처럼 방문이 무거운 소리를 냈다.

"들어간다."

대답도 기다리지 않고 들어온 이는 가더였다.

침대에서 자고 있는 후긴의 상관이자, 그 또한 리히타인 공국의 내란을 거쳐 히로의 진영에 가담한 한 명이었다. 그런 그가 말없이 내민 손에는 편지 한 통이 들려 있었다.

"누가 보낸 편지야?"

히로의 물음에 가더는 어깨를 으쓱이며 편지를 건넸다.

평소에도 과묵한 남자지만 이렇게 반응이 없는 것은 별난 일이었다.

히로는 의아한 표정을 짓고서 편지의 내용을 확인했다.

보낸 사람은 각국에서 첩보 활동 중인 밀정 중 하나로 리히타인 공국에 잠입한 자였다.

"흐응, 리히타인 공국이 그란츠 대제국과의 국경선에 병사를 모으고 있다고?"

"수는 3만— 용케 모았다고 하고 싶지만 대부분 노예로 구성되어 있겠지. 무슨 짓을 할지 몰라."

유난히 노예를 강조하는 가더의 말에 히로가 인상을 썼다.

예전에는 노예 해방을 목표로 리히타인 공국에서 반란을 일으켰던 남자다.

노예 제도를 폐지하지 않는 리히타인 공국에 생각하는 바가 있어도 이상하지는 않지만…… 아무래도 그는 노예의 대우가 신경 쓰인다기보다는 노예의 행동을 꺼리고 있는 듯했다.

그 이유를 캐물어도 좋겠지만, 사적인 감정을 우선하는 남자가 아니니 자기 입으로 발언할 때까지 기다리는 편이 좋을 것이다. 그렇게 결정한 히로는 본론을 진행하기로 했다.

"이 시기에 움직이기 시작하다니 무슨 생각일 것 같아?"

"기근 때문이겠지. 올해도 리히타인 공국에 비가 내리지 않고 있으니까. 자국에 물이 없으면 타국에서 사거나 뺏을 수밖에 없어."

사막 나라에서는 물이야말로 생명선이나 다름없었다. 타국에서 물을 산다고 작물이 자라지는 않는다. 수원이 끊어지면 멸망은 필연이다. 리히타인 공국 각처에 점재한 오아시스에서는 약탈이 횡행하고 있다고 들었다.

"그런가……."

히로는 가더가 초조한 표정을 짓고 있는 이유를 알아차렸다.

물이 없으면 뺏으면 된다— 리히타인 공국은 2년 전에 그란츠 대제국에 양도했던 북부 일대를 노리고 있을 것이다. 그곳에는 노예 해방군의 기두로서 가더가 추대했던 미르에라는 소녀가 사는 마을이 있었다.

그란츠 대제국과 리히타인 공국의 국경 바로 옆에 있는 마을이라 전쟁이 일어나면 반드시 휘말린다. 가더는 그 점을 꺼리고 있는 것이 틀림없었다.

'솔직히 말해서…… 지금은 리히타인과 그란츠의 문제에 개입하고 싶지 않은데.'

2년간 그란츠 대제국은 밖으로 눈을 돌리지 않고 내실에 힘을 쏟았다.

재상 자리에 앉은 로자는 일단 제일 먼저 부정을 행한 귀족 제후들에게 처벌을 가했다.

일부 재산 징수, 영토 몰수, 작위 반환, 많은 귀족들이 엄벌을 버티지 못하고 몰락했다고 한다. 당연히 반발도 적지 않았던 모양이지만, 횡포 부리던 귀족들을 처벌하면서 거듭된 전쟁에 우울해하던 민중의 지지를 얻는 데 성공한 로자는 강제적인 수법으로 개혁을 추진해 나갔다.

하지만 그것도 이쯤이 한계라고 히로는 예상하고 있었다.

'슬슬 안팎으로 힘을 보일 기회를 얻고 싶을 거야……. 그게 리히타인 공국이라면 이렇게 적당한 상대도 없지. 이건 방치해 두고 싶지만…….'

그란츠와 리히타인이 전쟁을 시작하면 미르에의 안전은 보장할 수 없게 된다.

그녀가 위험해지면 가더가 어떤 행동에 나설지도 미지수였다.

'무엇보다 나도 미르에의 아버지에게 적잖은 은혜를 입었으니까…….'

심적으로는 구해 주고 싶지만 국정을 고려하면 방치하는 것이 타당했다.

"실례합니다. 가더 형님, 여기 계십니까?"

새로운 방문자가 방에 나타났다. 얼굴이 온통 상처투성이라 인상이 험상궂은 남자였다. 우락부락한 육체에서는 세련된 기품이 느껴지지 않았고 굳이 따지자면 거친 느낌이 두드러졌다. 도적이나 해적이라는 말이 잘 어울리는 청년이었다.

그의 이름은 무닌. 예전에는 가더의 오른팔로 노예 해방군에서 부관을 맡았던 인물이었다.

참고로 침대에서 자고 있는 후긴의 오빠이기도 했다.

가더가 의아한 얼굴로 고개만 틀어 돌아보았다.

"돌아온다는 말은 못 들었는데, 무슨 일 있었나?"

무닌은 슈타이센 공화국에 잠복해 있었다. 그랬는데 상관인 가더에게 보고도 하지 않고 돌아오다니, 뭔가 문제가 일어난 것이 틀림없었다.

"네. 보고서에 쓸까 싶기도 했지만…… 직접 지시를 듣는 편이 빠를 것 같았습니다. 아무튼 폐하와 관련된 일이기도 하니까요."

무닌은 석연치 않은 말투로 말하며 루카에게 시선을 옮기고서 신경 쓰는 모습을 보였다. 기묘한 반응을 보이는 무닌을 보고 히로는 대범하게 고개를 끄덕였다. 루카가 들어도 문제는 없다. 그녀의 목적은 히로의 목숨이고 신변에는 전혀 흥미를 나타내지 않기 때문이다.

"들어도 상관없어. 이야기해 줄래?"

"그, 그럼……. 슈타이센 공화국이 두 세력으로 나뉘어 싸우고 있는 건 아실 겁니다."

슈타이센 공화국은 원로원이 통치하며 운영하고 있었다.

그중에서도 2대 세력이라고 불리는 것이 소인족^{드워프}이 중심인 니다벨리르파와 수족이 중심인 요툰헤임파였다.

히로가 재소환되었을 때, 원로원의 최고 의장이 사거하여 슈타이센 공화국은 후계자 문제로 어지러웠다.

"요툰헤임파의 승리가 농후했는데 최근 니다벨리르파가 세력을 회복하기 시작했다고 들었어. 예상치 못한 사태에 주변 나라들이 당황하고 있다는 얘기도 들었고."

요툰헤임파의 승리를 믿어 의심치 않았던 자들은 니다벨리르파와 교류할 창구를 일절 만들지 않았다. 그 탓에 니다벨리르파의 심사는 좋지 못했고, 당황한 각국은 다들 비위를 맞추려 애쓰고 있다는 이야기였다.

"이웃 나라들의 박쥐 외교도 어이없긴 하지만, 아무래도 니다벨리르파가 세력을 회복한 이유가 있는 모양입니다."

"각국이 금전과 무구를 제공하고 있는 것 외에 다른 이유가 있다는 거야?"

"그것도 이유 중 하나지만, 니다벨리르파를 이끄는 우트가르데라는 남자가 그란츠 대제국 초대 황제의 핏줄이라는 얘기가 있거든요."

무닌의 말에 히로는 조금 놀랐으나 즉각 고개를 가로저었다.

"그건 아닐 거야. 만약 사실이라면 훨씬 이전부터 소문이 났겠지. 그리고 지금쯤 슈타이센 공화국은 그의 것이 됐을 테고. 이유라고 하기에는 너무 약해. 아무 근거도 없는 헛소문에 불과할걸."

히로가 부정했지만 무닌은 심각한 표정을 지었다.

"그게 말입니다. 저도 확인했는데 우트가르데는 자손이라는 증명으로 초대 황제의 목걸이를 소지하고 있었습니다. 사자를 금은으로 장식한 훌륭한 물건이었죠. 초대 황제의 인장도 새겨져 있었고요."

무닌은 거짓말하는 남자가 아니었다. 그것은 히로가 잘 알았다.

그런 그가 확인했다면 목걸이는 진짜일 가능성이 컸다.

"……초대 황제의 목걸이, 그거라면 확실히 핏줄이라는 증명이 되긴 해. 타국에 나돌 만한 물건은 아니니까."

그래도 기묘한 이야기라고 히로는 생각했다. 그런 비장의 카드를 가지고 있었으면서 왜 궁지에 몰린 뒤에야 공표했는지 그 이유가 신경 쓰였다.

'목걸이를 이용해서 꾀어내려는 걸지도 몰라……. 그렇다면 상대는 리즈려나.'

상대의 목적이 히로라면 제2대 황제의 후손이라고 밝혔을 터다.

'하지만 슈타이센 공화국에 리즈를 불러내 봤자…….'

목적을 알 수 없었다. 그러나 니다벨리르파의 배후에 누군가가 있는 것은 틀림없었다.

그렇다고 이 자리에서 생각해 봤자 답은 얻을 수 없을 것이다.

히로는 가면의 위치를 조정하고서 결의했다.

"무닌, 슈타이센 공화국에 보내는 밀정을…… 그래, 서른 명 정도 증원하자."

"……서, 서른 명이나요?"

"그래. 주요 활동은 첩보지만…… 다른 임무를 내릴지도 몰라."

"알겠습니다."

히로는 머리를 숙이는 무닌에게서 가더에게로 시선을 옮겼다.

"기마 3천을 준비해 줘. 그리고 글린다 변경백의 영지를 지나야 하니까 그 허가를 받아 주겠어?"

"리히타인 공국…… 아니, 가로질러서 슈타이센 공화국에 가려는 건가."

"그래. 리히타인 공국이 내 진로를 막는다면 용서하지 않을 거야. 방해한다면 그란츠와의 국경선에 모여 있는 리히타인군을 무찔러야지."

대담하게 웃음 짓는 히로를 보고 가더는 작게 웃었다.

"알겠다. 당장 준비에 착수하마."

방 밖으로 나가는 가더를 배웅하고서 히로는 책을 펼치려다가 멈췄다.

아직 방에 남아 있던 무닌이 침대로 다가가는 것을 알아차렸기 때문이다.

"어라? 우리 동생은 폐하의 방에서 뭐하고— 억?!"

무닌이 후긴을 깨우려고 했지만 어째선지 그 몸이 날아갔다.

"커헉, 윽…… 흐에?"

벽에 격돌한 무닌은 바닥에 엎어지며 이해할 수 없다는 얼굴로 눈을 홉떴다. 무닌의 눈앞에서 한 여성이 입꼬리를 올리며 웃고 있었다.

"퇴물 산적이 귀여운 이겔의 수면을 방해하다니…… 죽여 버릴 거예요."

"예……? 이겔이 누구……? 루카 누님, 무슨 말씀이신지— 히익?!"

바닥을 뚫어 버릴 기세로 루카가 발을 내리찍자 무닌은 울상을 지으며 그 자리에서 뒤로 홱 물러났다.

"……도망치지 마세요. 쓸데없이 뇌척수액이 튀어요."

히로는 섬뜩하게 히죽거리는 루카에게서 눈을 떼고 책으로 시선을 떨어뜨렸다.

'말릴 필요는 없겠지. 무닌이라면 죽진 않을 거야…….'

타인을 돌멩이처럼 취급하던 예전의 루카와 비교하면 조금은 진보하지 않았을까. 향후를 생각하면 타인에게 관심을 가지는 것은 좋은 경향이었다.

*****

그란츠 대제국의 수도— 흔히 대제도라고도 불리는 클라디우스.

1000년 전 초대 황제가 제정(帝政)을 시작했을 때 이 땅에 환도하면서 시작된 천 년의 도시였다. 그래서 거리를 내려다보는 황궁 베네자인의 역사 또한 오래되었다.

하지만 사물은 아무리 소중히 다뤄도 언젠가는 닳기 마련이다.

그것은 황궁 베네자인도 예외가 아니라서, 오랜 세월을 거쳐 노후화된 부분은 수복하였으나 위험하다고 판단된 곳은 헐었고, 그때마다 새로운 공간이 증축되었다.

황궁 베네자인의 외관은 1000년 전과 별로 달라진 점이 없었다. 하지만 내부 구조는 역대 황제들이 시대에 맞춰 개축을 반복해 복잡하게 변했다.

침입자에 대비하여 함정을 깐 방, 황제만이 입욕할 수 있는 대욕탕, 미로처럼 뒤얽힌 복도, 창부를 두기 위한 넓은 홀 등, 그 시대의 색깔에 맞춘 공간이 욱여넣어져 있었다. 하지만 그 중에서 유일하게 역대 황제들이 손대지 않은 장소가 있었다.

　방도 없고, 장식도 없고, 조명도 적은 막다른 복도였다.

　혹여 만에 하나 잘못 들어온 자가 있더라도 단순한 막다른 곳, 증축 도중이라고 생각하여 되돌아갈 것이 틀림없다.

　하지만 이곳은 한정된 자만이 찾아올 수 있는 『무(無)의 통로』였고, 그란츠 황가에 속한 자들에게는 신성한 장소— 역대 황제들이 잠든 묘소로 가는 길이었다.

　"묘지기장이 남긴 일기에 의하면 마지막으로 황제 묘소를 방문한 건 히로야."

　그 묘소로 향하는 복도를 걷는 두 여성이 있었다.

　"하지만 어째서 히로가 황제 묘소에……?"

　붉은 머리 황녀— 리즈는 발을 멈추고 언니를 돌아보았다.

　"아무래도 슈트벨이 반란을 일으켰을 때— 혼란을 틈타 누군가가 황제 묘소에 침입했던 모양이야. 아바마마는 그때 살해당했으니 말이지. 판단을 바라는 의미에서도 히로를 택한 것 같지만…… 일기에 의하면 제2대 황제의 무덤을 도굴당한 게 가장 큰 이유인 듯해."

　손에 든 책을 넘기며 로자는 동생의 의문에 대답했다.

　"제2대 황제의?"

　무심코 반문한 리즈에게 로자는 고개를 끄덕였다.

"그래. 어째선지 제2대 황제의 무덤만 파괴되고 시신을 도둑맞았다고 묘지기장은 일기에 적어 뒀어. 하지만 그것 말고는 손댄 곳이 없었던 모양이야."

기묘한 이야기였다. 금은보화보다도 시신을 탐내는 이유 따위 전혀 떠오르지 않았다.

"하지만 이로써 조사를 진행할 수 있겠네."

"그래. 어떤 상태였는지 이 일기로 알 수 있겠지."

슈트벨 제1황자의 반란 때 황제 묘소는 한 번 도굴당했다. 묘지기장은 경비 체재의 재검토를 꾀했으나 그 직후인 2년 전 — 재차 도적이 황제 묘소를 습격했다. 하지만 황제 묘소는 묘지기 일족과 황제만이 출입할 수 있는 곳이었기에 피해 상황을 파악할 수가 없었다.

심지어 두 차례 습격으로 묘지기장을 포함해 그의 일족이 전멸하고 말았다. 그래서 오늘까지 더듬더듬 조사를 이어왔지만, 얼마 전에 묘지기장이 남긴 일기를 찾으면서 마침내 황제 묘소의 전모를 파악할 수 있을 듯했다.

"아무튼 아래로 갈까."

로자는 그렇게 말한 뒤 책을 갈무리하고서 허리에 달아 뒀던 램프에 불을 붙이고 지도를 꺼내 앞장서 걷기 시작했다.

이 앞의 복도는 어두웠다. 벽에 걸린 램프의 불빛은 있지만, 발밑에 만연한 어둠을 완전히 몰아내지는 못했다. 넘어질 것처럼 불안해도 벽을 따라 이동할 수는 없었다. 도적의 습격을 받은 다음 날, 병사들이 조사하려다가 설치된 함정이 발동해서 부상자가 속출했었기 때문이다.

"하지만 황제 묘소를 지키기 위해 만들어진 복도야. 향후를 생각해서 함정을 철거할 수도 없었지. 스카아하 공에게도 부탁해서 수상한 장소를 조사하는 데만 두 달이 걸렸어."

부상자가 나오고 난 뒤 리즈의 주도하에 황제 묘소에 들어가는 입구까지 함정이 설치된 위치를 조사했다. 그것을 기록한 것이 로자가 손에 든 지도였다.

만약 함정이 발동하더라도 『염제』가 리즈를 지킬 테니 괜찮겠지만 휘말린 로자는 무사할 수 없을 것이다. 그래서 로자가 만든 지도를 보며 입구로 갈 수밖에 없었고, 리즈는 묵묵히 언니의 뒤를 쫓았다.

"묘지기장이 남긴 일기 덕분에 함정 위치도 대충 파악할 수 있게 됐어. 앞으로는 병사들을 이용해 대규모 조사를 하고 싶지만……."

"어렵겠지."

역대 황제들이 잠든 신성한 장소다. 불특정 다수의 인간에게 위치가 알려지는 일은 피하고 싶었다.

지금도 황제 묘소의 존재는 귀족 제후들 사이에서 소문으로만 돌고 있을 정도였다.

리즈 또한 황제 묘소가 존재한다고 확신하게 된 것은 도적의 습격이 있고 나서였다. 그 밖에 아는 사람은 로자와 스카아하와 아우라— 그리고 5대 귀족들뿐이었다.

"찬찬히 조사해 나갈 수밖에 없겠지."

램프를 높이 든 로자는 파괴된 벽 앞에서 멈춰 섰다.

발밑을 비추니 아래로 내려가는 계단이 모습을 나타냈다.

그 벽에 균등하게 배치된 홰에 불을 붙이며 로자는 계단을 내려갔다.

"나는 이로써 세 번째지만, 리즈는 몇 번 왔었지?"

"응. 제2대 황제의 무덤을 조사하러…… 셀 수 없을 만큼 많이."

로자가 쓴웃음을 짓는 것이 뒷모습으로 전해졌다. 하지만 질책하는 말은 나오지 않았다. 함정 위치를 조사할 수 있었던 것도 이곳에 수없이 찾아온 리즈 덕분이기 때문이리라.

"그런가. 리즈는 옛날부터 『군신^{마르스}』을 좋아했으니까……. 뭔가 얻은 건 있어?"

"전혀……. 마치 원래부터 비어 있었던 것처럼 공허한 공간이 펼쳐져 있을 뿐이었어."

"시신을 도둑맞지 않았다면 또 다른 감상이 있었을 테지만……."

그렇지 않다고 리즈가 말을 꺼내기 전에 계단은 끝을 맞이했다.

여기서부터는 긴 외길 통로― 바닥에는 대량의 핏자국이 남아 있었다.

벽에는 무수한 칼자국과 혈흔이 보였다. 묘지기와 침입자의 전투로 발생한 것이리라.

피비린내가 여전히 남은 통로를 빠져나가자 광대한 공간이

나왔다.

깊고 깊은 어둠이 펼쳐진 황제의 묘소였다.

위를 올려다봐도 그 끝은 어둠에 휩싸여 아무것도 보이지 않았다.

램프 불빛이 미약하게 주위를 비춰 발밑으로 기어오는 어둠을 몰아냈다.

"그래서, 나한테 보여 주고 싶은 게 뭐야?"

로자가 돌아보자 리즈의 얼굴을 덮었던 어둠이 가셨다.

"딱 하나, 아무래도 신경 쓰이는 게 있어."

"흠?"

고개를 갸우뚱하는 로자에게서 램프를 받아 든 리즈는 앞장서 걷기 시작했다.

"여러 번 찾아오면서 기묘한 점을 몇 가지 발견했는데…… 그중 하나를 아무리 생각해도 모르겠어."

주위에 만들어진 완만한 경사면의 구릉들.

그 하나하나에 역대 황제가 잠들어 있었다. 그것들은 광대한 공간에 원을 그리듯 배치되어 있었고, 그 중심에는 거대한 바위가 놓여 있었다.

"다른 건 깔끔하게 관리되어 있는데 이렇게 큰 바위가 여기 방치되어 있다니 기묘하잖아."

리즈는 눈앞에 나타난 거대한 바위를 손등으로 툭툭 두드리고서 로자를 돌아보았다.

"……그래서 나를 이곳에— 아니, 묘지기장이 쓴 일기가 필요했나?"

로자의 대답에 리즈는 고개를 끄덕이고 바위의 반대편으로 갔다.

"입구가 있어. 어떤 목적으로 만들어진 건지는 모르겠지만, 무언가가 놓여 있었던 것 같은 공간이 이 바위 안에 만들어져 있어."

"……즉, 무덤이라고 말하고 싶은 건가?"

"응. 심지어 초대 황제의 무덤인 것 같아."

뒤에서 로자가 숨을 멈추는 기색이 느껴졌다.

"왜, 어째서 이런 곳에 무덤을 만들었을까. 심지어 바위 안에. 그 이유를 난 알고 싶어."

이곳을 발견한 이후로 리즈는 수없이 황제 묘소를 찾아왔으나 초대 황제의 무덤은 찾을 수 없었다. 그러다 중앙에 놓인 거대한 바위에 위화감을 느끼고 조사하다가 입구 같은 것을 발견한 것이다.

"하지만 내부는 털리고 훌륭하게 파괴되어 있었어. 어쩌면 도적의 목적은 여기였던 게 아닐까?"

리즈는 그렇게 말하면서 바위 안으로 발을 들였다.

시들어 버린 꽃밭이 눈앞에 펼쳐져 있었다. 고갈된 작은 샘에는 물고기의 뼈가 흩어져 있었다.

중앙에는 관이 놓여 있었는지 받침대 같은 것이 잔해가 되어 있었다.

발을 내디딜 때마다 마른 잎 소리가 공허하게 울렸고, 갈색으로 물든 지면 위에서 이따금 램프 불빛을 받아 무언가가 반짝였다. 로자가 그것을 알아차리고 웅크려 앉았다.

"홍옥과…… 황옥인가. 이쪽에는 반지가 떨어져 있고…… 음? 이건……?"

리즈가 램프로 손 근처를 비춰 줬다.

"나뭇조각 같군. 불타 버렸지만, 서책이라도 놓여 있었나?"

로자는 복잡한 얼굴로 끙 소리를 내며 일어났다.

"이것들이 죽은 자를 위한 공물이라면 관이 있었을 테지만……."

"없어. 관은커녕 시신조차도. 그래서 묘지기장이 남긴 일기에 이곳에 관한 서술이 있는지 봐줬으면 좋겠어."

"정말로 초대 황제의 무덤인지, 만약 그렇다면 처음부터 이곳은 파괴되어 있었는지, 아니면 누군가가 어떤 목적으로 초대 황제의 시신을 훔쳤는지, 그걸 알고 싶은 거로군."

로자의 추리에 리즈가 강하게 고개를 끄덕여 긍정했다. 하지만 로자는 씁쓸한 표정을 지었다.

"아쉽지만 그에 관해서는 기대에 부응할 수 없을 듯해. 묘지기장이 쓴 일기를 발견했을 때부터 얼추 훑어봤지만 이 거대한 바위에 관한 서술은 못 봤어. 심지어 초대 황제에 관한 기록은 딱 한 문장뿐이었지."

"한 문장?"

"초대 황제의 무덤에는— 차기 황제만이 들어갈 수 있다. 그저 그것만이 적혀 있었어."

"즉, 이곳은 초대 황제의 무덤이 아니라는 거야?"

"아니, 그렇게 결론짓기에는 일러. 이곳이 무엇인지 증명하는 게 없으니까."

로자는 주위를 둘러보다가 리즈에게 시선을 되돌리고서 어깨를 으쓱였다.

"지금은 손쓸 방도가 없다는 거지. 이 방 어딘가에 아직 숨겨진 방 같은 게 있을지도 몰라. 이것만큼은 조사해 봐야 알 수 있겠지."

"그럼 조사해 볼까."

리즈가 램프를 높이 들자 그 어깨를 로자가 붙잡았다.

"아니, 오늘은 이미 늦었으니 그만두자."

"하지만 모처럼 왔으니까 조금쯤은……."

"뒷일은 나한테 맡겨 둬. 내일 선스피어로 출발하잖아. 지금은 괜한 부담을 져선 안 돼."

리즈는 내일 대제도를 떠나 선스피어로 간다. 가는 길에 제4황군의 정예인 장미기사단과 합류할 예정이었다. 그 후에 5대 귀족 중 하나인 무주크 가문의 가주 베투와 선스피어에서 회담하고 슈타이센 공화국을 향해 출발한다.

"하지만……."

"애가 타는 건 이해해. 하지만 아무것도 모르는 상황에서 답을 구해 봤자 괜한 혼란을 초래할 뿐이야. 무슨 일이든 신중하게, 일단은 하나하나 확실하게 해결해 나가자."

호시탐탐 재상 자리를 노리는 5대 귀족 무주크 가문, 물밑에서 암약하는 적대 조직, 꺼지지 않는 페르젠의 불씨, 불안정한 중앙, 여전히 전쟁의 흉터가 남은 서방, 다양한 문제와 의도가 그란츠 대제국을 뒤덮고 있었다.

황제 묘소에 관한 일도 간과할 문제는 아니지만 현 단계에서는 그다지 우선도가 높지 않았다. 지금으로서는 황제 대리인 리즈가 직접 수고하지 않아도 되는 사소한 일이었다.

"그럼 나머지는 로자 언니에게 맡길게."

2년 전의 리즈였다면 고집스러운 성격이 방해하여 로자의 말에 수긍하지 않았을 것이다.

하지만 2년간 그녀는 노련함과 비슷한 유연성을 갖췄다.

선대 황제가 죽고 황위 계승자들이 연달아 사망하면서 진두에 서게 된 리즈는 사전 준비도 못한 채 정쟁이라는 마경에 던져졌다. 바쁘다고 느낄 새도 없이 차례차례 일어나는 문제에 대처하며 그녀는 비약적으로 성장하게 되었다.

"그래, 맡겨 둬. 내일부터 본격적으로 조사하마. 뭔가 알게 되면 바로 알릴게."

가슴을 쭉 펴고 힘 있게 대답하는 로자를 보며 리즈는 쓴웃음을 지었다.

"조사는 뒤로 미뤄도 돼. 로자 언니도 여러 가지 문제를 안고 있잖아."

"아아…… 리히타인 공국 말인가. 정말이지, 이럴 때 움직이지 않아도 되는데 말이야."

어제, 글린다 변경백이 파발을 보냈다.

그란츠 대제국이 양도받은 북부 일대의 국경선에 리히타인 공국이 병사를 모으고 있다고 했다. 기근에 허덕이는 리히타인은 최종 수단을 행사하려는 모양이었다. 즉각 군대를 집결시키고 싶지만 남방은 5대 귀족 무주크 가문의 관할이었다. 그들이 정식으로 원군을 요청하지 않으면 움직일 수 없었다. 멋대로 판단하여 리즈가 군대를 움직이면 무주크 가문에 쓸데없는 구실을 주는 꼴이라 리즈의 진영을 무너뜨릴 계기를 주게 될지도 몰랐다.

"선스피어에 도착하면 베투가 군대를 움직이도록 약속을 얻어 내 볼게. 하지만 만약 늦어지면…… 아마 동방 귀족에서 군대를 보내야 할 거야."

"상관없어. 언제든 움직일 수 있도록 동방 귀족들에게 병사를 모으라고 지시해 뒀으니 이쪽을 신경 쓸 필요는 없어. 베투가 만약 발목을 잡으면 한 방 먹여 버려. 손은 써 둘 테니까 안심하고 회담에 임하도록 해."

"괜찮아. 양보할 마음은 없어."

리즈는 옆머리를 뒤로 넘기고서 자신만만하게 눈을 빛냈다.

*****

제국력 1026년 5월 30일.

그란츠 대제국 남방에 칵토스라고 불리는 지방이 있다. 글린다 변경백령 남쪽에 있는 곳으로 원래는 리히타인 공국이 지배하던 북부 일대였다.

때문에 칵토스도 1년 내내 무더운 바람이 불고 달궈진 지면에서는 아지랑이가 피어올랐다.

그란츠 대제국에 양도된 후로 수로 시설이 좋아지긴 했지만 바싹 마른 토지가 완전히 되살아났다고는 하기 힘들었다. 그럼에도 기근이 덮친 리히타인 공국으로서는 몹시 탐나는 토지였다.

그렇게 여름날처럼 강렬한 햇볕이 내리쬐는 대지에 야영지가 펼쳐져 있었다.

그 중심에는 한층 큰 천막— 사령부가 놓여 있었다.

내걸린 문장기는 리히타인 공국의 것이었다.

"란킬 장군님, 전령에게 보고를 받았습니다. 슬슬 카를 님이 이쪽에 도착하실 것 같습니다."

참모가 상석에 앉은 인물에게 말했다.

란킬 칼리굴라 질베리스트.

올해로 서른일곱 살이 되는 이 남자는 리히타인 공국의 영웅으로, 회천의 독수리라 불리며 이웃 나라들이 두려워하는 자였다. 그러나 재능은 있어도 성격에 난점이 있어서 귀족 제후들이 멀리하는 존재이기도 했다.

"그런가……. 카를 님이 돌아오시면 다시 알려 다오."

란킬은 기운 빠지는 대답을 하고서 팔짱을 고쳐 꼈다.

그는 고민 중이었다. 그란츠 대제국에 쳐들어가야 하는가, 말아야 하는가.

"아직 결단하지 못하셨습니까?"

참모의 목소리에 반응하여 란킬은 지도를 노려본 채 크게 콧방귀를 뀌었다.

"당연하지."

"하지만 우리 리히타인은 이제 버틸 힘이 남아 있지 않습니다. 문제는 백성이나 귀족이 아닙니다. 굶주린 노예가 한계를 맞이했을 때가 두렵습니다."

"굳이 말하지 않아도 안다. 정말이지, 노예 제도의 폐해가 이런 형태로 분출될 줄은 몰랐는데……."

물이 없으면 작물은 자라지 않는다. 식량이 없으면 사람은 굶주려 야윈다.

그럼 원래부터 식사가 만족스럽게 주어지지 않았던 자들은 어떻게 될까……. 굶어 죽을 것을 알면서 얌전히 있을 수 있을까.

그렇지 않다. 이때까지 쌓인 증오가 전부 주인에게 향한다.

"리히타인은 평민보다 노예가 더 많아. 숫자를 믿고 일제히 날뛰면 무법지대가 될 것은 불 보듯 뻔해."

"그렇다면 고민할 필요가 없지 않습니까? 이제 살아남을 길은 다른 나라에서 빼앗는 것뿐입니다."

물도 없고 식량도 부족했다.

그것은 노예의 분노로 이어지고, 백성의 불만을 키우고, 귀족의 횡포를 가속시키고 있었다.

"이대로 가면 1년, 아니, 빠르면 반년 만에 리히타인은 멸망하겠지."

　나라를 멸망시키는 요인은 내란뿐만이 아니다. 백성이 굶주린다는 것은 병사도 굶주린다는 뜻이었다. 그것은 국력 저하로 이어지고 타국의 침략도 허락하게 된다.

　"이 정도면 리히타인은 저주받은 것 아닌가. 겨우 카를 님이 주도하여 정치를 펴기 시작했는데 초장부터 문제에 부딪히다니."

　한심한 결말을 피하려면 타국에 쳐들어가서 뺏을 수밖에 없다.

　북부 일대를 되찾는다는 대의명분을 내걸고서 그란츠를 공격해야 할지 란킬은 고민 중이었다. 하지만 패배하면 북부를 되찾기는커녕, 배상금을 내게 되면 국고는 바닥날 것이다. 그렇다고 아무것도 안 하면 기근으로 내란이 일어나거나 서쪽에 있는 슈타이센 공화국이 쳐들어오리라.

　마치 미로를 헤매는 것처럼 리히타인 공국은 앞이 보이지 않는 상황에 빠져 있었다.

　"그럼 공격 대상을 슈타이센 공화국으로 바꿔야 하지 않겠습니까? 녀석들이 막은 잘레강을 해방하면 물이 손에 들어옵니다. 애초에 녀석들이 시작한 일이니 대의명분은 있습니다."

　"그것도 생각했지만…… 희생이나 기간을 고려하면 그란츠 쪽이 그나마 공격하기 쉬워."

　처음에는 강을 막은 슈타이센 공화국을 공격할 생각이었다. 왜냐하면 국경을 경비하는 것이 니다벨리르파 사람이었기 때문이다. 하지만 열세에 빠져 있었을 터인 니다벨리르파가 최근 들어 세력을 회복하여 증병하면서 경비도 엄중해지고 있었다.

그에 비해 그란츠 대제국은 북부 일대에 손대기 시작해 마침내 궤도에 오르기 시작한 수준이라 성채도 아직 건설 도중인 곳이 많아서 공격할 틈은 얼마든지 있었다.

리히타인 공국의 서쪽에 만들어진 벽을 넘는 것보다는 북부 일대를 되찾는 편이 그나마 단기간에 끝날 것이다.

그래서 3만의 군세를 이끌고 국경까지 왔지만 그 이후의 결단은 너무나도 무거운 일이어서 국가의 명운을 걸면서까지 결행해야 하는가 란킬은 자문자답하고 있었다.

"그럼 우선은 카를 님께서 도착하시길 기다립시다. 낭보를 가지고 돌아오실 수도 있지 않습니까."

"그렇지……."

참모의 낙관적인 발언에 란킬은 낙담을 감추지 못하고 고개를 끄덕였다.

란킬은 그처럼 미래를 기대하고 있지 않았다.

왜냐하면 답은 이미 나와 있었기 때문이다.

"하여간…… 생각대로 안 되는군."

란킬은 책상 끄트머리에 놓인 편지에 시선을 줬다.

외교 실패를 알리는 카를의 편지였다. 하지만 교섭이 실패할 것은 예상했던 일이다. 그래도 적잖이 기대하긴 했었다.

"반환을 기대할 수 없다면…… 시기를 판별해야겠지."

이 건은 아직 참모들에게 알리지 않았다. 이런 상황에 알리면 섣불리 그란츠에 쳐들어가는 자가 나올 수도 있기 때문이다. 다소의 약탈은 못 본 척 넘어갈 생각이지만 뿌리째 뽑는 짓은 피하고 싶었다. 마음 가는 대로 빼앗으면 대의명분이 유명무실해진다. 게다가 향후를 생각하면 일꾼을 잃고 싶지 않았고, 통솔을 잃은 군대는 오합지졸과 다름없다. 영토를 탈환한 후, 얼마나 빨리 혼란을 수습하고 통치를 유지하는지가 중요했다.

"일단은 카를 님이 경험을 쌓으셨으니 좋게 생각해야 할까……."

자신이 가도 교섭은 실패했을 것이다.

어차피 실패한다면 경험을 쌓게 하자는 의미에서 인선은 틀리지 않았다. 무엇보다 카를처럼 심약한 쪽이 오히려 실언하더라도 상대방이 쉽게 기분 나빠하지 않는다.

"란킬 장군님, 글린다 변경백이 항의문을 보냈습니다만……."

"또 보냈나…… 하긴, 3만이나 되는 군세가 국경 근처까지 와 있으니 당연히 불안하겠지."

란킬은 쓴웃음을 짓고서 턱에 주먹을 대고 침음했다.

"흠…… 그럼 이렇게 하지. 국내 정세가 불안정하여 카를 님을 마중 나왔을 뿐, 타의는 없다고 해 둬."

"알겠습니다. 하지만 글린다 변경백이 전력을 갖추기 전에 슬슬 움직이는 편이 좋지 않겠습니까?"

"알고 있다. 하지만 그란츠 대제국의 남방도 불안정해."

"불안정합니까?"

별로 와닿지 않는지 참모는 이상하다는 표정으로 란킬을 보았다.

그란츠 대제국의 겉모습만 보는 자는 당연히 이렇게 반응한다.

하지만 내정을 조사하면 그란츠를 둘러싼 상황이 리히타인보다 심각함을 알 수 있다.

새로운 재상이 권세를 휘둘러 개혁을 추진하면서 많은 반발이 생기고 있었다.

"그렇게 간단히 병사를 모으지는 못할 거다. 글린다 변경백은 재상 편인 모양이니 남방 귀족의 지원은 기대할 수 없겠지. 그렇다면 많이 모아 봤자 5천 정도야. 그 정도라면 문제없다."

대국이라서 품은 문제도 적지 않았다.

주의할 것은 동방 귀족을 아우르는 켈하이트 가문— 즉, 재상의 움직임이지만, 이쪽도 군대를 간단히 움직일 수 있는 상황은 아니었다. 남방 귀족과의 권력 싸움이 교착 상태에 빠진 지금, 쓸데없는 불씨를 만들어 내면 곳곳에서 불이 치솟게 된다.

"그렇다면 양자가 서로 견제하는 사이에 우리는 확실하게 북부 일대를 손에 넣어야지."

"그럼 언제 진군해도 문제없도록 준비만큼은 해 두겠습니다."

"그래. 하지만 너무 병사들을 다그치지는 마. 노예들의 고삐는 확실하게 잡고 있도록. 그걸 게을리하면 우리는 패배를 면할 수 없어."

"알겠습니다."

그렇게 말하고 참모가 밖에 나가자 교대하듯 전령이 숨을 헐떡이며 천막에 들어왔다.

"급보! 약 3천의 군대가 이쪽으로 오고 있습니다!"

한쪽 눈썹을 치켜세운 란킬이 지도로 눈을 돌리고서 입을 열었다.

"글린다 변경백인가?"

"아, 아뇨, 천칭 문장기를 확인했습니다. 그 옆에는 검은 바탕에 용이 그려진 깃발도 있었습니다."

"바움 소국이라고?!"

란킬은 놀란 나머지 책상을 짚고 벌떡 일어나 상체를 앞으로 내밀며 전령을 보았다.

천막에 있던 자들도 놀람을 감추지 못하고 전령을 주목했다.

"예. 이쪽을 향해 똑바로 오고 있습니다."

"……어디 있지?"

란킬이 지도를 보라고 턱짓하자 전령은 허둥지둥 책상으로 다가와 바쁘게 눈을 움직였다.

"여기서부터 2셀(6킬로미터) 떨어진 곳을 진군 중입니다."

"이렇게 다가올 때까지 왜 눈치채지 못했나?"

"죄송합니다. 글린다 변경백의 움직임만 주목하느라 바움 소국 쪽까지 일손을 할애하지 않아서 발견이 늦었습니다."

"태만— 아니, 아무도 그쪽은 신경 쓰지 않았나."

바움 소국은 지금까지 중립을 유지해 왔다.

건국됐을 때까지 역사를 거슬러 올라가도 군대를 움직인 기록은 찾을 수 없을 것이다.

움직이지 않는다고 생각하는 것이 당연했다. 그러니 놓칠 만도 했다.

"……그래도 실태라는 점은 변함없지만."

짜증이 난 주먹으로 책상을 짓누르며 란킬은 자신의 안일한 생각을 부끄러워했다.

"있는 게 당연하다, 없는 게 당연하다, 그런 생각을 가지는 것이 얼마나 어리석은지 수없이 되새겼거늘…… 다시금 자신을 다잡아야겠어."

"어쩔 수 없습니다. 바움 소국이 움직일 줄은 누구도 예상하지 못했습니다."

"당장 부대를 편제합시다."

참모들의 진언에 란킬은 고개를 끄덕이고서 책상에 모인 자들을 보았다.

"아직 싸우기로 결정된 것은 아니다. 일단 사절을 파견해서 시간을 번다. 전투가 일어났을 때에 대비해 우선 노예 보병 3천을 벽으로서 전열에 세워 둬라. 그사이에 전군의 편제를 완료한다."

"예!"

분주하게 움직이기 시작한 참모들을 바라보며 란킬은 다시 지도로 시선을 떨어뜨렸다.

"……지금 움직이다니, 무슨 생각이지?"

상대에 관한 정보가 너무 적었다. 바움 소국에 왕이 즉위한 것은 알고 있었다.

그와 동시에 내정을 살피기 위해 밀정을 몇 명이나 보냈지만 리히타인에 도움이 되는 정보는 얻지 못했다. 아니— 정확히 말하자면 한 명도 돌아오지 못했다.

"타국도 똑같은 상황이겠지. 대단한 정보는 얻지 못했을 거야. 이렇게까지 아무런 정보도 주지 않으니 무섭기도 한데……."

그란츠 대제국과 한번 말썽이 있었던 것 같지만 동맹은 풀리지 않은 채였다.

바움 소국에서 산출되는 정령석과 정령 부적, 그 밖에 정령왕이라는 위대한 존재의 가치를 생각하면 당연한 일이기는 했다.

"소국이면서 대국, 누가 한 말인지는 몰라도 참 잘 지었어."

자국과의 격차를 새삼 통감한 란킬은 자조적으로 웃었다.

"일단 바움 소국의 목적인데……."

이런 시기에 움직인 것은 뭔가 의도가 있기 때문이리라.

하지만 바움 소국의 목적이 리히타인에 있을 것 같지는 않았다.

국토는 좁지만 비옥한 토지를 가진 그들이 리히타인의 불모지를 욕심낼 이유가 없었다. 자원도 그란츠에 한마디만 하면 대량으로 지원받을 수 있을 것이다.

다시 생각해 봐도 바움이 원할 만한 것이 리히타인에는 없었다.

"하! 도무지 모르겠군."

란킬은 눈앞에 제시된 난제를 일소에 부쳤다.

"생각해도 알 수 없다면 생각할 필요가 없지. 답을 얻고 싶다면 직접 확인할 수밖에."

오랜만에 맡는 전쟁 냄새— 란킬은 몸을 감싸는 긴장감에 더욱 짙게 웃었다.

책상에 펼쳐진 지도를 정리시키고 지형이 상세히 그려진 지도로 교체했다.

"자, 쓸데없는 생각은 버리고 눈앞에 나타난 문제에 대처하자."

손바닥 안에서 말을 굴리며 지도를 내려다보고, 사냥감을 잡는 포식자처럼 눈을 가늘게 좁혔다.

그렇게 지금부터 시작될 전쟁에 고양하는 란킬 곁으로 한 참모가 다가왔다.

"바움 소국의 사절이 왔습니다."

손을 멈춘 란킬은 소식을 알리러 온 참모를 무심코 노려보았고, 그 위압감에 참모가 뒷걸음질 쳤다. 그런 참모의 반응을 보고서 란킬은 미간을 짚고 화를 억누르며 위를 쳐다보았다.

"후우…… 마음에 안 드는군. 마치 전쟁을 소망하는 것처럼 이쪽을 시험하는 듯한 행동뿐이야."

이쪽은 3만, 상대는 3천. 어떻게 봐도 전력 차는 명백했다. 그런데도 도발하는 듯한 행동으로 당혹스럽게 하고, 그 모습을 보며 비웃는 것 같다는 생각마저 들었다.

"들여보내. 무슨 생각인지 물어봐 줘야지."

란킬이 그렇게 말하자 바움 소국의 사절은 바로 들어왔다.

그는 아름다운— 아니, 탁하게 가라앉은 눈이 소름 끼치는 여자였다.

몸 절반에 심한 화상을 입어서 남자가 봐도 주눅이 들었다. 이 세상에 희망을 가지고 있지 않은, 살았으면서 죽은 망령 같은 섬뜩한 인상이었다. 천막 입구로 불어든 산들바람에 그녀의 왼쪽 소맷부리가 흔들렸다.

"그란츠 대제국 글린다 변경백령의 시찰이다. 왜 국경에 군대를 모아 도발 행동을 이어가고 있는지 설명을 듣고 싶다."

인사 따위 없었다. 자신들의 행동은 나 몰라라 하고서 상대의 화를 유발하는 단도직입적인 언동, 무례함을 넘어 산뜻함마저 느껴지는 태도였다.

애초에 사절이 여성이라는 것에 란킬은 조금 쓴소리를 하고 싶었다.

원래 군사 사절은 보호받는 입장이긴 하지만 상대의 기분에 따라 간단히 목숨을 잃는다. 무엇보다 살기등등한 적진 한가운데에 보내다니 제정신이 아니었다.

그런데도 여성에게서는 동요한 기색이 느껴지지 않았다. 무례한 태도와는 별개로 배짱이 두둑한 여자라는 생각이 들어서 란킬은 오히려 호감을 느끼고 말았다.

"란킬 칼리굴라 질베리스트다. 우리에게 적대 의사는 없어. 부끄럽지만 우리나라의 국정은 불안정하기에 여기까지 우리 주군을 마중 나왔을 뿐, 다른 뜻은 없다. 부디 이해해 줬으면 좋겠군."

"그런가. 그럼 직접 흑진왕 폐하에게 설명하시길."

무심코 반문하고 싶어질 만큼 예상치 못한 대답이었다.

하지만 반문할 새도 없이 바움 소국의 사절은 빠르게 떠났다.

남은 것은 뭐라 말할 수 없는 기묘한 분위기였다.

"……어떻게 하시겠습니까? 아무리 바움 소국의 사절이라지만 용서할 수 없는 태도입니다. 본보기로 목을 자르는 게 좋지 않겠습니까?"

참모의 진언에 란킬은 어이없다는 눈길을 보냈다.

"됐다. 그러면 상대에게 대의명분을 주게 돼. 녀석들은 어쩌면 계기를 원하는 걸지도 몰라."

"계기? 애초에 상대는 고작 3천입니다. 대의명분을 준다 한들 무서워할 필요가 없지 않습니까."

"멍청한 것! 바움 소국 뒤에는 그란츠 대제국이 있다."

란킬의 말에 참모는 퍼뜩 놀란 표정을 지었다.

겨우 깨달은 모양이었다. 글린다 변경백은 재상 편이기에 남방 귀족들의 지원을 받지 못한다. 그러나 바움 소국이 원군을 요청하면 남방 귀족들의 심정이 어떻든 간에 도와줘야만 한다.

"소국이면서 대국이라는 말을 잊지 마라. 녀석들이 원하면 그란츠는 국민 정서를 생각해서 도와줄 수밖에 없어. 그렇기에 왕의 즉위에 이견을 내놓기는 했지만 공공연하게 움직이지 못했지. 정령왕이라는 이름은 그만큼 무거워."

불편한 분위기를 느끼고 의자에 고쳐 앉은 란킬은 팔짱을 끼고서 이를 부드득 갈았다. 그 모습에 주눅 들면서도 참모가 말을 걸어왔다.

"그럼 어쩌실 겁니까?"

"기다릴 수밖에 없겠지. 맞이할 준비를 해 둬라."

바움 소국의 왕으로 즉위하여 중앙 대륙에서 화제가 된 인물이다.

그런데도 한 번도 본 적이 없었다. 추악한 얼굴을 가면으로 숨겼다. 너무 아름답기에 타국이 질투하지 않도록 얼굴을 가렸다. 이장족처럼 늙지 않는 천인(天人)이다. 마치 한밤중에 뜬 태양— 백야와 같다. 그런 기묘한 소문은 여럿 들었으나 전부 신빙성이 떨어졌다.

"좋은 기회야. 그 흑진왕 폐하의 존안을 확인해 주지."

란킬은 자리에서 일어나 천막 밖으로 나갔다.

악의가 느껴질 만큼 하늘은 푸르렀고 강렬한 햇살이 피부를 태울 듯 지상을 달궜다.

"지긋지긋하군. 비가 너무 많이 오면 토지가 불어서 작물이 안 자라고, 비가 안 오면 토지가 메말라서 작물이 안 자라. 마치 척박한 토지에 인간의 피를 먹이라는 것 같지 않나."

손을 들어 얼굴에 비치는 햇빛을 가린 뒤 고개를 든 란킬은 태양을 노려보며 투덜거렸다.

"란킬 장군님, 바움 소국 행렬이 도착했습니다."

참모의 말에 고개를 끄덕인 란킬은 모래 먼지가 일어나는 곳으로 시선을 옮겼다.

사막 지대 특유의 모래 먼지를 일으키며 기마 무리가 다가
오고 있었다.

선두에서 달리는 것은 현란하게 보석으로 장식한 중형 마차
였다. 통풍을 위해서인지 마차에는 벽이 없었고, 네 귀퉁이에
세워진 기둥이 천장을 받치고 있었다.

온몸을 검은 갑주로 감싼 기사들이 그 뒤를 따르고 있었다.
『아군』— 주인이었던 그란츠 대제국의 제4황자가 사거하면
서 그들이 그란츠를 떠나 바움 소국에 몸담았다는 것은 풍문
으로 들었다.

과연. 란킬은 고개를 끄덕였다. 한 치의 흐트러짐도 없이 행
진하는 검은 군세는 압권이었다. 무엇보다 상대를 위축시킬
수 있었다. 무구가 제각각인 노예들은 기가 죽었을 것이다. 그
리고 수는 적지만 엄격하게 단련받았음을 한눈에 알 수 있었
다. 그 위압감은 지금의 리히타인에 존재하지 않는 것이었다.

"적으로 돌리기에는 역시 무서운 존재인가. 무엇보다도 검은
색은 우리 군대에 있어 불길함의 상징이자 패배의 색깔이니까."

생각하지 않으려고 해도 2년 전의 패배가 떠올랐다. 굴욕스
러운 과거는 란킬의 표정에 그림자를 드리웠다. 그에게도 검
은색은 지울 수 없는 패배의 증명이었다.

이윽고 마차가 란킬 앞에서 멈추고 가면 쓴 남자가 내렸다.

기묘한 가면도 독특했지만 먼저 놀란 것은 젊은 외양이었다.
아직 어린 티가 남은 얼굴이 가면 아래쪽으로 보였다. 주위

병사들과 비교해 키도 작은 것을 보면 나이는 열넷에서 열여섯쯤이리라.

'심지어 흑발인가……. 정말이지 나는 불운한 모양이야.'

제4황자의 온유한 얼굴이 한순간 뇌리를 스쳤다.

본인일지도 모른다는 생각이 들었으나 그 생각은 순식간에 무산되었다.

눈앞에 있는 남자와 나이가 맞지 않았기 때문이다.

개인차는 있지만 사람은 성장하는 생물이다.

2년 전이라면 납득할 수 있었겠지만, 눈앞에 내려선 그에게서는 나이 먹은 흔적을 찾아볼 수 없었다. 무엇보다도 가면 안쪽에 가라앉은 눈동자가 황금색으로 빛나서 부정하지 않을 수 없었다.

다른 한쪽 눈은 검은색인 것 같지만, 제4황자는 두 눈 모두 칠흑색이었다.

뒤이어 한쪽 팔이 없는 병사가 내렸고— 란킬은 흠칫 놀란 얼굴로 그녀를 보았다.

'아까 왔던 사절이잖아…….'

탁한 눈으로 당장에라도 저주해 죽일 듯이 란킬을 노려보고 있었다.

"루카, 그렇게 위협하지 마."

"흥, 덩치만 큰 남자가 쏘아보길래 똑같이 해준 거예요."

루카라고 불린 여자는 엄지손톱을 질겅거리며 가면 쓴 남자 뒤에 숨었다.

그런 이상한 자들의 출현에 당황하긴 했지만 란킬은 곧장 마음을 다잡았다.

"리히타인 공국에서 후작위를 받은 란킬 칼리굴라 질베리스트입니다. 이 군대의 총사령관이기도 합니다. 바움의 국왕 폐하를 이런 곳에서 맞이하는 무례를 용서해 주십시오."

정중한 태도로 란킬이 말하자 가면 쓴 남자는 그저 조용히 고개를 끄덕였다.

"바움 소국의 제2대 국왕, 흑진왕이다."

간결하지만 왕명(王名)의 무게가 느껴지는 말은 중압이 되어 란킬을 덮쳤다.

'고왕(古王)의 이름을 대는 건가…….'

일찍이 한 신이 『세계』를 창조했다.
^{알레테이아}

그러나 신은 이 세계는 실패작이라며 한탄했고, 자신의 분신을 다섯 만들어 세계의 통치를 맡긴 후에 모습을 감췄다고 한다. 그것이 바로 『5대 천왕』의 탄생—『신대(神代)』의 시작이다.

'하지만 정령왕이 사는 나라에서 『흑진왕』이라는 이름을 쓰다니…….'

복잡하게 얽힌 역사를 살펴보면 결코 비분을 살 일은 아니었다.

이름을 쓴다면 정령왕보다도 적절함을 란킬은 이해하고 있었다.

그래도 흑진왕이라는 이름은 한 사람의 인간이 짊어지기엔 너무 무거웠다.

'어지간히 자신이 있는 건지, 아니면 허풍인지……'

그것은 이야기해 보면 알 수 있을 것이다. 속내를 내비치지 않아도 말에 배어나는 감정은 완벽하게 숨길 수 없다. 어떤 상황에서든 드러나게 된다. 사소한 동작 하나로 분위기가 바뀐다.

"오늘은 햇살도 강해 조촐하게나마 이야기 장소를 마련했습니다."

이쪽으로 오라며 란킬이 안내한 곳은 부하에게 명하여 준비시킨 간이 천막이었다.

안으로 들어가자 시원한 바람이 뺨을 어루만졌다. 방의 네 귀퉁이에 귀한 얼음을 두고서 노예들이 거대한 부채로 끊임없이 바람을 일으키고 있었다.

란킬이 의자에 앉자 맞은편에 가면 쓴 왕이 앉았다. 그 뒤에 루카라고 불렸던 여성이 들러붙다시피 섰다.

"포도주를 준비했습니다. 밖에서 기다리는 부하분들에게 드릴 물도 준비시키겠습니다."

란킬이 손뼉을 치자 노예들이 물과 술을 날랐다. 하지만 눈앞에 잔이 놓여도 가면 쓴 왕은 손도 대지 않고서 섬뜩하게 빛나는 황금색 눈동자로 란킬을 바라보았다.

"리히타인 공국은 즉각 이곳에서 병사를 물려라."

란킬은 노예가 은잔에 따른 포도주 너머로 보랏빛에 물든 왕을 보았다.

뜬금없이 입을 열더니 다짜고짜 철수 명령이었다.

네, 알겠습니다. 하고 철수하는 사람이 있겠냐고 묻고 싶었다. 하지만 언짢은 속마음을 표정에는 드러내지 않고서 란킬은 포도주를 맛보고 입에 호선을 그렸다.

"우리의 주군, 카를 오르크 리히타인이 돌아오는 대로 물러나겠습니다."

"그 약속을 어겼을 때는 어쩔 거지?"

"정식 서면을 주고받은 것은 아닙니다. 결국은 구두 약속에 불과하지요. 미래가 어떻게 될지는 저도 알 수 없으니, 작은 분쟁이 일어날지도 모르겠군요."

란킬은 날카롭게 눈을 빛내며 도발을 섞어 고했다.

"그럼 그 미래를 조금 앞당기기로 하지."

"무슨 뜻입니까?"

"귀공이 데려온 병사들로 이 땅을 새빨갛게 물들이겠다는 선언이다."

주먹으로 책상을 가볍게 쳤을 때, 가면 쓴 왕의 위압감이 커졌다.

어디선가 느껴 본 적이 있는 기운에 란킬은 몸서리쳤다.

2년 전, 제4황자와 대치했을 때— 그때도 비슷한 느낌을 받았다.

하지만 그는 죽었다.

아까도 그렇게 결론지었다. 그런데도 등을 훑는 오한은 대체 무엇이란 말인가.

"란킬 장군님, 카를 님께서 돌아오셨습니다."

그때, 천막 입구를 열고 안을 들여다본 병사가 보고했다. 란킬은 내심 혀를 차고서 입을 열려고 했지만, 그보다도 빨리 가면 쓴 왕이 중후한 음성으로 말을 막았다.

"마침 잘됐군. 귀공의 주인에게 판단을 묻기로 하지."

즉각 발언한 남자의 말에 란킬은 표면상으로는 평정을 가장하며 고개를 끄덕일 수밖에 없었다.

"좋습니다. 카를 님을 이곳으로 모셔 와라."

란킬이 말하고 얼마 지나지 않아 카를이 당황한 모습으로 들어왔다. 실내에 흐르는 무거운 분위기를 느꼈는지 카를은 소극적으로 눈을 굴렸다.

'이 나쁜 버릇이 카를 님의 성장을 막고 있어……. 심지어 귀족 제후의 신뢰를 얻지 못하는 가장 큰 원인이지.'

카를은 예상치 못한 일이 벌어지면 금방 동요하며 위축되어 버렸다. 선대 공작 같은 배짱이 조금이라도 있었다면 귀족 제후가 품은 불신감을 없앨 수 있었을 것이고, 기근이 들었어도 리히타인 공국은 굳건하게 행동할 수 있었을 것이다.

"카를 님, 이분은 바움 소국의 국왕 폐하십니다."

"앗…… 그런 분이 왜 이런 곳에……?"

놀라고 있어 봤자 이야기는 진행되지 않는다. 조금 짜증스럽게 느끼면서도 란킬은 사정을 짧게 설명하려고 했지만 기선을 제압한 것은 가면 쓴 왕이었다.

"카를 공, 그란츠 대제국과의 교섭은 실패한 모양이군."

난데없이 정곡을 찔린 카를은 경직되었고, 란킬은 아쉬운 눈으로 가면 쓴 왕을 보았다.

"출구 없는 미로, 앞이 보이지 않는 길에서 나가려면 강제적인 수단을 쓸 수밖에 없지. 부술 것인가, 바꿀 것인가. 귀공의 나라는 어느 쪽을 택할 텐가?"

아무런 대답도 못 하는 두 사람을 바라보고서 가면 쓴 왕의 입가에 희미한 웃음이 걸렸다.

"굶주린 짐승이 택하는 것은 언제나 약탈이다. 짐승 나름의 이유를 붙여서— 그란츠에 빼앗긴 토지를 되찾는다는 대의명분을 내거는 것이지. 무엇보다 북부 일대는 그란츠의 이주 정책이 진행 중이야. 강재(鋼材), 목재, 물과 식량, 대량의 물자가 운반되고 있어. 굶주린 짐승이 무리를 유지하기에는 충분한 양이지."

"그렇더라도…… 바움 소국과는 관계없지 않습니까."

"그게 그렇지만도 않아."

어이없다는 듯 한숨을 쉰 흑진왕은 책상에 팔꿈치를 올린 뒤 깍지를 끼고 턱을 얹었다.

"그란츠 대제국의 이주 정책으로 많은 그란츠 백성들이 북부 일대에 거주하게 됐어. 그들은《정령왕묘》의 보호 대상이지. 정령왕을 받드는 바움 소국은 그들이 상처 입는 것을 묵과할 수 없다."

"그럼 어쩌시겠다는 겁니까. 고작 3천의 비리비리한 양으로 3만의 굶주린 짐승을 막을 수 있다는 말씀입니까?"

"그것이 예로부터 이어진 관례— 전쟁으로 자신의 생존 본능이 얼마나 강한지를 가늠하는 것이지. 그대들이 바란다면 이 땅에서 내가 시험해 주겠다."

흑진왕은 억양 없는 목소리로 말하며 황금색 눈동자로 그 저 똑바로 바라보았다.

정체 모를 공포가 란킬의 등을 타고 스멀스멀 올라와 끊임 없이 식은땀이 났다.

카를도 몸을 바싹 움츠리고 발밑으로 시선을 피하고 있었다.

그런 그들의 모습을 보고 흑진왕이 가볍게 웃었다. 그러자 기묘한 긴장감도 사라졌다.

"하지만 리히타인 공국의 기근을 간과할 수도 없지. 리히타 인의 백성들 중에도 정령왕을 우러르는 자가 있으니까."

"아까부터 무슨 말씀을 하고 싶으신 건지 모르겠습니다. 당 신은 뭘 하시려는 겁니까?"

란킬이 묻자 흑진왕은 일어나 두 사람을 내려다보았다.

"곤란에 빠진 그대들에게 자비를 베풀겠다."

흑진왕의 말은 멈추지 않았다.

"리히타인 공국이 기근에서 벗어나려면 물이 필요 불가결하 지만, 유일한 수원은 오아시스, 그것도 전 국민에게 나눠 줄 수는 없어. 그렇다면 타국에서 약탈하거나, 막혀 버린 잘레강 을 해방하거나, 둘 중 하나지."

그것은 란킬도 생각했던 사항이었다. 하지만 니다벨리르파 가 세력을 회복하면서 국경의 벽은 넘을 수 없게 되었다. 그렇 기에 그란츠를 공격하기로 한 것이다.

"거기까지 알고 계신다면 제가 이곳에 있는 이유도 아시지 않습니까?"

"물론이다. 그러니 막혀 버린 잘레강을 나의 군략으로 해방시켜 주겠다."

"……쉽사리 믿을 수 없군요. 무엇보다 그런 일을 해 봤자 저희는 당신께서 원할 만한 것을 제공할 수 없는 상황입니다."

"물론 그냥 해주겠다는 것은 아니다. 광산을 한두 개 받고 싶다."

"……그건 상관없습니다만."

원래부터 그란츠와의 교섭이 성공했다면 넘길 예정이었던 광산이다. 잃어도 심한 타격이 되지는 않지만, 가뭄에 굶주려 멸망해 가는 나라와의 교섭 조건으로는 적당하지 않았다.

란킬은 제안에 숨은 꿍꿍이를 간파하려고 했으나 흑진왕은 사색할 여유를 주지 않았다.

"그렇다면 교섭 성립이다. 나중에 정식 서면으로 계약을 맺기로 하지."

"기다려 주십시오. 리히타인과 슈타이센 사이에는 철벽의 요새라고도 불리는 긴 방벽이 구축되어 있습니다. 우리나라는 슈타이센과 여러 번 교전했으나 오늘날에 이르기까지 한 번도 벽을 넘어 본 적이 없습니다. 보아하니 흑진왕 폐하가 이끄는 병사는 대략 3천, 너무 무모하지 않습니까?"

"그렇다면 귀공의 나라에서 병사 1만을 빌려주면 되겠군. 노예가 아니라 정규 군사로 말이야."

"고작 1만……?! 당신께서 데려온 3천과 합쳐도 1만3천입니다. 그 수로 함락시킬 수 있을 리가 없습니다. 만약 가능했다면 우리는 지금 이런 곳에 와 있지 않았을 겁니다."

"란킬 후작, 정면으로 공격하는 것 외에도 수단은 있어."

흑진왕은 가면에 손을 대며 웃었다.

*****

제국력 1026년 6월 4일.

그란츠 대제국— 남방의 대제도라고 하면 누구나 선스피어의 이름을 든다.

대제도가 화려한 도시라면 선스피어는 쾌활한 도시라고 할 수 있었다.

하지만 그렇게 자유롭고 활달한 기질이 생겨난 것은 선스피어를 통치하는 무주크 가문 때문이 아니었다. 선스피어가 각국의 상인들이 들르는 중계 지점이고, 육지의 항구라고 칭해질 만큼 다양한 이국의 물건이 흘러드는 장소이기 때문이었다.

북쪽으로 대제도, 남쪽으로는 리히타인 공국과 슈타이센 공화국, 서쪽으로는 제3제도, 동쪽으로는 철취성(鐵鷲城)^{바르딕가든}까지 이어져 있었다. 금 산출지이기도 해서 일확천금을 꿈꾸는 자들이 이 땅을 찾아왔다. 무엇보다 그란츠 대제국의 부유층이 밀집된 토지였다.

그래서 쾌활한 분위기가 끊임없이 흐르는 것이었다.

"선스피어를 방문하는 건 이로써 다섯 번째인데 변함없이 활기차군요."

흰 수염이 난 턱을 문지르며 말을 탄 노병이 중얼거렸다.

"그러게. 타국의 상인도 있어서 그런가…… 대제도와 비교해도 분위기가 밝아."

나란히 말을 달리는 붉은 머리 황녀 리즈가 눈부시다는 듯 활기찬 사람들을 바라보았다.

그 뒤를 따르는 것은 남방 수호를 맡은 제4황군의 정예, 장미기사단 2천이었다.

가도를 점거하고 나아가는 그들의 양옆에서 군중이 손을 흔들었고, 때로는 꽃잎을 뿌리면서 악기의 음색과 함께 무희가 춤을 선보였다. 그럴 때마다 환호성이 들끓으며 민중은 리즈의 이름을 칭송했다.

"열렬한 환영에 압도되는군요. 저 밑바탕에 있는 무주크 가문의 자금력이 무섭습니다."

트리스의 말에 리즈는 고개를 끄덕여 찬동을 나타냈다. 정치는 금전으로 성립된다.

하지만 예외도 존재했다. 아무리 부유해도 비가 내리지 않으면 리히타인 공국처럼 신세를 망칠 수도 있었다. 자연의 힘 앞에서 인간은 무력하지만, 그래도 돈이 있으면 뭐든 이룰 수 있다고 믿는 자는 많았다.

"그러네. 그게 나쁜 건 아니지. 부정하진 않지만, 금전을 잃으면 모든 것이 한순간에 사라져."

제대로 조정하지 못하면 막대한 자산이 있어도 순식간에 날아간다.

"무익하게 사용하면 헛되이 끝나. 하지만 유익하게 사용한다고 해서 자산이 반드시 늘어나는 건 아니야."

리즈의 언니인 로자도 켈하이트 가문의 자금력을 이용해 중앙 귀족과 서방 귀족을 포섭하여 단숨에 재상 자리까지 올랐다. 하지만 이때까지 축적한 자산의 절반을 희생했다고 들었다. 심지어 그만한 희생을 치렀어도 중앙과 서방은 안정됐다고 말하기 어려워서, 투자한 금전을 되찾으려면 시간이 더 필요했다. 그때까지 켈하이트 가문의 자산은 계속 줄어들 것이다.

"무주크 가문은 금전을 잘 이용하고 있어. 화려한 연출은 때로는 압력이 되어 상대를 위압하기도 해."

거리 전체를 이용한 환영에는 리즈를 향한 충고가 담겨 있었다.

첫째로 무주크 가문의 자금력을 과시하기 위해…….

둘째로 무주크 가문이 남방의 지배자라는 의사 표시.

셋째로 악의 없는 환호성을 이용한 위압이 담겨 있었다.

"그리고 황금빛으로 번쩍이는 저 궁전에서 기다리고 있는 거군요. 그렇게 생각하면 복마전 같기도 합니다."

트리스의 말은 절묘했다.

리즈가 앞으로 시선을 보내자 목적지— 금으로 만든 괴악한 궁전 글리트니르가 보였다. 그 입구에서 베투가 활짝 웃으며 기다리고 있었고, 그 옆에는 처음 보는 미남자가 서 있었다.

리즈가 그들 앞에 멈춰서 말에서 내리자, 그들은 호위병과 함께 나란히 머리를 숙였다.

"세리아 에스트레야 전하, 찾아와 주셔서 감사합니다. 기다리고 있었습니다."

"마중 나오느라 고생했어. 고개를 들도록 해."

고개를 든 베투는 사교적으로 웃으며 옆에 있는 미남자의 어깨에 손을 얹었다.

"우선 이 친구를 소개하겠습니다. 오랫동안 이 땅을 떠나 있었지만 얼마 전에 막 돌아왔답니다."

"어릴 때부터 베투 님을 모시고 있는 로슬 프레이 폰 잉그날이라고 합니다."

싸움을 못할 듯한 야리야리한 남자였다.

하지만 행동거지는 세련됐고, 기품조차 감도는 동작 하나하나는 황궁에서 일하는 시녀들 못지않았다. 무엇보다 살갗이 거무스름한 남방 사람들과 달리 그의 피부는 눈부시게 하얬다. 아니, 창백했다. 병적일 정도라고 해도 좋았다. 그 탓인지 다른 사람보다 존재감이 두드러졌다. 주인인 베투보다 강하게 느껴지는 패기 때문일지도 몰랐다.

"세리아 에스트레야 전하의 고명은 익히 들었습니다. 어디 있어도 지금은 돌아가신 제4황자 전하와의 이야기뿐이었습니다."

로슬은 하늘을 올려다보며 서글픈 표정을 짓더니 이어서 입을 열었다.

"다들 말했었죠. 두 분이 바로 쌍정왕(雙精王)의 재래라고,
그란츠 대제국에 더 큰 번영을 가져올 거라고…… 정말로 아
까운 분을 잃었습니다. 상심이 크셨을 줄 압니다."

"마음 써 줘서 고마워. 뜻을 이루기 전에 쓰러진 그의 혼도
분명 위로받았을 거야."

리즈는 쌍정왕의 재래라고 불리는 한쪽이 살아 있음을 알
기에 매우 미묘한 기분으로 그의 말을 받아들일 수밖에 없었
다. 하지만 태도에 나타낼 수는 없었으므로 표면상으로는 안
타까운 분위기를 풍기며 감사를 표하고서 다시 베투에게 얼
굴을 돌렸다.

"일단 식사부터 하자. 그런 다음에 슈타이센 공화국에 관해
말해 주겠어?"

"알겠습니다."

고개를 끄덕인 베투가 즐겁게 말을 이었다.

"전하께서 오신다는 얘기를 듣고 아내가 나잇값도 못 하고
들떴습니다. 일부 요리는 그녀가 직접 준비했으니 괜찮으시다
면 잡숴 주셨으면 합니다."

"그거 기대되네. 무주크 부인이 손수 만든 요리를 대제도에
서 몇 번 먹어 봤는데 전부 맛있었어."

"……호오, 대제도에서요?"

"그래. 로자 재상과 함께 말이야."

고개를 끄덕이고 뒤돌아본 리즈는 따라온 마차의 마부에게
신호를 보냈다. 그런 그녀의 등을 보며 베투가 턱에 손을 대

고서 눈을 가늘게 좁혔다.

"그렇군요…… 그것참 다행입니다."

뭔가 함축적인 말이었지만, 교묘하게 분위기를 덧씌웠기에 리즈는 그의 변화를 눈치채지 못했다. 베투는 작위적인 웃음을 유지한 채 의문을 입에 담았다.

"……따로 누가 또 함께 온 겁니까?"

"응. 저 아이는 더위에 약해서 마차에 태워 왔어."

리즈가 그렇게 말하자 마차에서 하얀 물체가 내렸다.

그것은 빠르게 리즈 곁으로 달려왔다.

베투의 눈이 포착한 것은 고상한 분위기를 풍기는 흰 털 늑대였다.

리즈는 다리로 바싹 다가온 백랑— 서버러스의 머리를 쓰다듬으며 미소 지었다.

"베투 경, 이 아이도 같이 있어도 될까?"

"그야 물론입니다. ……바로 식사를 준비시키겠습니다."

허를 찔린 베투는 얼떨떨한 표정으로 등을 돌리고 걷기 시작했다.

리즈가 그 뒤를 쫓아 궁전 안에 발을 들였다.

"글리트니르에서 세리아 에스트레야 전하를 두 번이나 맞이하게 되어 영광이에요."

궁전 안으로 들어가자 복도 끝에서 나타난 베투의 아내— 세르피나 세포네 폰 무주크가 머리를 숙이며 맞이해 주었다.

"식사 준비는 다 됐어요. 이쪽으로 오세요."

그녀는 남편의 양해도 얻지 않고 발길을 돌렸다.

베투는 그 등을 멍하니 바라보았고, 측근 로슬은 두 사람의 모습에 어이없어했다.

리즈는 아무 말도 하지 않고서 세르피나를 쫓았다. 그렇게 식당에 들어간 리즈는 상석을 차지했고, 그 옆에 서버러스가 예의 바르게 앉았다.

긴 식탁 위에는 호화로운 음식이 즐비하게 차려져 있었다. 그중에서도 과일이 많이 담겨 있음을 리즈는 알아차렸다.

"여성은 과일을 좋아하니까요. 선스피어에서 유행하는 대추야자를 전하께서 꼭 드셔 보셨으면 좋겠어요."

세르피나가 뺨에 손을 올리고 기쁘게 웃었다.

그에 싫다고는 할 수 없어서 리즈는 작게 고개를 끄덕여 알겠다는 뜻을 표했다.

"그럼 딱딱한 인사는 넘어가고 식기 전에 먹기로 할까요."

세르피나가 기뻐하며 손뼉을 치자 하인들이 일제히 움직이기 시작했다.

벌꿀주가 은잔에 따라지고, 누가 먼저랄 것도 없이 식사를 시작했다.

"그러고 보니 아우라 공은 함께 오지 않았군요."

그렇게 제일 먼저 말을 꺼낸 사람은 베투였다.

"응. 지금은 서방에 있어."

그란츠 대제국은 조만간 페르젠을 탈환할 생각이었고, 그걸 위해 아우라는 서방에 나가 있었다. 그녀의 안전도 고려하여 스카아하가 함께 갔다.

"호오, 그럼 아우라 공은 브나다라 경— 아버지 곁으로 간 겁니까?"

"맞아. 페르젠 탈환을 위해서 말이야."

아우라의 아버지는 2년 전에 벌어졌던 여섯 나라와의 싸움에서 공적을 세워 5대 귀족이 되었다.

브루탈 제3황자가 죽으면서 구심력을 잃은 민스터 가문을 대신해 현재 서방 귀족을 아우르고 있는 것은 아우라의 아버지가 가주로 있는 브나다라 가문이었다. 그러니 페르젠 탈환 계획은 아무 탈 없이 진행되고 있을 것이다.

"페르젠과의 국경 부근에서 작은 충돌이 늘고 있다고 하니까요. 아우라 공이 갔다면 브나다라 경의 부담도 조금은 줄어들겠군요."

"그런데 세리아 에스트레야 전하께서는 페르젠을 탈환한 뒤에 어쩌실 겁니까?"

그런 의문을 꺼낸 이는 로슬였다.

"그야 물론 페르젠 왕국을 다시 일으켜야지."

페르젠에서 지배력을 강화하는 여섯 나라를 견제하기 위해 그란츠 대제국은 페르젠 왕가의 생존자인 스카아하를 보호하고 있음을 작년에 발표했다.

하지만 여섯 나라는 스카아하를 이용하고 있다며 그란츠 대제국을 비난했다. 그 이후로는 페르젠 국민의 감정과는 상관없이 서로를 헐뜯고 있는 상황이었다.

페르젠 해방을 목표로 활동 중인 스카아하의 부관에 의하면 페르젠 백성들은 스카아하의 귀환을 바라고 있지만 그란츠 대제국을 다시 부르는 일은 원치 않는다고 했다.

그러나 2년의 세월이 흘러도 여섯 나라는 누가 페르젠을 다스릴 것인가를 두고 언쟁만 하고 있어서 그들의 주도로는 부흥을 바랄 수 없는 상황이라 내쫓아 주기를 바라는 의견도 있는 듯했다.

"험한 길입니다. 한번 멸망한 나라를 다시 일으키는 건 쉬운 일이 아니에요. 붕괴한 도시, 피폐해진 민중, 핍박받았던 증오가 사라지기에 3년이라는 세월은 너무 짧습니다."

짐짓 한탄하듯 고개를 흔든 로슬이 말을 이었다.

"여섯 나라로부터 탈환하려 들면 또 민중이 전쟁에 휘말립니다. 원망은 더 심해질 뿐이죠. 만약 나라를 다시 일으키더라도 스카아하 님을 기다리는 것은 파멸밖에 없습니다."

"그렇게 되지 않도록 지금 준비하고 있어."

"후후후, 그러십니까. 그럼 미력하나마 저도 돕겠습니다."

그렇게 로슬이 불쑥 치고 들어오자 리즈는 혐오감을 드러내며 식사하던 손을 멈췄다.

그런 리즈를 보고 로슬이 미소를 지었다.

타산적인 속내가 뻔히 보이는 스산한 웃음이었다.

'이 남자…… 기분 나빠.'

눈이 웃고 있지 않았다. 그럼에도 열띤 시선은 리즈에게서 떨어질 줄을 몰랐다. 리즈는 등골이 오싹해지는 것을 느꼈다.

로슬은 저항하는 사냥감이 약해지기를 담담히 기다리는 듯한 뱀 같은 섬뜩한 분위기를 휘감고 있었다.

"세리아 에스트레야 전하, 어떠십니까? 저도 돕고 싶습니다만."

로슬이 다시 물었다. 벌레 한 마리 못 죽일 듯한 단정한 얼굴에 숨은 교활함― 책략가의 일면이 얼핏 보였다.

리즈는 순식간에 경계심을 최대한으로 올렸다.

이 남자에게 일의 진행을 넘겨서는 안 된다. 심장이 경종을 울리며 위험을 알렸다.

"언젠가 로슬 경에게 협력을 바랄지도 몰라. 하지만 그건 나중 일이고, 지금은 그 밖에도 문제가 많이 남아 있어. 그에 관해서는 후일 다시 이야기하자."

리즈는 로슬이 눈치채지 못하게 마주 웃으며 화제를 바꿨다.

"그보다 글린다 변경백령에 다가온 리히타인 공국에 관해 묻고 싶은데. 베투 경, 어째서 안 움직이는 거야?"

난데없이 지목받았으나 베투는 당황하지 않고 식사하던 손을 멈추고서 리즈를 보았다.

"언제든 움직일 수 있게 4만 정도 모아 뒀습니다. 하지만 괜히 자극하면 정말로 리히타인 공국과 전쟁이 벌어지니까요. 그래서 움직이고 싶어도 움직일 수 없는 상황이었는데⋯⋯."

과장되게 고개를 가로저은 베투가 말을 이었다.

"며칠 전에 리히타인 공국이 철수했다는 소식이 도착했습니다."

"⋯⋯그건 확실한 거야?"

"네. 왜 철수했는지 이유는 알 수 없으나 틀림없습니다. 맥

빠지는 일이죠."

걸리적거리는 글린다 변경백을 제거해 줄 존재가 갑자기 철수했다.

이것저것 머리를 굴렸던 것이 전부 소용없어졌을 것이다.

베투의 음색에는 숨기려고 해도 숨길 수 없는 낙담이 섞여 있었다.

"대제도에 계신 로자 재상에게도 소식이 도착했을 겁니다. 나중에 대제도에서 전하께 파발을 보내겠죠."

"그렇구나…… 리히타인 공국이 철수……."

리즈는 무심코 안도하고 말았지만, 납득이 가지 않은 탓에 일말의 불안이 남았다.

베투의 거짓말일 가능성도 있으므로 나중에 조사할 필요가 있었다.

하지만 사실이라면 걱정거리가 사라졌으니 슈타이센 공화국 문제에 집중할 수 있다.

'뒷일은 로자 언니가 잘 처리할 거야……. 그럼 내가 할 수 있는 건…….'

리즈는 본론을 꺼내기로 했다.

"그럼 다음은 슈타이센 공화국 문제네."

"그에 관해서는 제가 설명하겠습니다. 베투 님, 괜찮을까요?"

로슬이 허락을 구하자 베투는 손을 들어 맡기겠다는 뜻을 나타냈다.

"세리아 에스트레야 전하께서는 슈타이센 공화국이 현재 어떤 상황인지 아십니까?"

로슬이 옭아매는 듯한 시선을 보냈다.

리즈는 경계를 풀지 않고 질문에 대답했다.

"수족이 중심인 요툰헤임파와 소인족이 중심인 니다벨리르파, 이렇게 둘로 나뉘어 있다는 건 들었어."

"맞습니다. 최근까지는 요툰헤임파가 우세했지만 근래 들어 니다벨리르파가 되살아나 저희는 곤란한 상황입니다."

가벼운 어조라 그다지 절박함은 느껴지지 않았다. 상대방을 농락하듯 유들유들하여 로슬의 말에서는 감정을 파악하기 어려웠다. 무슨 생각을 하고 있는지 전혀 읽을 수 없어서 리즈는 곤혹스러웠다.

"요컨대?"

"그란츠 대제국은 향후를 생각하여 요툰헤임파를 지지하고 있었지만 계획이 어긋나고 말았습니다. 간단히 말하자면 지금까지 한 투자가 전부 물거품이 될 가능성이 생긴 것이죠."

"하지만 왜 갑자기 니다벨리르파가 되살아난 거야?"

"그게 아주 기묘한 이야기인데, 니다벨리르파의 대표인 우트가르데가 초대 황제의 자손이라는 이야기가 올해 들어서 나오기 시작했습니다."

"초대 황제…… 그란츠의 핏줄이란 말이야? 하지만 그런 얘기는 처음 들었어."

"참으로 믿기 어려운 얘기지만 그는 그 증거도 가지고 있는 모양이었고, 독자적으로 조사해 보니 그건 초대 황제의 물건이 확실한 듯합니다."

"……그럼 니다벨리르파에 협력하는 게 좋을 것 같은데?"

리즈가 그렇게 말하자 로슬은 복잡한 얼굴로 침음했다.

"우트가르데는 원로원의 최고 의장을 맡을 만한 그릇이 도저히 못 됩니다. 민중들에게 전혀 인기가 없다고 해도 좋을 정도이고. 만약 그가 요툰헤임파를 이기기라도 하면 슈타이센 공화국은 그야말로 수십 개의 나라로 쪼개져서 전쟁에 돌입할 겁니다."

그 흐름이 그란츠의 남방에— 종국에는 그란츠 전체에 영향을 미칠 가능성이 컸다.

현재 그란츠 대제국은 미묘한 시기였다.

안정된 상태라고 하기는 어렵지만 타국에 참견할 틈은 없었다.

일단은 리즈를 필두로 로자가 어떻게 잘 아우르고 있는 상황이었다.

하지만 슈타이센 공화국이 다시 전란에 시달리게 되면 로자에게 쓴맛을 본 귀족들이 그 틈에 타도를 외치며 일어설 것이다.

'그걸 남방 귀족이 도와주고 로자 언니는 실각될 거야…….'

어디까지나 추측이지만, 슈타이센 공화국이 본격적으로 분열되면 남방에 후환은 없어진다. 모든 병력을 끌고 중앙을 공격할 수 있을 것이다.

로자가 패배하면 리즈는 베투에게 저항할 힘을 잃어버린다. 그렇게 되면 언젠가는 그들이 고른 남자와 혼인하여 황후로 살 수밖에 없으리라.

'그것만큼은 피해야만 해……'

리즈가 사색하는 동안에도 로슬의 말은 멈추지 않았다.

"그에 비해 요툰헤임파의 스카디는 성격에 난점은 있으나 국민들에게 좋은 평가를 받고 있고 원로원의 평판도 좋습니다. 슈타이센 공화국을 붕괴시키지 않으려면 그녀를 최고 의장에 앉히는 편이 좋겠다고 글라이하이트 폐하께 양해를 얻어 지원하고 있었지만…… 이런 상황에 빠져서 세리아 에스트레야 전하께 조력을 부탁드리게 된 겁니다."

"이유는 알았어. 하지만 꼭 내가 갈 필요가 있을까?"

베투나 로슬이 요툰헤임파를 도와줘도 문제는 없을 것 같았다.

오히려 그편이 그들에게 좋을 것이다. 이기게 하는 것도 지게 하는 것도 그들 마음대로 할 수 있게 되니 말이다.

하지만 로슬은 고개를 가로저어 부정했다.

"확실히 세리아 에스트레야 전하께서 굳이 나서지 않아도 되는 일입니다. 하지만 은혜가 크면 클수록 보답 또한 크다는 것을 이해해 주셨으면 좋겠습니다."

즉, 요툰헤임파가 이길 경우에 다른 나라들보다 유리한 입장을 얻어 두고 싶다는 것이 로슬의 본심이리라. 리즈는 여기서 그의 꿍꿍이를 조금 이해할 수 있었다.

'어느 쪽으로 굴러가도 자신들에게 득이 되게 하고 싶은 거구나.'

요툰헤임파가 이기면 지금까지 지원해 온 베투에게 막대한 이익이 생긴다.

니다벨리르파가 이기면 베투는 강제적인 수단으로 그란츠를 휘어잡을 속셈이다.

'마음대로 굴게 두진 않을 거야……'

그러려면 요툰헤임파가 이겨야만 했다.

도와주러 가서 패배하면 어쨌든 리즈의 입장은 나빠진다.

'일단 승리를 거머쥐는 것이 첫째야. 그다음에 무주크 가문의 힘을 줄이면 돼.'

새로이 결의를 다진 리즈는 문득 신경 쓰인 점을 말했다.

"내가 가는 이유는 잘 알았어. 하지만 우트가르데는 어쩔 거야? 정말로 초대 황제의 핏줄이라면 성격에 문제가 있어도 처벌하는 건 피하고 싶어."

"아직 그 이야기는 그란츠까지 퍼지지 않았습니다. 아직 소문에 불과한 정도이니 그를 살리든 죽이든 그것은 정통 핏줄인 전하의 판단에 맡기겠습니다. 만약 보호하실 거라면 그란츠 변경에 영지를 주면 되겠죠."

그 부분도 고려해서 리즈를 보내는 것일지도 모른다.

우트가르데를 처단하더라도 차기 황제로 여겨지는 리즈라면 문제는 일어나지 않는다.

"그래…… 그럼 그에 관해서는 내게 일임해 줘."

"그러십시오. 잘 부탁드립니다."

마지막에 두 사람 사이에서 불꽃이 튀며 대화는 끝을 맞이했다.

그 모습을 보던 베투가 즐겁게 입을 열었다.

"오늘 밤은 어떻게 하시겠습니까? 방을 준비해 뒀습니다만."

"마음만 받을게. 준비되는 대로 즉각 출발할 거니까 오늘 밤은 야영지에서 쉴 거야."

"알겠습니다. 그리고 미력하지만 그란츠 기병 3천을 데려가 주십시오. 장미기사단만큼 뛰어나진 않지만 정예를 모았습니다."

그리고 또— 하고 중얼거린 베투는 하인에게 편지를 넘겨 리즈에게 건넸다.

새하얀 봉투를 받고서 물음표를 띄우는 리즈를 보고 베투가 재차 입을 열었다.

"요툰헤임파에 잠입시킨 자의 이름이 거기에 적혀 있습니다. 저쪽에서 합류해 주십시오. 조금은 도움이 될 겁니다. 곤란한 일이 생기면 그자를 의지해 주십시오."

"협력해 줘서 고마워."

"아닙니다. 저희 쪽에서 부탁드린 일이니 뭐든 말씀해 주십시오."

그때, 손뼉 치는 소리가 났다. 소리의 발생원— 베투의 아내 세르피나에게 모두의 시선이 모였다.

"어려운 이야기도 끝났으니 식사를 재개하죠. 전하를 위해 준비한 것이니 따뜻할 때 드시지 않으면 식자재가 슬퍼할 거예요."

"그러기로 할까. 무주크 부인, 제일 추천하는 음식을 가르쳐 줄래?"

"대추야자라고 말씀드리고 싶지만, 스튜가 제일이려나요."

두 사람은 실없는 이야기를 늘어놓기 시작했고, 이내 조금 전과는 딴판으로 분위기가 온화해졌다.

하지만 그것을 냉담한 눈으로 바라보는 자가 있었다.

로슬이었다.

험악한 시선을 두 사람에게 보내고 있었지만 누구도 알아차리지 못했다. 뱀이 교묘하게 기척을 숨기는 것처럼 차분히 사냥감을 노리는 살기가 순식간에 사라졌기 때문이다.

아니—.

"……마음대로 되지 않는군."

한 사람, 노병 트리스만이 이변을 감지하고 있었다.

제3장 소인족과 수족

제국력 1026년 6월 13일.

리히타인의 하늘은 여름날처럼 대지를 쨍쨍 비추었다.

군마 대열이 황야를 천천히 나아가고 있었다. 불볕더위 속에서도 대열은 흐트러짐이 없었다.

통풍이 잘되는 마차가 그 선두에서 달리고 있었다.

타고 있는 인물은 흑발에 기묘한 가면을 쓴 소년이었다.

"슬슬 슈타이센 공화국과의 국경인가……."

바움 소국의 젊은 왕— 히로는 하품을 하며 고개를 틀었다.

끝없이 펼쳐진 황야가 시야를 가득 채웠다.

화초는 갈색으로 변해 말라비틀어졌고, 지면은 쩍쩍 갈라져 있었다.

오랫동안 비가 내리지 않은 것을 증명하는 광경이었다. 불모지라는 표현이 어울리는 곳이었지만, 지평선 끝에 사람 실루엣이 드문드문 보였다.

"흉물스러운 토지로 전락했지만 작년까지 이곳에는 농원이 한없이 펼쳐져 있었다고 해요. 리히타인인은 자연에 빌붙어 살아가고 있음을 뼈저리게 깨달았겠죠."

루카가 신랄한 한마디를 덧붙이며 실루엣의 정체에 관해 대답해 줬다.

"……물이 없어도 희망에 매달린 백성은 작물을 키우려고 하는 건가."

불모지로 전락했더라도 이 땅에서 자란 작물 덕분에 살아온 자들은 간단히 포기할 수 없었다.

혹시 모른다는 희망을 품고서 매일 이곳에 오고 있을 것이다.

언제 죽을지 모른다는 공포를 안고, 잠들지 못하는 밤을 수없이 넘기며 기적을 기다리고 있었다.

"그렇기에 베푸는 자비야. 죽음의 공포에 시달리던 자가 기적같이 내일의 삶을 얻게 됐을 때, 그 큰 은혜는 마음에 깊이 새겨지지."

히로는 오른손으로 가면을 잡으며 짙게 웃었고, 루카는 그 동작에 혐오감을 드러냈다.

"남의 약점을 이용하고서 그건 너무 뻔뻔한 것 아닌가요."

"예로부터 이어진 관례야. 위정자들은 그렇게 인심을 장악해 왔어."

"그게 막힌 강을 해방하는 이유인가요……?"

루카의 의문에 히로는 어깨를 으쓱였다.

"그건 하나의 대답에 불과해. 내가 원하는 건 그 너머에 있어."

"……그 너머."

루카는 훔쳐보듯 곁눈질로 히로의 표정을 살폈지만 감정 따위 전혀 느낄 수 없는 가면이 그것을 방해했다. 답을 얻지 못하게 되면서 흥미도 잃었는지 그녀는 시선을 바닥으로 떨어뜨렸다.

"잘 생각해 봐. 시간은 아직 남아 있으니까."

히로는 그렇게 말하고 전방을 바라보았다. 지평선을 가로지르는 거대한 흙벽이 가장자리까지 이어져 있었다. 인근에서는 노예들이 흙 포대를 옮기는 것이 보였다. 공격받았을 때를 대비해 보강하고 있는 것일지도 모른다. 어쩌면 벽은 아직 건설 도중일 가능성도 있었다.

"색이 다른 벽도 있어서 비틀린 인상을 주네. 과거에 공격받은 곳이 어딘지 바로 알겠어."

그런 곳에는 망루가 설치되어 있었고, 성가퀴 틈으로 많은 병사들이 경비하고 있는 모습도 보였다.

'얼굴이 수척한 자가 많아……. 식량을 충분히 배급받지 못하고 있는 건가.'

히로가 그런 감상을 품고 있는 사이 나무와 철이 조합된 문이 보이기 시작했다.

적의 침공을 수없이 막았을 것이다.

씻어 낼 수 없는 피와 기름이 묻어 있고 무수한 흠집이 나 있었다.

"여기서부터 저희는 함께 갈 수 없습니다."

리히타인 병사가 마차 옆으로 와서 고했다.

란킬 후작에게 받은 군세 1만과는 여기서 작별이었다.

바움 소국에서 데려온 『아군』 3천 중에서 2천5백도 이곳에 두고 가기로 되어 있었다.

"수고했다. 느긋하게 낭보를 기다리도록."

"예. 무운을 빕니다."

히로가 한쪽 손을 들어 올리며 리히타인 병사에게 대답하자 땅이 울리는 듯한 묵직한 소리를 내며 눈앞의 문이 열렸다.

"여기서부터는 2백을 전열에 배치하고 나머지 3백으로 후열을 굳힐 거다. 이견은 없겠지?"

문을 지나가는 도중에 가더가 다가왔다.

"그래도 상관없어. 공격받는 일은 없겠지만 말이야."

이미 슈타이센 공화국— 니다벨리르파에게 방문하겠다는 취지를 전한 상태였다.

상대의 대답은 「환영한다」였다.

『아군』 3천 중에서 데려갈 수 있는 것은 5백뿐이라는 조건이 달리기는 했지만 말이다.

그 밖에 가더와 루카가 히로와 함께 가게 되었다.

"무닌이랑 후긴은?"

"아까 연락이 왔어. 잘 잠입한 모양이야. 준비를 진행하겠다더군."

"그럼 다행이고. 이제 우트가르데라는 녀석의 정체만 확인하면 되겠네."

마차의 전방을 막은 기마의 갑주가 햇빛을 반사해서 히로는 눈을 가늘게 좁혔다. 도망치듯 시선을 돌리자 전쟁의 흔적이 펼쳐져 있었다.

그곳은 슈타이센 공화국과 리히타인 공국 사이에 있는 국경의 틈으로, 오랜 세월에 걸쳐 수없이 싸움이 반복되었을 것이다.

녹슨 도검이 굴러다니고 회수되지 못한 갑주가 지면에 묻혀 있었다. 버려진 시신은 뼈만 남게 되었고, 바싹 마른 괴물이 인골을 입에 물고 히로 일행을 노려보고 있었다.

하늘은 푸르른데도 죽음과 원념이 담긴 전쟁터이기 때문인지 경치가 탁해 보였다.

"훌륭하게 강이 말랐네요."

도랑 같은 장소를 보며 루카가 불쑥 중얼거렸다.

이것이 슈타이센 공화국에서 리히타인 공국으로 이어지는 잘레강일 것이다.

마른 목을 축이기 위해 물을 찾아왔는지 강변에는 대량의 뼈가 굴러다니고 있었다.

"이러니 괴물만 살아남았지. 그것들도 얼마 못 버틸 것 같긴 하지만."

조금 전에 봤던 야윈 괴물도 먹이가 없으면 머지않아 숨이 끊어질 것이다.

물을 잃으면서 이 일대의 생물은 화초와 함께 사라지려 하고 있었다.

"그리고 죽음의 대지를 통과하면…… 슈타이센 공화국에 도착이야."

이윽고 히로의 전방에 나타난 것은 거대한 방벽이 옆으로 늘어선 모습이었다.

리히타인 공국의 벽에 비해 훨씬 높은 벽은 난공불락이라는 말이 어울릴 만큼 엄청난 두께를 자랑했다. 침공에 대비한 것인지 요소요소에 견고한 보루가 만들어져 있었다. 섣불리 공격하면 순식간에 시체가 산처럼 쌓일 것이다.

"이래서야 당연히 그란츠 쪽을 치고 싶어지겠어. 이 정도 철벽을 넘으려면 웬만한 전력으로는 어림도 없지. 노예가 태반을 차지하는 군대라면 더더욱 그렇겠고."

슈타이센 공화국의 방벽에 접근하자 망루에서 병사가 얼굴을 내밀었다.

"멈춰라!"

성가퀴에서 많은 사수가 나타났다. 화살촉이 일제히 히로 일행을 겨눴다.

『아군』도 방패를 들어 히로의 마차를 에워쌌고, 활을 들어 전투태세를 취했다.

찬물을 끼얹은 것처럼 주위가 고요해졌다.

조금이라도 작은 소리를 내면 대지에 포학한 폭풍이 휘몰아칠 것이다.

그렇게 긴장감 넘치는 상황 속에서도 히로는 웃음을 지우지 않으며 한 손을 들고 입을 열었다.

"바움 소국 제2대 국왕 흑진왕이다. 통행은 이미 승낙받았는데 귀국은 전달이란 것을 모르는가? 아니면 약속을 휴지조각으로 만드는 야만스러운 나라인가? 어느 쪽인지 가르쳐 주겠나?"

히로는 리히타인 공국을 떠나기 전에 니다벨리르파의 본거지인 가르자의 영주 우트가르데에게 서신을 보냈고, 그 답장과 함께 통행 허가증을 얻었다.

"자, 확인해라."

히로는 우트가르데의 인새가 찍힌 통행 허가증을 꺼냈다.

하지만 슈타이센 병사들은 활을 내리지 않았다. 허가증을 확인하기 위해 누군가가 파견되지도 않았다. 히로는 어이없어하며 통행 허가증을 아무렇게나 바닥에 던져 버렸다.

"슈타이센 공화국은 리히타인 공국과 빈번히 싸웠다고 하니까, 어느새 소인족과 인족의 싸움으로 변한 걸지도 모르겠네요."

"그래서 이렇게 괴롭히는 건가……."

히로는 루카의 말에 깊이 탄식하고서 비치된 긴 의자에 벌러덩 누웠다.

"그럼 조금만 기다리기로 하지. 이쪽이 분노에 지배되는 건 상대가 바라는 바야."

"언제 폭발해도 이상하지 않은 상황인데요?"

루카가 다시 주위를 살펴보니 병사들은 뙤약볕에 샘솟는 땀조차 닦지 못한 채 팽팽한 긴장 속에서 서로를 노려보고 있었다. 하지만 양자가 눈싸움을 벌인 시간은 그렇게 길지 않았다. 이윽고 정적을 깨물어 부수듯 중후한 문이 열렸다.

그림자에 지배된 공간 속에서 한 인물이 나왔다.

그 체구는 땅딸막했고 키는 히로보다도 작았다. 하지만 어린아이 같은 인상은 전혀 들지 않았다. 얼굴은 늙었으며, 길게 기른 수염은 깔끔하게 땋았다. 갑옷 틈으로 엿보이는 근육이 보통내기가 아님을 짐작케 했다.

외관상의 특징을 보면 틀림없이 소인족이었다.

다른 자들보다 질 좋은 갑옷을 입고 있어서 대장 격이겠다고 쉽게 상상이 갔다.

히로는 상체를 일으켜 마차까지 다가온 인물을 내려다보았다.

"무례를 저질러서 죄송합니다. 우트가르데 님께 이야기는 들었습니다. 지나가시지요."

"당신의 이름은?"

"토르킬, 국경 수비군을 맡은 자입니다."

"그럼 토르킬 공, 당신에게 하나 충고하지."

"예, 무엇입니까?"

"앞으로는 좀 더 잘하도록 해. 이렇게 노골적으로 굴면 국가 간의 문제가 될 수도 있어. 지금 슈타이센 공화국의 상황을 고려하면 속 좁은 행동은 신세를 망치는 원인이 될 거야. 타국을 적으로 돌리는 어리석은 짓은 피하는 편이 좋아."

히로가 비아냥을 섞어 고하니 토르킬은 미처 증오를 숨기지 못한 눈으로 쳐다봤다.

'그렇군. 인족을 상당히 증오하나······.'

냉담한 눈으로 히로가 내려다보자 토르킬은 자신이 흘린 감정을 알아차렸는지 숨기듯 머리를 숙였다.

"친히 충고해 주시니 송구스럽습니다. 마음에 깊이 새기겠습니다."

그러고서 등을 보인 토르킬이 앞장서 걷기 시작했다.

성가퀴를 힐끗 보니 그 많던 사수들은 사라진 상태였다.

히로는 전진하라고 기수에게 신호를 보냈다.

한바탕 말썽이 있었지만 마침내 슈타이센 공화국에 발을 들이게 되었다.

튼튼하게 만들어진 문을 지나자 슈타이센 병사 3천이 히로 일행을 에워쌌다. 개중에서도 특히 눈에 띄는 것은 조랑말을 탄 자— 소인족이었다. 일반 병사와는 비교도 안 되는 중후한 갑옷을 걸쳤고, 보석이 달린 도검을 허리에 차고 있었다. 가슴에는 하나같이 니다벨리르의 의장이 들어가 있었다. 그리고 히로를 보는 눈에는 숨길 수 없는 모멸이 담겨 있었다. 이상한 움직임을 보이면 바로 공격하겠다는 의지가 여실히 느껴졌다.

"소인족 중심의 부대에서 열렬한 시선을 보내고 있는데."

"슈타이센 공화국 동쪽의 명물인 니다벨리르의 선량군(選良軍)이군요. 구역질 나는 나라예요."

루카는 그렇게 내뱉더니 눈에 거슬리는지 짜증을 억누르지 못하고서 엄지손톱을 질겅거렸고, 바닥을 걷어차며 중얼중얼 불평하기 시작했다.

"소인족은 신의 손을 가졌다는 말을 듣는 종족이에요. 도검을 만들면 따라올 자가 없죠. 그래서 태도가 건방져지는 족속이 많고, 궁에서 일하다가도 막돼먹은 성격 때문에 쫓겨나는 일이 비일비재해요."

"개인적인 원한이라도 있어?"

"없어요. 그저 우수한 일부 소인족들이 **타국**에서 얻은 공적을 자국에 틀어박힌 녀석들이 마치 자기가 한 것처럼 선전하면서, 소금 한 숟갈보다도 도움이 안 되는 주제에 꿀만 빠는 걸 용서할 수 없을 뿐이에요."

"그렇구나. 그게 선량군…… 더 나아가 이번 소동으로 이어지는 건가."

"빌어먹을 제도예요."

루카의 말투가 점점 거칠어졌다. 슬슬 그녀를 건드리지 않는 편이 좋을 듯했다. 이런 곳에서 날뛰면 곤란하다.

화상의 흔적이 있긴 해도 평범하게 있으면 미인이지만, 이 성향 탓에 남자는 고사하고 여성조차 다가오지 않았다. 이래 봬도 어린아이를 좋아하는 모양인데, 당연하게도 어린아이가 다가오는 것은 어림 반 푼어치도 없는 일이었다.

"그건 그렇고 선량군인가……."

슈타이센 공화국 니다벨리르령에 특수한 특권 계급이 존재한다는 소문은 들은 적이 있다.

할아버지나 아버지, 혹은 본인이 국가에 공헌해야만 들어갈 수 있는 기관― 선량군.

소인족은 원로원의 반수를 차지하는데 그들 모두가 선량군 출신이었고, 니다벨리르파라고도 불리며 오랜 세월 슈타이센 공화국을 운영해 왔다.

선량군은 출신과 관계없는 실력주의를 표방하고 있어서 언뜻 보면 훌륭한 제도처럼 보인다. 하지만 공헌이라는 것은 누군가에게 인정받아야만 했다.

그러나 공헌했는지 안 했는지를 판단하는 것은 선량군이었고, 출신은 관계없다고 하면서도 선량군에는 소인족밖에 없었다.

즉, 슈타이센 공화국 니다벨리르령에서는 아무리 공적을 남겼어도 선량군에게 인정받지 못하면 전부 소용없었고, 소인족이 아니면 출세는 바랄 수 없는 구조였다. 그래서 입신양명을 원하는 자는 타국으로 흘러가 공적을 남기는 길밖에 없었다.

"전에 읽은 책에 쓰여 있었어. 슈타이센 공화국에서 인족은 노예로 사육당하고, 수족은 가축으로 혹사당하고, 이장족은 장식품으로 취급되고, 소인족이어도 하층민은 핍박받는다고 했지."

선량군 같은 특권 계급을 만들면 균열이 생길 수밖에 없다.

이번에 슈타이센 공화국에서 일어난 소동의 발단은 그것이었다.

"그런 무리의 대표가 잘도 초대 황제의 후손이라고 밝혔네."

"위정자들은 다들 자기 몸을 제일 아껴요. 입장을 잃을 것 같으면 체면을 따지지 않고 뭐든 이용하죠."

"기막히게 단순 명쾌해서 그 이상의 대답이 없어."

히로는 쓴웃음을 짓고 향후를 생각했다.

"그럼 어떻게 해야 할까……."

자신의 패는 한정되어 있으나 그것들은 전부 선택할 수 있는 폭이 넓었다.

어느 것이 가장 효율적이고 막대한 이익을 낳을까.

"그러고 보니 그란츠 대제국도 움직이기 시작했다는 모양이에요."

루카가 상념에 끼어들었다.

"아아, 그런 보고가 올라왔었지."

"심지어 붉은 머리 여자가 지휘관이라고 들었는데요."

"맞아. 리즈가 직접 요툰헤임파의 원군으로 갔다는 것 같아. 뭔가 신경 쓰이는 점이라도 있어?"

"아뇨, 아무것도 아니에요."

그렇게 말한 루카는 다시 자신의 세계에 빠졌다.

그녀의 보기 드문 반응에 히로는 고개를 갸우뚱했지만, 더 생각해 봐야 답은 나오지 않으므로 곧장 그 사고를 밖으로 쫓아냈다.

*****

그란츠 대제국— 무주크령 선스피어.

황금 궁전이 석양을 받아 일곱 빛깔을 내며 거리를 비췄다.

그 궁전의 한 공간에서 두 남성이 술을 주고받고 있었다.

무주크 가문의 가주 베투와 그 오른팔인 미청년 로슬이었다.

"세리아 에스트레야 전하는 어떻게 난제를 극복할 것 같나?"

베투가 의자에 몸을 기대자 삐걱거리는 소리가 났다. 그는 마주 앉은 로슬을 보고 있었고, 로슬은 태연한 얼굴로 포도주를 마시고서 짙게 웃었다.

"글쎄요. 그녀의 됨됨이는 어느 정도 파악했습니다."

"호오, 어떻게 파악했지?"

베투가 흥미롭게 묻자 로슬은 창문에 눈길을 주더니 아름다운 석양을 바라보며 눈을 가늘게 좁혔다.

"서툴지만 올곧다고 해야 할까요……."

그렇게 말한 로슬은 자신의 말을 부정하듯 고개를 가로저었다.

"아뇨, 역시 총명한 분입니다. 감도 예리하고 머리 회전도 나쁘지 않아요. 제 생각을 어느 정도 내비치니 전부 이해한 것 같았고, 무엇보다 그녀가 아직도 성장하려 한다는 것을 잘 알 수 있었습니다. 지금 이 상태에서 더 성장할 여지가 있다니 무서운 일이죠."

"확실히 아름답게 자랐지. 마치 이장족 같은 외모라 깜짝 놀랐어. 그렇기에 아까워. 황녀로 자랐다면 나라 한두 개와 교환할 수 있었을 텐데."

"훗, 그런 의미는 아니었습니다만……."

"알고 있어. 농담 한번 해 본 거야. 그 용모야말로 진짜라는 증명이기도 하니까."

"1000년이라는 긴 세월 동안 그란츠 황가에는 다양한 피가 섞여서, 가끔 그녀처럼 다른 자들과는 일선을 그을 만큼 아름다운 분이 태어나기도 합니다."

일단 말을 끊은 로슬은 포도주 향을 맡으며 슬며시 웃었다.

"그래도 붉은 머리를 가지고 태어날 줄은 누구도 상상하지 못 했겠지만요."

"눈치챈 사람은 지금은 세상을 떠난 글라이하이트 폐하와 다른 5대 귀족 정도야."

"아뇨, 그밖에도 있었습니다."

로슬의 대답에 베투는 눈썹을 찡그리며 은잔을 테이블에 내려놓았다.

"제1황후인가?"

"반은 맞았고 반은 틀렸습니다. 그 여자는 그저 이용당했을 뿐인 불쌍한 여자예요. 덕분에 우리나라에 황후라는 존재가 사라졌죠."

오답이라고 지적당한 뒤 잠시 공백이 생겼다.

하지만 이내 베투는 「아아」 하고 목소리를 냈다.

"……『흑사향』인가."

베투가 도달한 답이 만족스러웠는지 로슬은 기뻐하며 입을 열었다.

"맞습니다. 그리고 글라이하이트 폐하가 타국을 침략하기 시작한 원인이기도 하죠. 불행히도 그란츠 황가의 소동에는 반드시 『흑사향』이 관여하고 있어요. 언젠가는 뭔가 대처 방안을 강구해야 합니다."

"그 전에 우선 세리아 에스트레야 전하가 이번 문제를 극복할 수 있을지가 중요해."

"조금 전에도 말했듯 그녀의 성장은 눈부셔요. 심지어 자만하지 않고 더 위로 올라가려 하고 있죠. 이번에 슈타이센 공화국에서 일어난 문제를 성장의 양식으로 삼을 것인가, 꺾여 버리고 말 것인가, 그 분기점에 접어들었다고 할까요."

기대된다. 그렇게 말하듯 로슬은 포도주를 단숨에 들이켰다.

그런 그의 모습을 보고 자기 속이 다 쓰리다는 것처럼 인상을 쓴 베투는 포도주로 가득 찬 자신의 은잔을 멀찍이 치웠다.

"함정을 몇 개 깐 것 같은데, 잘 될 거라 생각하나?"

"글쎄요…… 과연 어떨까요."

"역시 이 이상은 켈하이트의 암여우가 설치게 내버려 둘 수 없어. 실각시키지 않으면 우리 무주크 가문은 이대로 계속 2인자로 남게 될 거야."

비워진 로슬의 은잔에 포도주를 따르며 베투가 불안을 토로했다.

"그건 다른 기회에도 처리할 수 있는 문제예요. 아직 초조해할 시기는 아닙니다. 무엇보다 이번에는 세리아 에스트레야 전하를 시험하는 의미가 더 강해요."

"시험한다고?"

물음표를 띄우는 베투에게 로슬은 포도주로 가득 찬 은잔을 쑥 내밀었다.

"그렇습니다. 그녀가 혼자서 문제를 해결할 만한 능력을 가지고 있는지 시험하는 겁니다. 지금까지의 전투 경력을 보면 그녀 곁에는 항상 우수한 자들이 있었던 모양이라 진정한 실력을 알 수가 없었어요."

취기가 올라왔는지 로슬은 테이블에 팔꿈치를 올리고서 그릇에 담긴 과일을 집었다.

"뭐, 실패하면 로자 공을 재상 자리에서 끌어내리면 됩니다."

눈동자에 광기의 일면을 내비친 로슬은 집어 든 사과를 베어 물었다.

"요툰헤임파가 이기든 니다벨리르파가 이기든, 어쨌든 우리에게는 이익이 생깁니다. 승자는 처음부터 정해져 있으니 우리는 그저 달콤한 꿀을 빨며 구경하면 됩니다."

그리고서는 이내 흥이 식었다는 듯 사과를 테이블에 던지고서 인상을 찡그리며 베투를 보았다.

"그보다도 2년 전 이야기를 들려주시죠. 여섯 나라를 정벌할 때 브나다라 가문의 따님에게 참모총장 자리를 내줬다던데, 베투 님을 포함해 다른 측근들은 대체 뭘 하고 있었습니까?"

올 것이 왔다는 것처럼 베투의 안색이 바뀌었다. 그는 겸연쩍은 표정을 지으며 로슬의 날카로운 시선을 피해 얼굴을 돌렸다. 하지만 로슬은 가차 없이 따져 들었다.

"그뿐만이 아닙니다. 로자 공과 재상 자리를 두고 싸웠을 때, 왜 저를 불러들이지 않았습니까?"

지난 3년간 로슬은 슈타이센 공화국에서 다양한 모략을 꾸몄다.

최고 의장의 죽음을 앞당기고 양 진영의 후보자를 암살하여 슈타이센 공화국을 분열시켰다. 또한 니다벨리르파를 움직여서 잘레강을 막아 리히타인 공국의 기근을 가속시켰다. 그렇게 오랜 계략이 성공한 것을 지켜보고서 선스피어로 돌아왔지만, 돌아와서 듣게 된 것은 베투의 수많은 실책이었다.

"조금 얕잡아 보고 있었어."

"과신하고 있었다고 순순히 인정하시는 겁니까?"

굴욕으로 목소리가 약간 떨렸지만 베투는 당당히 가슴을 펴고 대답했다.

"그래. 내 실력을 너무 과대평가했다. 네가 없어도 켈하이트 가문 따위는 우리끼리 어떻게든 할 수 있을 줄 알았어."

"어이가 없군요. 중앙과 서방의 실권을 뺏긴 데다 재상 자리 조차 손에 넣지 못하고 나서야 겨우 깨달았습니까?"

"그래. 변명할 여지도 없는 나의 패배야. 미안한 짓을 했다고 생각하고 있어."

매서운 말에 베투는 반론하지 않고 순순히 머리를 숙였다.

이에 불만이 좀 가셨는지 로슬에게서 노기가 약간 옅어졌다.

"이렇게 되어 버렸으니 어쩔 수 없죠. 패배를 순순히 인정하며 반성하시는 것 같고, 이 일에 관해서는 더 이상 추궁하지 않겠습니다. 군무부 장관은 됐으니까 지금부터 반격하는 것도 재미있다면 재미있겠죠."

그를 위한 씨앗은 이미 뿌려졌다.

"초대 황제의 목걸이가 어떤 역할을 할지 기대되는군요."

로슬이 목을 울려 키득키득 웃었다. 베투는 그의 기분이 풀렸나 싶어서 조금 전까지 흐렸던 얼굴을 환하게 밝히며 고개를 번쩍 들었다.

"그, 그렇지? 그리고 우리는 옛날부터 역경에 익숙했잖아."

"용서한다고는 안 했습니다. 앞으로는 자만하지 않도록 조심하셨으면 좋겠군요. 그리고 실책은 아직 남아 있습니다. 왜 부인을 장관 대리로 만들었습니까? 인질로 황궁에 두는 역할 이라면 이해가 되지만 그녀는 선스피어와 대제도를 오가고 있 습니다. 그래서는 의미가 없어요."

또 아픈 곳을 찔리자 베투는 산소 부족에 빠진 것처럼 얼 굴이 창백해졌다.

"……대리를 하고 싶다고 해서. 나도 그녀에게는 거역할 수 없어."

늘 자신감 넘치는 베투인데 목소리는 기어들었고, 음색에는 우수가 어려 있었다.

부인 이야기가 나오면 베투는 언제나 말끝을 흐리고 말았다.

"먼저 반한 입장이라 어쩔 수 없는 겁니까?"

로슬이 어이없어하며 입가를 실룩이자 베투는 낙담의 한숨 을 쉬고서 어깨를 떨궜다.

"그랬다면 얼마나 좋았을까……."

베투는 먼 과거를 떠올리는 듯한 눈빛으로 창문을 바라보 았다.

해는 이미 저물어서 어둠의 장막이 세계를 뒤덮고 있었다.

*****

들개의 울음소리가 밤공기를 흔들었다.

태양이 저문 대지는 낮 시간대와 공기의 질이 전혀 달랐다.

불안을 부추기는 소름 끼치는 소리, 공포를 조장하는 캄캄한 어둠, 그리고 냄새도 독특하게 변질되어 있었다. 하지만 이 날은 평소와 다른 뒤숭숭한 기운이 섞여 있었다.

달빛이 비추는 길을 나아가는 삼엄한 집단이 있었다.

그란츠 대제국, 세리아 에스트레야 제6황녀가 이끄는 군세 5천이었다.

그 선두 집단에 노병을 거느리고 백랑을 근처에 둔 붉은 머리 황녀가 있었다.

"공주님, 마침내 도착한 모양입니다."

말에 앉은 노병 트리스가 리즈에게 고했다.

어둠 속에서 햇불이 리즈의 미모 위에 드리워진 그림자를 일렁이게 했다.

"응. 해가 떨어져 추워졌으니 국경을 넘으면 요툰헤임파에 연락하고 성채에서 쉬자."

리즈는 전방을 보았다.

시선 끝에 불빛이 떠올라 있었다.

옆으로 균등하게 죽 늘어선 그 불빛은 바람을 받아 흔들리고 있었다.

"어두워서 안 보이지만 햇불 높이를 고려하면 상당한 크기네."

슈타이센 공화국과 그란츠 대제국을 연결하는 곳. 거기에 구축된 국경 요새를 방문하는 것은 리즈에게 첫 경험이었다.

"슈타이센 공화국은 다양한 인종이 사는 나라니까요. 소인족도 많아서 건축물은 견고하고, 그 요새는 난공불락이라고 합니다.”

“그래서 다른 나라들은 침략하는 게 아니라 원조하는 방법을 쓰고 있는 거구나.”

“그렇습니다. 아무리 슈타이센이 혼란스러워도 공격하기는 어려우니까요. 도시는 높은 성벽에 둘러싸여 있고 성채는 견고하니, 많은 병력을 동원하지 않고서는 함락할 수 없습니다. 특히 리히타인 공국과의 국경선에 구축된 방벽이 훌륭하다고 들었습니다.”

“트리스는 슈타이센 공화국을 방문한 적 있어?”

“디오스와 함께 딱 한 번 와 봤습니다.”

트리스는 리히타인 공국과의 싸움에서 죽은 청년의 이름을 입에 담았다. 횃불을 받아 드러난 얼굴에는 애수의 색이 감돌았고, 그리움이 담긴 시선을 성채에 보내고 있었다.

“금방 그란츠로 돌아와서 자세히는 모릅니다만…….”

“그래…….”

리즈는 짧게 대답하고 그 이상은 캐묻지 않았다.

트리스를 휘감은 분위기가 매우 아련했기 때문이다.

그 말을 끝으로 두 사람 사이에 이렇다 할 대화는 오가지 않았고 침묵만이 서렸다.

군마가 연주하는 말굽 소리가 밤공기를 뒤흔들고, 갑옷 스치는 소리가 밤공기를 진동시킬 뿐이었다.

삼엄한 소리에 몸을 맡기고서 길을 계속 나아가니 전방에 보이던 횃불이 점점 커졌다. 그리고 어둠 속에 가라앉아 있던 성채도 달빛 속에서 모습을 드러냈다.

"슈타이센 공화국 요툰헤임령에 온 걸 환영해. 피곤한 와중에 미안하지만 너희 상관은 어디 있어? 잠시 인사를 하고 싶은데."

행군을 멈춘 리즈 앞에 나타난 것은 노출도가 높은 민족의상을 입은 괄괄해 보이는 여성이었다.

허리에는 잘 벼려진 도끼와 활, 그리고 피를 뺀 토끼가 달려 있었다.

그렇게 야성미 넘치는 여성의 뒤를 따르는 것은 짐승의 모피를 입은 우락부락한 전사들이었다.

거친 분위기를 풍겨서 도적 같은 인상을 주는 집단이었다.

"그란츠 대제국, 세리아 에스트레야 엘리자베스 폰 그란츠야."

리즈가 말에서 내려 여성 앞으로 나가자 횃불이 비추는 여성의 얼굴에 경악이 스쳤다.

"엄청난 미인이네. 네가 그란츠 대제국의 공주님이야?"

그녀는 신기하다는 듯 머리 끝부터 발끝까지 리즈를 보았다.

굉장히 친근한 태도로 다가와서 리즈는 곤혹스러운 얼굴로 고개를 갸웃했다.

"너는?"

"나? 나는 스카디 베스틀라 미하엘. 슈타이센 공화국에서 요툰헤임령을 맡고 있어."

코를 킁킁거려 리즈의 냄새를 맡으며 스카디가 말했다.

"……요툰헤임파의 대표라는 거지?"

리즈는 냄새 맡는 행위를 멈추지 않는 스카디에게서 한 발자국 물러났다.

"맞아. 부담 없이 스카디라고 불러 줘."

그녀는 다시 거리를 좁히고 코를 가까이 가져와 킁킁거렸다. 어딘가 동물처럼 구는 그녀를 의아하게 바라보자 스카디가 시선을 알아차리고 리즈를 보았다.

리즈는 그 눈을 보고 위화감의 정체를 깨달았다. 그녀의 공막은 희지 않고 까맸다.

그리고 자세히 보니 머리 위에 염소의 뿔 같은 것이 있었다.

"혹시…… 수족이야?"

리즈의 질문에 스카디는 환하게 웃으며 고개를 끄덕였다.

"맞아. 공주님이 말한 대로 수족이야."

슈타이센 공화국이 탄생하기 이전에 이 지역에는 아홉 개의 나라가 있었다.

수족의 나라가 있었고, 인족의 나라가 있었고, 소인족의 나라가 있었다고 한다.

그런 아홉 나라 중에서 힘을 가지고 있던 것이 인족의 나라 리히타인, 수족의 나라 요툰헤임, 소인족의 나라 니다벨리르였다. 그란츠 대제국에 대항하기 위해 삼국이 동맹을 맺은 것이 슈타이센 공화국의 시작이었다.

세대를 거듭하며 각국의 종족 분포 양상도 바뀌었다고 하지만 그래도 동족이 많은 지역을 고르는 자가 많아서, 각 세력의 다수를 차지하는 것은 원래 있던 종족이었다.

"협력해 줘서 고마워. 니다벨리르파 녀석들이 끈질겨서 곤란하던 차였어."

스카디가 손을 내밀어 악수를 청했다.

"아냐. 힘이 될지 어떨지는 모르겠지만—."

리즈는 스카디의 손을 잡으려다가 실패했다.

왜냐하면 그녀가 쭈그려 앉아 리즈의 허리 쪽을 바라보았기 때문이다.

"흐응, 이게 그 유명한 『염제』인가……. 소문으로는 들었지만 실물은 처음 봤어."

"……너는 남의 얘기를 안 듣는구나."

"수족의 피가 그래. 산만하다는 말을 자주 들어."

그렇게 말하니 「그렇구나」라고 말할 수밖에 없었다.

"그럼 계속 여기 있을 수도 없으니 날 따라와 줄래?"

스카디는 대답도 기다리지 않고서 뒤통수에 깍지를 끼고 걷기 시작했다.

하지만 이내 발을 멈췄다.

"아! 맞다, 맞다. 물어보고 싶은 게 있었어."

그녀는 그렇게 말하며 돌아보았다.

"있지, 디오스 오빠는 어째서 죽었어?"

차가운 바람이 불었다. 횃불이 크게 일렁이며 불빛이 스카디에게서 멀어졌다.

그 탓에 그녀의 표정을 엿볼 수 없어서 리즈는 멍한 얼굴로 우두커니 서 있을 수밖에 없었다. 그 뒤에서 스카디의 말을 들은 트리스 역시 경악하여 떨고 있었다.

*****

제국력 1026년 6월 15일.

슈타이센 공화국, 니다벨리르령 가르자.

아직 날이 밝고 얼마 지나지 않은 시각.

평소라면 조용했을 곳이 전장처럼 시끌시끌했다.

3천5백의 군세가 가로를 달리니 지면이 크게 흔들렸고, 잎에 맺힌 아침 이슬이 또르르 흘러내려 지면에 흡수되었다. 쩌렁쩌렁 울리는 말굽 소리에 놀라 나무에서 새들이 날아오르고, 풀숲 그늘에 숨어 있던 동물들도 일제히 튀어나와 사방으로 흩어졌다.

히로는 그런 풍경을 멀리서 바라보며 상체를 일으켰다. 아직 체온이 남은 모포가 흘러내려 바닥에 떨어졌다.

졸린 눈을 비비며 마차 안을 둘러보니 모포를 휘감고서 고양이처럼 몸을 말고 자는 루카가 있었다. 옆에서는 악몽이라도 꾸고 있는지 후긴이 괴로운 표정으로 자고 있었다. 그 원인은 그녀의 목을 휘감은 루카의 팔일 것이다.

"……왜 후긴이 여기에?"

그녀는 가르자에 잠입 중일 터였다. 게다가 잘못 기억하는 것이 아니라면 취침 전— 이 대형 마차로 갈아탈 때 후긴의 모습은 없었다.

"날이 밝기 전에 합류했어. 피곤한 것 같길래 마차에서 쉬라고 했다. 보고는 들었는데 어떻게 할래?"

히로의 중얼거림을 들었는지 마부용 창문으로 가더가 마차 안을 들여다보았다.

"됐어. 후긴이 일어나면 직접 들을게. 그보다 무닌은?"

"내 옆에서 고삐를 잡고 있어. 마차 안에서 쉬라고 했지만 천적이 있는 곳에서는 잠들 수 없다고 하더군. 피곤한데도 열심히 일하고 있어."

"루카 누님에게 다가가면 얻어터지니까……."

피로가 다분히 포함된 목소리로 무닌이 가더의 말을 이어받았다.

"확실히, 자칫 잘못하면 영원히 잠들 수도 있으니 말이야."

히로는 깊이 고개를 끄덕였다. 루카는 무닌이 후긴의 오빠라는 것을 납득하지 못했다.

장난인지 진심인지 알 수 없으나 사사건건 그를 죽이려고 들었다.

"뭐, 후긴을 생각해서 죽이지는 않겠지만."

히로가 하품을 참으며 대답하자 무닌이 희미하게 신음하는 소리가 들렸다.

그 옆에서 가더가 작게 웃었다.

"무닌을 괴롭히는 건 그쯤 해둬. 그보다 마침 잘 일어났어. 가르자가 보이기 시작했거든."

"후우, 마침내 긴 여행도 끝인가……. 바움의 침대가 그리워."

두 팔을 들어 기지개를 켜며 히로는 재차 입을 열었다.

"맞다. 가르자에 도착하면 무닌은 한동안 쉬어도 돼."

"예? 폐하, 그게 정말인가요?"

"한동안은 움직이지 않을 테니까. 조용히 사태를 지켜보는 동안 푹 쉬면서 기력을 회복하도록 해."

"드디어 때가 왔다! 술집에 죽치고 있겠습니다! 좋은 술집을 찾았거든요. 벌꿀주도 맛있고, 무희도 예쁘고, 음유시인도 가슴 떨리게 목소리가 중후해요. 가끔 난투가 일어나는 게 귀찮긴 하지만요!"

"정도껏 마시자……."

평소에 표표한 무닌이 이렇게 폭발적으로 기뻐하다니 보기 드문 일이었다. 과도한 철야로 사고 회로가 혼란스러워졌을지도 모른다.

"그건 그렇고, 병사들의 상태는 어때?"

"『아군』이라면 괜찮아. 사나흘 자지 않고 행군한 적도 있으니까."

국경에서 이곳에 이르기까지 하루 반, 히로 일행은 야영지를 구축한 적이 없었다. 한 번도 쉬지 않고 행군 중이었다. 『아군』 주위를 에워싼 선량군 때문이었다. 그들은 히로 일행에게 잠시도 눈 붙일 여유를 주고 싶지 않은 듯했다. 음습한 괴롭힘이라고 할 수 있지만, 그들 역시 한숨도 못 자고 행군을 이어가고 있으니 어떤 의미에서는 인내력 승부가 되어 가고 있었다.

"이렇게까지 미움받을 만한 일은 안 했는데 말이야."

히로는 목에 손을 올리고서 고개를 갸웃했다.

"아…… 그건 토르킬이라는 지휘관 때문입니다. 술집에서 들은 얘기인데, 5년 전, 리히타인 공국에 침공했을 때 회천의 독수리— 란킬 후작에게 철저히 패배하여 그 책임으로 영지를 몰수당했다는 것 같습니다. 그 이후로 인족을 미워하는 모양이라, 이번에 잘레강을 막는 것에 가장 먼저 찬성한 사람도 토르킬이라는 소문을 들었습니다."

무닌의 설명을 듣고 납득한 히로는 콧방귀를 뀌었다.

"화풀이인가……. 가족을 살해당해 복수하는 거라면 그나마 이해됐을 텐데."

"가뜩이나 소인족은 자존심으로 똘똘 뭉친 종족이니까요. 선량군이라면 더 그렇죠. 그래서 한번 명예에 흠집이 나면 일이 귀찮아져요. 그게 합당하지 않은 원한이어도, 상대가 **동족**이더라도 녀석들은 죽을 때까지 잊지 않아요."

술집에서도 녀석들은— 하면서 오늘 무닌은 말이 많았다. 끝없이 흘러나오는 말은 대부분 흘려듣게 되었다.

그렇게 묘하게 흥분한 무닌의 말을 배경음 삼아 히로는 창문으로 가르자를 바라보았다.

우선 높은 성벽에 압도되었다. 아무리 고개를 쳐들어도 뒤통수가 땅에 닿지 않는 한은 꼭대기를 볼 수 없을 만큼 아득한 상공까지 성벽이 만들어져 있었다.

대제도의 성벽도 높지만, 그것과 비교해도 압도적인 높이를 자랑했다.

"과연 소인족이 만든 도시네……. 공격하기 어렵겠어."

침략자는 이 높은 성벽을 보기만 해도 공략할 마음이 꺾일 것이다.

공성탑은 성가퀴까지 닿지 않을 테고, 사다리는 논할 가치도 없다.

그렇다고 벽을 부술 수도 없었다. 투석기나 평형추 투석기, 혹은 대형 노포(弩砲)를 이용하더라도 두껍게 쌓아 올려 대지처럼 단단한 성벽을 분쇄하지는 못할 것이다. 공성퇴로 성문을 노리더라도 상부에 구축된 망루에서 방대한 양의 불화살이 날아올 것이 틀림없다.

"우수한 소인족을 고용해 새로운 공성 병기를 만드는 것도 방법이겠지. 안전책을 택한다면 성을 포위해서 안에 있는 자들을 굶길 수도 있겠고."

본격적으로 공략할 생각이라면 대규모 병력을 투입한 장기전이 될 것이다. 어중간한 전력으로는 분쇄할 수 없기 때문이다.

"잘레강이 가까우니 수공 작전도 효과적이겠어."

금전적으로 여유롭다면 근처 백성들을 고용하고 리히타인 공국에서 노예를 빌려 토목 공사를 벌여서 물을 끌어와 금방 육지의 외딴섬을 만들 수 있다.

"그래도 향후 통치를 생각하면 부수는 건 아까워. 내통자를 만들어 내부부터 무너뜨리는 편이 도시를 재이용할 수 있겠어."

차례차례 책략을 생각하며 히로는 홀로 사고의 바다에 잠겼다.

"장기전을 상정해야만 한다는 점이 고민스러운 부분이네."

"왜 너는 침공하는 걸 전제로 생각하고 있는 거죠?"

어느새 깨어난 루카가 수상쩍다는 시선으로 히로를 보고 있었다.

"아아, 성벽을 보고 있으니 마치 공략해 보라고 도발하는 것 같아서 말이야. 무엇보다 이런 높은 성벽을 넘어 적을 분쇄하는 건 남자의 로망이잖아?"

"그런 불온한 로망에 이르는 건 너뿐이에요."

여전히 잠든 후긴을 뒤에서 끌어안으며 루카는 히로에게 날카로운 말을 던졌다.

아니, 후긴은 깨어나서 실눈을 뜬 채 히로에게 도움을 구하고 있었다. 루카에게 껴안긴 상황을 이해하지 못하고 정체 모를 공포 앞에서 자는 척하고 있는 듯했다.

그런 후긴에게 쓴웃음을 지어 주자 가더가 다시 마부용 창문으로 얼굴을 내보였다.

"여기서부터는 선량군이 앞장선다는 모양이야. 『아군』은 열기 정도 호위를 남기고 두고 가라는데 어쩔까?"

"상대의 요구를 받아들여. 호위 선별은 너한테 맡길게. 나머지는 야영지를 구축해 대기하라고 해."

"알겠다."

불과 5백이지만 타국의 군세다. 성에 들이기는 꺼려질 것이다. 뭔가 문제가 일어났을 때를 대비한 일이고, 이 점은 어느 나라든 비슷할 테니 혐오감은 들지 않았다. 하지만 이 정도 성벽을 가지고 있다면 입성에 제한을 두지 말고 관용을 보여 줘도 괜찮지 않을까.

"어쨌든 간단히 들어가게 된 건 기쁜 일이지."

히로는 가면 안쪽에서 섬뜩하게 웃었다.

그 모습을 본 루카는 질린 표정을 짓고 창밖으로 눈을 돌렸다.

압권인 성벽을 도려내듯 설치된 정문을 지나자 돌로 만들어진 거리가 모습을 드러냈다. 건축물 대부분이 돌을 쌓아 만든 것이라서 울퉁불퉁한 중후함이 느껴졌다.

"……아까 한 말은 취소해야겠네. 간단히 공략할 수 있겠어."

거리 모습을 시야에 담은 히로가 중얼거렸지만 루카의 흥미는 다른 데 있는지 반응을 보이지 않았다.

그래도 기묘한 광경은 그녀의 호기심을 촉발한 듯했다.

"소인족이 많아요."

"원래는 소인족이 중심이었던 나라니까. 그래도 대부분이 혼혈일 거야."

하지만 다른 종족의 모습이 보이지 않았다. 거리를 오가는 것은 소인족뿐이었고, 니다벨리르파의 본거지치고는 활기가 없었다.

"그래서 대장간이 많고 기름내가 나는 거군요."

"그들이 만드는 물건은 전부 일급품이라고 하지. 명장이 재련하면 정령 무기에 필적한다는 얘기도 있을 정도야."

히로는 가도에 늘어선 노점을 가리켰다.

"저것 좀 봐. 그들이 유리를 연마하면 그것만으로도 보석처럼 아름답게 빛나."

"……제법이네요."

노점의 상품은 햇빛을 받아 만화경 같은 광채를 냈으나 그 광채는 루카의 탁한 눈동자에 흡수되어 어둠 속으로 사라졌다. 소인족의 기술로도 그녀의 눈동자를 빛낼 수는 없는 듯했다.

"빈집이 많아 보여요. 그리고 가로에 있는 가게는 전부 소인족이 운영하는 것 같네요."

"다른 종족이 소외당하고 있는 건 확실해 보이네. 여기서 가게를 열고 있는 건 선량군의 혈연자겠지."

흘러가는 경치 속에 무참히 파괴된 가게가 몇 개 있었다. 마른 핏자국도 보였다. 병사에 의한 약탈일까, 차별에 의한 민중의 폭동일까. 어느 쪽이든 비참한 일이 있었던 것은 분명했다.

"전쟁은 의심을 낳음과 동시에 단결력도 만들어 내. 하지만 다종족 국가인 슈타이센 공화국에서는 전자가 강하게 나타난 모양이야."

관광객을 노린 것인지 노점은 반짝이는 물건을 많이 취급했다. 하지만 구입하는 사람은 아무도 없어서 파리만 날렸다. 그리고 가도를 나아갈 때마다 물건의 종류가 바뀌었다. 무기와 방어구, 다기와 식기, 장식품부터 가재도구까지 폭넓게 취급했다.

그러나 사는 사람이 없으면 길가에 굴러다니는 돌과 다름없었다.

"이 근처는 목조 건물이 많네요. 게다가 어두침침해요."

가로를 빠져나간 마차는 조금 거친 길을 달리기 시작했다.

주위에는 백성들의 집인 듯한 목조 건물이 늘어서 있었다. 예전에는 타종족이 살았는지 한창 철거 중이었다.

도시의 중심지인 것 같지만 역시나 밖에 나와 있는 것은 소인족뿐이었다.

"……전쟁을 상정한 구조일지도 몰라. 성벽과 가까운 곳은 불화살이 떨어져도 타지 않게 돌로 만든 거지."

"저 벽을 넘을 만큼 불화살을 높이 쏠 수 있는 인간은 없을 텐데요……?"

"인족에게는 불가능하지만 유일하게 가능한 종족이 있어."

"아아…… 그 상스러운 녀석들 말인가요……. 확실히 그 짐승들이라면 가능하겠네요."

슈타이센 공화국의 서쪽을 차지한 것은 주로 수족이다. 니다벨리르파가 적대하는 요툰헤임파는 서쪽에 속해 있었고, 당연히 파벌의 중심은 수족이었다. 그들의 경이적인 힘이라면 높은 벽을 넘는 화살을 간단히 쏠 수 있을 것이다.

"이토록 심하게 박해했는데도 세력을 회복했다니 놀라워. 초대 황제의 목걸이는 타종족에게 효과를 발휘하는 물건이니 말이지."

니다벨리르 진영에게 타종족이 멸시의 대상이라면 초대 황제의 후손이라고 해 봤자 혐오할 이유가 될 뿐 지지할 요인이 되지는 못한다. 오히려 적대하는 자가 늘어나는 상황에 빠질 가능성이 크다.

"타국이 개입하면서 반발은 적었다고 해요."

그렇게 설명한 것은 자는 척하기를 포기한 후긴이었다.

"어딘가에서 거액을 지원했다는 모양이라. 니다벨리르 진영의 대표인 우트가르데는 자신을 지지하는 원로원 의원에게 뇌물을 건네서 결속력을 강화한 것 같아요."

타국에는 그란츠 대제국의 초대 황제를 숭배하는 자가 많이 있다. 그들의 관심을 끌어서 지원받는 것은 쉬운 일이리라. 그렇게 모인 돈을 욕심 많은 유력자들에게 나눠 주면 딴마음을 먹는 자는 적어진다.

"그리고 아까 거리를 보고 아셨을 테지만, 타종족이나 반항적인 동족을 강제로 징병하여 진용을 불린 것 같아요. 저항한 자에게는 철저한 탄압을 가하고, 그래도 따르지 않으면 선량군이 일가족을 처형했다고 해요."

하지만 초기에만 그랬고 현재는 가족을 인질로 삼아 강제로 굴복시키고 있었다. 니다벨리르파의 원로원 의원 중에는 비인도적이라며 우트가르데에게 학을 뗀 소인족도 있었고, 그렇게 요툰헤임파를 지지하는 자들이 속출한 모양이지만, 그들 또한 가족이 인질로 잡히면서 우트가르데를 따르게 되었다고 한다.

"동족에게도 가차 없다니…… 권력에 사로잡힌 자의 말로로는 최악이네."

이 나라를 부패시킨 것은 소인족이 아니다. 선량군이라는 특권 계급— 그리고 그 끝에 있는 우트가르데가 여러 악의 근원이었다.

"죄를 얻은 독재자만큼 성가신 건 없지…… 정말로 이해하기 어려워."

초대 황제의 위광을 이용해 여러 나라의 관심을 모으고, 반항하는 자들을 힘으로 굴복시켜서 니다벨리르파는 억지로 세력을 회복시킬 수 있었을 것이다.

'하지만 공포 정치는 오래가지 못해. 반드시 어딘가에서 틈이 생겨. 숙청을 반복한 끝에 찾아오는 것은 문화의 붕괴, 국가의 쇠퇴…… 그리고 멸망이야.'

하지만 요툰헤임파가 아직 저항을 계속하고 있었다. 그들이 니다벨리르파를 이긴다면 슈타이센 공화국은 붕괴를 면하고 다시 시작할 수 있을 것이다.

"그리고 우트가르데가 히로 님을 간단히 국내에 들인 건 새로운 돈줄이 나타났다고 생각했기 때문이에요. 히로 님을 동지로 초빙하면 주변 나라들도 원조하게 될 거라고 여긴 거겠죠. 진짜 싫은 녀석이에요."

후긴의 예상은 틀리지 않았을 것이다.

니다벨리르 진영은 처음부터 그런 속셈을 가지고서 히로를 들여보냈음이 틀림없다.

"히로 님은…… 니다벨리르 진영에 가담하지 않을 거죠?"

후긴의 눈은 불안으로 가득 차 있었다. 물어보지 않아도 알 텐데 그래도 물어보고 만 것은 초대 황제에게 집착하는 히로를 알기 때문이리라.

문득 시선을 비끼자 후긴을 뒤에서 껴안고 있던 루카가 무언의 압력을 가하고 있었다. 쏘아보는 루카에게 쓴웃음을 지어 준 히로는 애써 온화하게 입을 열었다.

"안심해도 돼. 니다벨리르 진영을 도와줄 마음은 없어. 설령 우트가르데라는 자가 초대 황제의 후손이더라도 말이야."

"그, 그 말씀을 들으니 안심이 되네요!"

후긴이 기뻐하며 활짝 웃자 루카의 살기도 함께 무산되었다.

"그보다도 인질이 된 사람들의 소재를 조사해 줬으면 좋겠어. 어디에 붙잡혀 있는지 알아야 풀어 줄 수 있으니까."

"알겠습니다. 정말 초대 황제의 후손인지에 대한 사실 여부와 함께 조사하라고 부하에게 전하겠습니다."

"부탁할게."

"네— 흐엑?!"

"이젤, 잘됐네요."

히로가 만족스럽게 고개를 끄덕이자 후긴은 씩씩하게 대답하려고 했지만, 어째선지 루카가 후긴을 바닥으로 떠밀고서 뺨을 비비적거리기 시작했다. 조금 전까지 팽팽했던 긴장감이 흔적도 없이 사라졌다.

히로의 시선은 장난치는 그녀들을 떠나 상부— 마부용 창문으로 향했다.

전방에 하늘을 배경 삼은 거대한 궁전이 눈에 날아들었다.

거목과 바위로 만든 조각품 같은 훌륭한 건축물이었다. 그런 궁전을 둘러싼 낮은 하얀 벽 주위에서는 폭동에 대비한 것인지 많은 병사들이 순회 중이었다.

철문을 경비하는 병사에게 선량군이 신호를 보내니 묵직한 소리를 내며 문이 열렸다.

히로가 탄 마차는 그렇게 열린 길을 지체 없이 달려 나갔다.

궁전 입구가 보이기 시작하자 모여 있는 사람들이 나타났다. 다들 유복해 보이는 차림새였다.

세계의 부가 이곳에 모였다는 듯한 번쩍거림은 천박할 정도였다.

"보석도 사람을 고르는구나. 그들이 달고 있으니 보석이 길가의 돌멩이처럼 가치가 없어 보여."

히로가 그런 감상을 품고 있자 가더 옆에 앉아 있던 무닌이 창문으로 안을 들여다보았다.

"폐하, 저들은 니다벨리르파의 원로원 의원과 인근의 유력자 같습니다."

"최근까지 요툰헤임 진영에 밀리고 있었으면서 상당히 여유로운 차림새네."

"권력에 빠진 소인족일수록 치장하기를 좋아하는 모양입니다. 긍지를 잃고 싸우는 것조차 잊은 녀석들이라는 말도 나오고 있죠. 박해받은 자들이 모이는 위법 술집이 있는데, 소인족이어도 선량군이 아닌 자는 니다벨리르 진영을 좋게 여기지 않는 것 같았습니다."

그렇게 말한 무닌은 작게 끙 소리를 낸 후에 노래를 흥얼거렸다.

"니다벨리르는 긍지를 잃고, 기름을 묻히는 대신 보석으로 치장하고, 망치질할 오른손으로 금화를 세며, 부집게를 쥘 왼손에 보석을 쥐었으니. 하층민들의 삶을 모르기에 가능한 일이라네. 이렇게 겁도 없이 큰 목소리로 노래하고 있었습니다."

무닌은 쑥스러워서 빨개진 뺨을 긁적였지만, 얼굴이 상처투성이인 험상궂은 남자가 그런 행동을 해도 귀엽지는 않았다. 히로와 똑같은 감상을 품었는지, 쑥스러워하는 오빠를 본 후긴의 얼굴이 새파래졌다. 루카에 이르러서는 독기조차 내뿜고 있었다.

"……그렇게 미움받는데 개선하지 않다니 기막힌 수준이네."

히로는 에둘러 무닌을 향한 충고도 함께 담아 말했지만 그는 개의치 않고 콧노래를 흥얼거리며 말했다.

"소인족이라고 해도 대부분 인족이나 수족과의 혼혈이지만 말이죠. 선량군처럼 순혈만을 모으는 특권 계급 제도가 이미 너무 낡았어요. 실제로 평민들 사이에서는 인종 차별이 별로 없는 모양이에요."

"그럼 그걸 포함해서 이용하도록 할까."

히로가 사색에 잠기려고 했지만 타이밍 나쁘게도 마차가 멈춰 버렸다.

문이 열림과 동시에 햇빛이 강하게 비쳐 들었다.

히로가 조용히 밖으로 나가니 소인족 집단이 맞이해 주었다.

"오오, 흑진왕 폐하, 옛 맹우여! 벗을 위기에서 구하고자 일어나 오랜 맹약을 지키기 위해 이렇게 찾아와 주셨구려!"

연기하듯 과장스러운 동작과 목소리였다.

화려한 모습과 어우러져 마치 가극이라도 하고 있는 것 같았다.

대표로서 앞으로 나온 소인족은 배에 손을 얹으며 한쪽 무릎을 꿇었다.

"처음 뵙겠습니다. 저는 가르자의 영주 우트가르데. 그리고— 그란츠 대제국, 초대 황제 알티우스 폐하의 후손입니다."

히로는 가면에 가려진 콧잔등을 찡그려 혐오감을 나타냈다.

*****

슈타이센 공화국, 요툰헤임령 트림하임.

예전에는 수족의 나라로서 번영했던 곳이기에 인종의 대부분을 차지하는 것은 수족이었다. 그런 요툰헤임령은 슈타이센 공화국 내에서 유일하게 평원 지대에 위치하여 전망 좋은 지평선이 사방으로 뻗어 있었다.

서쪽으로 가면 비옥한 토지를 거름 삼은 곡창 지대가 펼쳐지고, 동쪽으로 가면 세계 최대의 사냥터를 관리하는 성곽도시 가스트로프닐이 있다. 그곳에서는 지형을 살려 말 품종을 개량해 각국에 수출하여 요툰헤임의 부를, 더 나아가 슈타이센 공화국의 경제를 지탱하고 있었다.

즉, 소인족이 대장일의 달인이라면 수족은 육성의 달인이었다.

최고의 무구를 만드는 소인족과 최고의 군마(軍馬)를 키우는 수족의 공존.

그것이 슈타이센 공화국에 안정을 가져와 강국으로 살아남게 한 이유였다.

하지만 그도 이제는 과거 이야기로, 지금은 양자가 추하게 싸우는 처참한 결말을 맞이한 상태였다.

그런 가운데 제국력 1026년 6월 17일.

그란츠 대제국의 제6황녀 리즈는 요툰헤임령의 본거지인 트림하임에 당도해 있었다.

"별이 가까워."

해가 진 하늘을 검게 물들인 어둠의 장막이 세계를 뒤덮었다.

어둠에 저항하듯 별들이 필사적으로 반짝여 사람들에게 자신이 있는 곳을 알렸다.

그렇게 자신의 존재를 강조하는 별들이 내려다보는 지상—

트림하임에 있는 궁전에서는 만찬회라는 이름의 잔치가 벌어지고 있었다.

얼기설기 쌓은 거목이 정원 중심에서 세차게 타올랐다.

그 주위에서는 사람들이 술잔을 한 손에 들고 즐겁게, 혹은 열렬하게 춤추고 있었다.

한창 전쟁 중인데도 아무도 내일을 불안하게 여기지 않고 쾌활하게 웃었다.

종족 특성이라고 해도 좋을 것이다. 수족은 무슨 일이든 즐기는 성향이 있었다. 전쟁이 터지면 희희낙락 전선에 섰고, 장례식장에서도 고인을 웃으며 보낸다는 것 같았다.

　그들은 어렵게 생각하기 전에 몸을 움직여 시도하는 육체파였다.

　"백랑이라니 희한한 생물이야. 이런 건 동제도에만 사는 줄 알았는데."

　슈타이센 공화국 요툰헤임파를 아우르는 스카디가 서버러스를 향해 큼직한 고깃덩어리를 던져 줬다.

　경이적인 다릿심을 살려 허공으로 뛴 서버러스는 훌륭하게 고기를 물었다.

　"동제도에 가 본 적 있어?"

　스카디 옆에 앉아 있던 리즈가 질문하자 그녀는 맥주잔을 한 손에 들고서 고개를 저었다.

　"아니. 한 번도 못 가봤어. 동제도를 지배하는 십이지족은 순혈종만 맞아들인다고 하고, 타종족은 무력으로 쫓아낸다는 얘기도 들었어."

　"가고 싶다고 생각한 적은 있어?"

　"옛날에는 생각했지만…… 지금은 어떨까. 1000년이 지난 지금은 공상 속의 땅이야. 정말로 존재하는지 아무도 확인할 수 없어. 남열도^{암비시온}도 그렇고, 동제도도 살아서 돌아올 수 없는 곳이니까."

　맥주를 들이켠 스카디는 뺨을 새빨갛게 물들이고 리즈를

보았다. 아직 한 잔밖에 안 마셨는데 벌써 눈이 풀린 것을 보면 그냥 술이 약한 수준이 아니었다. 아예 마시지 않는 편이 나았다.

"공주님, 질문도 좋지만, 내 질문에 대답하고 나서 물어보지 않을래?"

"응……?"

"저 백랑, 어떻게 손에 넣었어?"

스카디가 고기의 뼈를 으깨는 서버러스를 가리켰다.

"네가 기뻐할 만한 감동적인 이야기는 없어. 그저 다친 채 표류한 저 아이를 우연히 내가 발견해서 주웠을 뿐이야."

"그런 우연이 있어?"

의아해하며 눈썹을 찡그렸다가 「뭐, 상관없나」 하고 태평하게 넘긴 스카디는 은잔에 남은 맥주를 단숨에 마셔 버렸다. 그리고서 고기 요리만 척척 먹어 나갔다. 반면 리즈는 조용히 채소 더미를 먹었다. 이 이상 스카디를 보고 있으면 채소조차 목구멍에 넘어가지 않을 것 같아서, 리즈는 도망치듯 정원 중심에서 춤을 추는 사람들을 바라보았다.

"……굉장하다. 쾌활한 나라라고 듣긴 했지만."

리즈도 시끌벅적한 식사를 싫어하진 않지만 역시 알몸으로 춤추지는 않았다.

"뭐야, 안 즐거워?"

"아니, 충분히 즐기고 있어. 보는 것만으로도 충분할 뿐이야."

스카디가 팔을 붙잡으려 한다는 것을 알아차리고 리즈는

궁둥이를 움직여 그녀와 거리를 벌렸다.

"흐응, 역시 인족 공주님은 수치심이 강한가 봐?"

"황녀라는 건 관계없어. 그리고 너한테도 인족의 피는 흐르잖아?"

"뭐, 그렇지. 우리는 다종족 국가라서 이장족이나 소인족의 피도 흐르고 있어. 하지만 수족의 피가 짙으니까 역시 수치심보다는 즐거움을 우선한단 말이지."

스카디는 자신의 머리에 난 뿔을 손가락으로 톡톡 두드리며 웃었다.

"하지만 너와 마찬가지로 나도 떠들썩한 모습을 보는 것만으로도 만족이야."

맥주를 새로 따른 스카디는 눈을 가늘게 뜨고 불길 주위에서 춤추는 부하들을 바라보았다.

그리고 아무렇지도 않게 잡담이라도 하듯 말을 꺼냈다.

"사흘 후에 이곳을 출발할 거야. 공주님은 어떻게 할래?"

"당연히 같이 갈 거야. 그러려고 여기 온 거니까."

"이번에는 니다벨리르파의 본거지, 가르자를 침공할 생각이야."

"그런 얘기를 여기서 해도 돼?"

리즈는 첩자가 숨어 있지 않은지 주위를 둘러보았지만, 스카디는 입꼬리를 씩 올렸다.

"괜찮아. 나는 남들보다 기척을 배는 더 잘 읽거든. 야생의 감이라고 할까. 그리고 이렇게 다들 야단법석을 떨고 있는데 우리 이야기에 주의를 기울이는 녀석이 있으면 바로 알 수 있잖아?"

"그럼 안심……일까."

너무나도 자신만만하여 묘하게 납득하고 말았다.

화제가 자꾸 바뀌어서 긴장감이 떨어진 탓도 있었다.

"오! 너희 쪽 아저씨가 헹가래를 받고 있어."

"뭐?"

스카디의 시선을 좇으니 트리스가 수족들에게 둘러싸여 하늘 높이 날아오르고 있었다. 노병의 몸이 붕 떠오를 때마다 그의 눈에서는 투명한 물방울이 흩날렸다.

리즈는 무심코 웃음을 터뜨리고 말았다.

"……후, 후후, 트리스도 참, 저렇게나 기뻐하다니."

"어? 저거…… 기뻐서 우는 거야?"

"아니, 고소 공포증이라서 그래."

평소라면 도와줬겠지만 슈타이센 공화국에 온 뒤로 트리스는 먼 곳을 바라보는 일이 많아졌다. 말수도 줄고, 사색하는 모습을 자주 봤다.

그래서 리즈는 이렇게 기분을 달랠 만한 일을 한편으로 기대하고 있었다.

그렇기에 말리러 가지 않았다. 웃고, 울고, 화내서 평소처럼 씩씩한 트리스로 돌아온다면 방치하는 것도 서슴지 않을 것이다.

"무서워서 울고 있는 건가……. 아저씨, 몸집은 크면서 간이 작네."

트리스가 우는 얼굴을 안주 삼아 스카디는 은잔을 기울여 맥주를 마셨다.

"의외로 소심한 부분도 있어."

"흐응~ 알고 지낸 지 오래됐어?"

"응. 내가 어릴 때부터 옆에 있어 줬어."

지금은 세상에 없는 디오스와 함께, 누구도 기대하지 않던 제6황녀를 섬겨 주었다.

언젠가 그 은혜에 보답할 때가 올까. 물욕이 있는 인물은 아니라서 무엇을 주면 기뻐할지, 오래 알고 지낸 사이지만 파악하지 못하고 있었다.

그런 리즈의 모습을 보고 스카디는 뿔을 긁적이며 한숨을 쉬었다.

"……부하를 소중히 여기는 건 좋아. 어릴 때부터 옆에 있었던 사람이라면 원하는 대로 해 주고 싶은 마음도 이해해. 하지만 아무리 강한 녀석이어도 세월은 이길 수 없어. 우리 아빠처럼 암살자한테 죽기도 해."

스카디는 양반다리로 앉은 채 밤하늘을 올려다보며 말을 이었다.

"줄곧 함께 싸울 수는 없어. 전력이 못 된다고 말해 주는 것도 상관이 할 일이야. 물러날 때를 제대로 알려 주도록 해. 대체할 수 없는 충신이라면 더더욱 소중히 해야지."

"응. 언젠가 이야기할 생각이야."

"그럼 됐고. 뭐, 저 아저씨라면 잘 단련되어 있어서 죽을 것 같지는 않지만."

전장에 서면 어떻게 될지 모른다. 젊은이에게도, 늙은이에게도, 누구에게나 평등하게 죽음이 찾아오는 것이 전쟁이다. 약한 자가 살고 강한 자가 죽기도 하고, 그 반대도 가능했다. 용맹한 장수였던 디오스도 강하고 늠름한 청년이었으나 젊은 나이에 전사하고 말았다.

"디오스 말인데……."

"응? 아아…… 그러고 보니 물어보기만 하고 이야기가 전혀 진전되지 않았네."

스카디는 그 자리에 벌러덩 눕더니 하품을 참으며 횃불을 보았다.

"우리 가족은 5남매인데 전부 엄마가 달라. 그중에서도 디오스 오빠의 엄마만 인족이었거든. 역시 타고난 힘의 차이가 있어서 디오스 오빠는 꽤 열등감에 시달려야 했어."

당연한 일이지만 종족과 관계없이 생물은 본능적으로 자존심을 가지고 있다.

하지만 이 나라에서 출생한 탓에 인족으로 태어난 그의 자존심은 산산이 부서지게 되었다.

"요툰헤임은 니다벨리르에 비해 차별이 적은 지역이지만, 역시 수족을 아우르는 우두머리의 적자라면 이야기가 달라. 다들 수족으로서의 디오스 오빠를 기대했어. 하지만 신체 능력이 평범하다는 걸, 인족이라는 걸 알고 멋대로 실망했지. 그래도 디오스 오빠는 지기 싫어하는 성격이라 노력했지만……

선천적인 차이는 간단히 메꿀 수 없었어. 디오스 오빠는 주위의 기대와 중압감에 짓눌려 버렸어."

어디서나 들을 수 있는 흔한 이야기였다.

명문가에서 태어난 책임감 강한 소년이 그 중압감을 버티지 못했다.

그저 그뿐인 이야기였다.

"아빠와도 사이가 나빠서 오빠는 이내 집을 뛰쳐나가 행방을 알 수 없게 됐어. 부하가 찾으러 가려고 했지만 아빠가 일족의 수치는 내버려 두라고 했지. 뭐, 그런 아빠도 3년 전에 암살당했고, 그때 다른 오빠들도 말려들었거든. 디오스 오빠도 없으니까 내가 요툰헤임을 물려받게 됐어."

디오스의 처지가 자신과 비슷했다는 것에 리즈는 놀랐다. 혹시 디오스는 어릴 적 자신과 리즈를 겹쳐 보았기에 손을 내밀었던 걸까……. 하지만 아무리 생각해도 명확한 답은 나오지 않을 것이다. 산 자는 고인의 마음을 알 수 없다.

"공주님, 지금 자기 처지랑 비슷하다고 생각했지?"

마음을 읽힌 리즈는 깜짝 놀라서 어깨를 움찔했다. 야생의 감인 걸까. 그런 것에 뛰어나다고 아까 스카디가 말했던 것이 떠올랐다.

"그것도 야생의 감이야?"

몸을 일으킨 스카디는 얼굴 앞에서 손을 휘저으며 웃었다.

"아냐, 아냐. 공주님의 처지는 유명해서 잘 알고 있었을 뿐이야."

스카디는 리즈의 코앞에 검지를 척 들이댔다.

"그래서 말하는 건데, 디오스 오빠는 도망쳤지만 공주님은 도망치지 않았어. 전혀 다르니까 절대로 자신과 겹쳐 보지 마. 도망치지 않은 것만으로도 충분히 굉장한 일이야."

그리고서 탄식하듯 한숨을 쉰 스카디는 곁눈질로 리즈를 보았다.

"그렇기에 묻고 싶어. 도망치고, 도망치고, 도망친 끝에 디오스 오빠는……"

진지한 눈길이 리즈에게 향했다. 달빛을 받아 늑대 같은 눈이 형형히 빛났다.

"도망치지 않고 전사로서 떠났어?"

한차례 바람이 불었다. 슬픔에 젖은 스카디의 눈에서 눈물을 훔쳐 가는 듯한 온화한 바람이었다.

그것은 리즈의 머리와 스카디의 머리를 쓰다듬고서 밤하늘로 사라졌다.

리즈는 바람을 좇듯 시선을 들었다. 어느새 주위의 떠들썩한 노랫소리가 멀어져 있었다.

밤하늘에 가득 뿌려진 별들이 아까보다도 더 강하게 반짝여서 지상에 쏟아질 듯 가깝게 느껴졌다.

리즈는 미소를 지은 후, 다시 진지한 얼굴로 스카디를 보았다.

"응. 전사로서 훌륭한 마지막이었어."

못 듣지 않도록, 소란에 지워지지 않도록 리즈는 힘 있게 말했다.

그 진지한 말이 전해졌는지 스카디는 진심으로 기뻐하며 살 포시 웃었다.

"그렇구나…… 전사로서 떠난 건가."

등을 부르르 떤 스카디는 참을 수 없는 기쁨을 폭발시키듯 밤하늘을 향해 은잔을 번쩍 들었다.

"그럼 더 말할 게 없네. 수족에게 전사로서 죽는 것 이상의 명예는 없어."

"괜찮은 거야……? 디오스는 나 때문에—."

리즈는 끝까지 말할 수 없었다.

스카디가 턱을 붙잡았기 때문이다.

"넌 원수도 뭣도 아니야. 원망해 봤자 별수 없잖아."

"하이안—."

"하지만은 무슨. 처음부터 나는 디오스 오빠가 전사로서 죽 었는지 묻고 싶었던 거야. 심각하게 인식하지 마."

스카디의 말은 거칠었지만 음성에는 상냥함이 담겨 있었다.

"알았으면 고개를 끄덕여. 안 그러면 이대로 턱을 부숴 버 릴 거야."

농담하는 눈이 아니었다. 당황한 리즈의 턱이 비명을 지르 듯 삐걱거렸다.

술 취한 스카디가 힘 조절을 제대로 못 하고 있는 것일지도 모른다.

곤혹스러워하며 리즈가 고개를 끄덕이자 마침내 턱이 해방 되었다.

뼈가 무사한지 확인하고 있으니 스카디가 다정한 눈길을 보내왔다.

"남자가 전사로서 죽었으니 웃으며 보내야지. 공주님은 모를 수도 있겠지만 요툰헤임에는 그런 풍습이 있어."

그리고서 다시 밤하늘을 향해 은잔을 번쩍 들었다.

"그편이 매우 본능적인 생각이라 짐승답지 않아?"

그렇게 말하고 일어선 스카디는 옷을 벗기 시작했다.

"자, 나도 춤출까. 오늘만큼은 특별해. 디오스 오빠를 축복해 줘야지."

원래부터 안 입은 것이나 진배없는 복장이었기에 건강하게 탄탄한 피부가 아주 간단히— 드러나기 직전에 가려졌다.

리즈가 식탁보를 잡아당겨 스카디에게 던졌기 때문이다.

"너는 여성이니까 조심해야지."

리즈는 어딘가에서 누군가가 했었던 듯한 말을 입에 담았다.

*****

슈타이센 공화국, 니다벨리르령 가르자.

자정을 넘겨 거리에는 인적이 전혀 없었다. 벌레의 울음소리만이 유독 시끄러운 시간이었다.

술렁이는 밤공기 속에서 거리는 장례식장처럼 고요했다.

그와 대조적으로 가르자의 궁전은 화려할 정도로 햇불이 일렁여 대낮처럼 밝았다.

그런 궁전 안에 준비된 방에서 히로 일행은 시간을 보내고 있었다.

히로는 침대에 앉아 있었다. 눈앞에는 가더가 양반다리를 하고 앉아 있었다.

창가에서는 무릎을 끌어안고 모포를 덮은 루카가 달빛을 받으며 히로를 보고 있었다.

"무닌이랑 후긴은?"

히로가 가더에게 물었다.

"후긴은 거리에 잠입시킨 첩보원들과 연락 중이야. 무닌에게는 휴가를 줬잖아? 지금쯤 거리의 위법 술집에서 술을 마시고 있겠지."

팔짱을 낀 가더가 침대에 앉은 히로를 올려다보았다.

"그보다 확신은 얻었나?"

"손에 들고 본 건 아니라서 모르겠어. 하지만 그 목걸이는 초대 황제의 물건인 것 같아."

"그럼 정말로 후손이란 건가?"

가더의 질문에 히로는 고개를 갸웃하고 끙 소리를 냈다.

침략한 나라의 왕비나 여왕에게 손을 댈 만큼 색사가 많았던 남자다.

상대 중에 소인족이 있었어도 전혀 이상하지는 않았다.

"만약 정말로 초대 황제의 핏줄이라면 어쩔 거지?"

"후긴도 비슷한 질문을 했는데 난 그를 도와줄 생각이 없어. 하지만 초대 황제의 후손이라면 장기말로서 살려둘 수는 있겠지."

"핏줄이 아니라면?"

"그때는 당연히 응보를 받아야지."

"그럼 후긴이 가져올 정보를 기대할 수밖에 없겠군."

망설임이 없다면 문제없다는 것처럼 가더는 어깨를 으쓱이고 화제를 바꿨다.

"그러고 보니 꼬맹이가 요툰헤임 진영과 합류했다는 보고를 받았다. 본거지인 트림하임으로 각지에서 속속 병사가 모이고 있다는 것 같아."

"그럼 사태가 움직일 때까지는 조용히 지켜보자. 우리는 우트가르데가 움직이지 않으면 아무것도 할 수 없어."

히로의 말을 들은 가더는 고개를 끄덕이고서 자리에서 일어나 방 밖으로 나가려고 했다.

"어디 가게?"

"야영 중인 부하들과 술이라도 마실 생각이다. 조금은 공로를 치하해 줘야지. 무닌만 특별 취급할 수는 없잖아."

"그럼 군자금을 마음껏 써서 병사들에게 술을 내리도록 해."

"알겠다. 그럼 나는 이만 가지. 무슨 일 생기면 바로 연락해라."

히로는 방문 손잡이를 잡은 가더의 등을 향해 깜빡했던 말을 던졌다.

"아, 맞다. 준비만큼은 해 주겠어? 계획을 변경할 일은 이제 없어."

"……알겠다."

가더는 그렇게 고하고서 방을 나갔고, 그를 배웅한 히로는 침대 위에 누웠다.

깊은 사고에 빠져들었다. 무엇이 어떻게 연결되고, 무엇을 어떻게 연결하여 목적을 달성할 것인가.

그 이전에 가장 중요한 사안이 뇌리에 떠올랐다.

'우트가르데가 알티우스의 후손이 아니라면…… 초대 황제의 목걸이는 누가 어떻게 입수해서 그에게 건넸는지, 그 배후에 있는 인물이 신경 쓰여.'

초대 황제의 유물은 간단히 손에 들어오는 물건이 아니다.

그란츠 황가와 관련된 자의 범행이거나— 아니면 5대 귀족일 가능성도 있었다.

그밖에도 2년 전 기리시 재상이 흉인에 당해 사망한 날— 그때도 황제 묘소에 침입자가 나타났다는 이야기를 들었다. 그날 바로 함구령이 떨어졌으니, 무엇을 도둑맞았는지는 차기 황제로 여겨지는 리즈와 새로 재상 자리를 손에 넣은 로자만이 알 것이다.

'『흑사향』일 가능성도 있나…….'

요란하게 움직여 준 덕분에 어느 정도 『흑사향』의 정보가 모이고 있었다.

무엇보다 **녀석**의 기운을 감지한 것은 대단한 수확이었다. 안 그랬으면 여섯 나라와 싸우면서 히로가 전사를 가장한 것이 헛된 일이 됐을 것이다.

'다시 지하에 잠복해 버렸지만……. 정말이지 몸을 잘 숨긴

다니까. 반드시 찾아내서 다음에야말로 이 손으로…….'

히로는 자신의 손을 얼굴 앞으로 가져와 가면을 벗고 오른쪽 눈을 매만졌다.

'알티우스…… 네가 남겨 준 것은 나를 크게 도와주고 있어.'

어느새 촛대의 불이 꺼져 있었다.

침대 옆 탁자에 놓인 양초의 작은 불빛만이 히로의 얼굴을 연약하게 비추었다.

어두운 밤중에 강하게 빛나는 것은 황금색 눈뿐이었다. 왕의 풍격을 풍기는 빛이 그윽함 속에서 일렁였다.

"안 잘 건가요?"

얼어붙은 것처럼 낮은 목소리가 들려왔다. 발생원은 히로의 발밑이었다.

"잠이 안 오나요?"

망가진 기계인형처럼 어색하게 움직이며 외팔이 루카가 기듯이 히로의 몸을 타고 올라왔다.

"조금 생각하다가 자려고. 넌 자도 돼."

모포를 걸친 루카의 움직임이 멈췄다. 그녀는 어둠보다 짙은 심연을 품은 눈동자로 히로를 보고 있었다.

"너보다 먼저 자면 의미가 없어요."

"그것도 그러네. 그러지 않으면 날 죽일 수 없나……."

히로는 쓴웃음을 지었다. 그런 그를 보고 루카는 무표정을 유지한 채 고개를 갸웃했다.

"널 죽일 방법을 모르겠어요."

"그야, 그렇겠지……."

히로의 어투가 약해졌다.

생각보다 피곤했는지 급격히 잠이 쏟아졌기 때문이다.

"훗……."

목숨을 노리는 자가 앞에 있는데 참 태평하다 싶어서 무심코 웃고 말았다.

"웃긴 일이라도 있나요?"

"아니…… 생각해 보니 정말 우스운 상황인 것 같아서……."

"자업자득이잖아요. 네가 이런 상황을 만들었어요."

"확실히 그렇지……. 아아, 그래, 루카…… 조금 전에 했던 질문 말인데……."

히로는 자조적으로 웃으며 말을 이었다.

"나도…… 어떻게 하면 죽을 수 있는지, 모르겠어……."

그리고 이내, 천천히 어둠 속으로 가라앉았다.

제4장 풍문

　슈타이센 공화국, 요툰헤임령 트림하임.

　날이 밝고 얼마 되지 않아 아침 안개가 여전히 가시지 않은 시각이었지만 트림하임의 정문에는 엄청난 수의 병사가 정렬해 있었다.

　니다벨리르파와의 결전에 대비해 요툰헤임파의 원로원 의원들이 각지에서 불러들인 병사였다. 무구의 종류는 물론이고 인종도 다종다양했다. 모두가 미래를 생각하며 용맹한 얼굴로 출진 명령을 기다리고 있었다.

　그들 중에는 선량군에게 장절한 처사를 받은 자도 있었다. 가족이 살해당해 복수를 바라는 자, 압정을 우려하여 참가를 결심한 자, 출세를 원하는 자……. 통일성이라고는 조금도 없는 군세였다.

　하지만 그 마음속에서 끓어오르는 열기는 강하지 않더라도 이를 보완하고도 남을 만한 기개가 흘러넘치고 있었다.

　그런 요툰헤임군으로부터 조금 떨어진 곳에 그란츠 대제국의 군세가 대열을 이루고 있었다. 제4황군 중에서도 정예병이라고 칭송받는 장미기사단 2천, 무주크 가문이 빌려준 그란츠 기병 3천— 합계 5천의 군세 앞에 리즈가 있었다.

　옆에는 말을 탄 트리스가 있었고, 지면에서는 서버러스가 뒷발로 목을 긁고 있었다.

그때 한 남자가 다가왔다.

"세리아 에스트레야 전하, 기다리시게 하여 죄송합니다. 브루투스입니다."

그란츠식 경례를 한 이 브루투스라는 남자는 무주크 가문의 가주 베투가 소개한 자였다. 호리호리한 체구에 기품조차 감도는 남자를 보고 리즈는 위화감을 느꼈다.

"작위는 없어?"

"없습니다."

즉답이었다. 그의 표정에서 변화는 보이지 않았다. 거짓말하는 듯한 낌새는 없었다.

그런데도 기묘한 위화감을 지울 수 없어서 리즈는 이어서 질문을 던졌다.

"형제는?"

"2년 전쯤에 도적에게 살해당하여 제게 부모와 형제는 없습니다. 그때 집과 밭도 전부 잃었습니다."

브루투스의 눈동자 안쪽에서 복수의 불길이 타오르고 있었다. 마치 그 불길이 자신을 향하고 있는 것 같아서 리즈는 온몸에 소름이 돋는 것을 느꼈다.

"하지만 길거리를 헤매던 저를 베투 경이 건져 주셨습니다. 이번에 전하를 도와드려 그 큰 은혜를 갚을 생각을 하니 몹시 흥분됩니다!"

브루투스는 거칠게 콧김을 내뿜으며 감정을 억누르듯 떨리는 손으로 칼자루를 움켜쥐었다. 비통한 기억을 떠올리게 했다는 죄책감에 리즈는 사과를 입에 담았다.

"힘든 얘기를 하게 했네. 용서해줘."

"아닙니다. 신경 쓰지 마십시오. ……미리 들으셨겠지만 길 안내를 포함해 전하께 힘을 보태 드리라고 베투 경에게 명받았습니다. 동행을 허락해 주시겠습니까?"

"그래. 베투 경에게 얘기는 들었어. 대열에 합류하도록 해."

"존명. 목숨 바쳐 임무를 수행하겠습니다."

그때, 그런 두 사람 사이에 끼어든 자가 있었다.

"세리아 에스트레야 공에게 전령입니다! 저는 스카디 님이 보낸 전령입니다. 세리아 에스트레야 공은 어디 계십니까?!"

"여기야."

리즈가 손을 들어 대답하자 전령이 재빨리 다가왔다.

"곧 출발하는데 준비는 다 되셨습니까?"

"문제없어. 스카디 공에게 그렇게 전해 주겠어?"

"예. 반드시 전하겠습니다."

말을 돌린 전령은 모래 먼지를 일으키며 스카디 곁으로 돌아갔다.

"트리스!"

"예, 공주님. 무슨 일이십니까?"

"슬슬 출발할 거야. 정신 바짝 차려. 그란츠 대제국이 도와줬는데 패배하는 불명예는 허락되지 않아."

"알겠습니다. 병사들의 사기도 나무랄 데 없습니다. 과하게 부담 느끼지 않고 적당한 긴장감에 휩싸여 있습니다. 이번 싸

움은 우리 그란츠의 힘을 과시할 좋은 기회이기도 하니 말입
니다!"

　이번 싸움은 2년간 침묵했던 그란츠 대제국의 힘을 다른
나라들에게 다시 알릴 싸움이기도 했다. 황위 계승권을 가진
황족이 연달아 전사하자, 타국은 그란츠 대제국의 지반이 흔
들리고 있음을 알았다. 게다가 황제의 죽음을 숨기기 위해 앓
아누웠다고 공표하면서 그들은 호시탐탐 그란츠 영토를 노리
기 시작했다. 그래도 다른 나라들이 움직이지 않고 조용히 지
켜봤던 것은 그란츠 대제국에서 잇달아 사건이 일어나며 오
보와 허보가 뒤섞였기 때문이리라. 그런 다른 나라들을 견제
하는 의미에서도 패배는 허락되지 않았다. 무엇보다 정권을
노리고 있는 베투의 야심을 깨부수기 위해서도 반드시 요툰
헤임에 승리를 가져와야 했다.

　리즈의 붉은 눈동자에 패기가 스쳤을 때, 뿔피리가 울렸다.

　그란츠식 뿔피리와 달리 고음이었다. 그와 함께 요툰헤임군
이 힘찬 함성을 내질렀다. 구름을 뚫을 듯 크게 외친 그들의
폭발하는 감정은 피부를 자극할 만큼 공기를 갈랐다.

　아득한 저편까지 울려 퍼지는 격렬한 소리에 귀를 기울이며
리즈는 심호흡을 되풀이해 마음을 진정시켰다. 그리고 곁눈
질로 요툰헤임군이 움직이기 시작하는 것을 확인했다.

　"진군한다."

　칼집에서 『염제』를 번쩍 뽑아 들고 호령을 내렸다.

　리즈가 움직이기 시작하자 그란츠병도 일사불란하게 움직

였다. 요란한 요툰헤임군과 비교하면 조용했다. 하지만 그들을 감싼 고양감은 정적 속에서 펄펄 끓어오르고 있었다.

지금부터 향하는 곳은 니다벨리르파의 본거지, 난공불락이라고 소문이 자자한 가르자다.

리즈는 나란히 달리는 트리스에게 말을 건넸다.

"트리스, 긴장돼? 전장에 나가는 건 오랜만이지?"

"그렇지요……. 나잇값도 못 하고 가슴이 뜨겁습니다."

쑥스럽다는 듯이 뒤통수를 두드린 트리스가 웃어 보였다.

그런 트리스의 모습을 리즈는 걱정스럽게 바라보았다. 오랜만에 전쟁의 공기를 피부로 느낀 탓인지 트리스가 너무 의욕만 앞서고 있는 것 같았기 때문이다.

그래도 무리하지 말라고는 말할 수 없었다.

알고 지낸 세월이 길기에 그의 성격을 숙지하고 있었기 때문이다.

"분발한다고 젊은 병사들의 공적을 뺏으면 안 돼."

"그건…… 모르겠습니다. 오랜만에 나온 전장이니까요."

먼 곳을 바라보며 슬프게 중얼거린 트리스는 분한 마음에 입을 일자로 다물었다.

"저는 여섯 나라와의 싸움에 참가하지 못하지 않았습니까. 그렇기에 이번에는 양보할 수 없습니다."

2년 전부터 트리스의 패기는 급격히 작아지기 시작했다.

전성기와 비교하면 천양지차였다.

이유는 명백했다. 노화였다.

예전에는 일반 병사들이 여럿이서 한꺼번에 덤벼도 이길 수 없을 만큼 트리스는 강하고 늠름한 노병이었다. 그런데 지금은 리즈의 빠른 걸음조차 쫓아오지 못하게 되었다.

리즈는 트리스가 혼자서 훈련하는 모습을 몇 번 목격했다.

그래도 체력은 떨어져 갔다. 세월이 갈수록 근력은 약해지기만 했다.

그것이 안타깝고 답답한지, 이번 원정에 동행하고 싶다고 할 때, 후방 대기라도 좋으니 데려가 달라면서 귀기가 감도는 얼굴로 몇 번이고 부탁했었다.

그것이 출발하기 전날까지 이어지자 최종적으로 그 끈기에 지고 만 리즈는 트리스의 동행을 허락했다.

이 싸움으로 그가 자신감을 되찾으면 좋겠지만 그러지는 못할 것이다.

상대는 소인족이 중심인 군세다. 인족이면서 노쇠해지기 시작한 트리스에게는 힘든 상대이리라. 그런 생각이 전해졌는지 트리스가 쓴웃음을 지었다.

"공주님, 조심히 대하지 않으셔도 됩니다. 다른 병사들과 똑같이 취급해 주십시오. 지금의 제가 별로 도움이 되지 않는다는 것은 저도 잘 알고 있습니다."

늙었기에 더는 리즈 옆에 서서 싸울 수 없다.

그렇지만…….

"계급도 3급 무관밖에 안 되고, 지휘관으로 살기에는 경험도 계급도 부족합니다."

트리스는 계급과 받는 대우가 맞지 않았다.

차기 황제로 여겨지는 리즈의 측근이면서 계급은 고작 3급 무관인 백기장이었다. 이 낙차가 트리스보다 계급이 높은 오백기장, 천기장들을 위축시키고 말았다. 그래서 부대장으로도 배속시킬 수 없었고, 노화 탓에 리즈 옆에 서서 싸울 수도 없었다. 그렇다고 리즈의 권력을 이용해 출세하려고 하는 사리사욕에 빠진 남자도 아니었다.

"각오했던 일입니다. 전선에 서지 못해도 괜찮습니다."

트리스는 허리에 찬 검을 뽑았다. 한 번도 관리를 게을리하지 않았을 것이다.

때 묻지도 않았고 이가 빠지지도 않은 검은 햇빛을 반사해 대지에 쏟았다.

"전부 공주님의 결단에 맡기겠습니다."

심약한 트리스 따위 보고 싶지 않지만 그의 시간을 멈춰 줄 수는 없었다.

누구도 세월을 거스를 수는 없다. 시간의 흐름을 멈출 수 있는 것은 신뿐일 것이다.

"알겠어."

트리스를 향해 힘 있게 고개를 끄덕인 리즈는 앞을 보았다.

리즈의 기분과는 달리 맑디맑은 하늘에서는 뜨거운 태양이 빛나고 있었다.

*****

제국력 1026년 6월 20일.

슈타이센 공화국, 니다벨리르령 가르자.

거리는 평소처럼 고요했으나 궁전은 평소와 달리 어수선했다.

새파래진 얼굴로 많은 사람들이 방을 오갔고 커다란 짐을 들고서 밖으로 뛰쳐나갔다. 하인들도 주어진 일을 소화하지 않고서 보따리를 안고 허둥지둥 복도를 달렸다. 궁전 앞에서는 많은 마차들이 정차해 있다가 사람들을 흡수하듯 태우고서 말 울음소리를 내며 출발했다.

그렇게 고함조차 오가는 궁전 안에 분진이 흩날리는 방이 있었다.

"흐암…… 벌써 아침인가."

기묘한 가면을 쓴 소년— 히로는 졸음이 가시지 않은 머리를 흔들며 잔해 더미가 된 침대 위에서 태평하게 하품을 했다.

멍한 눈으로 창문을 바라보니 작은 새들이 날개를 쉬고 있었다.

절로 미소가 나올 만큼 평화로운 하루의 시작 같았지만, 밖에서 커다란 소리가 들리자 새들은 일제히 하늘로 날아가 버렸다.

"무슨 일 있었어?"

그것은 분쇄된 침대에 관한 질문이 아니라 궁전이 왜 이렇게 어수선한지를 묻는 것이었다.

히로의 시선은 처참한 현장이 된 방에서 태연한 얼굴로 **벽쪽**에 서 있는 여성에게 향했다. 텅 빈 한쪽 소매를 흔들며 영원한 무표정을 띤 루카였다.

"글쎄요…… 저는 너만 보고 있을 뿐이라서 다른 건 어찌되든 좋아요."

뺨이라도 붉게 물들이며 이런 말을 했다면 남자는 착각해서 연애로 발전했을지도 모른다.

하지만 루카는 빛을 잃은 눈으로 무표정하게 말했다.

심지어 음성에는 뚜렷한 살의가 담겨 있었다. 이래서야 도저히 착각할 수 없을 것이다.

"이렇게 복도가 시끄러우면 보통은 신경 쓰이잖아."

"전혀 신경 안 쓰이는데요."

종잡을 수가 없었다. 딱 잘라 부정당한 히로는 아무 말도 할 수 없었다.

어색하다고는 하기에는 힘든, 매우 미묘한 분위기가 흐르기 시작했을 때, 복도에서 분주한 소리가 들렸다. 갑주 소리를 들은 루카가 전투태세에 들어가려고 했지만 히로가 손으로 제지했다.

그와 동시에 문이 벌컥 열렸다.

"오오, 나의 옛 맹우, 굳은 인연으로 맺어진 동지여! 소란을 피워서 미안합니다. 많이 불안하셨지요?"

변함없이 가극처럼 우트가르데가 등장했다. 하지만 전에 만났을 때와 달리 그는 금빛으로 번쩍이는 갑옷을 입고 있었고,

보석이 듬뿍 박힌 칼을 허리에 차고 있었다. 그런 괴악한 장비를 찬 우트가르데의 뒤에는 비슷한 중장비를 갖춘 두 병사와 히로를 궁전까지 안내했던 국경 수비대장 토르킬이 있었다.

'금 갑옷…… 실력 있어 보이지는 않는데, 이래서야 표적이 될 뿐이야.'

지휘관이 눈에 띄는 것은 나쁘지 않다. 전선에 선다면 병사는 분기할 것이다.

하지만 그처럼 검을 쥔 적도 없어 보이는 남자가 전선에 설 것 같지는 않았다.

"우트가르데 공, 그렇게 장비한 걸 보면 전선에 서려나 봐?"

히로가 질문하자 우트가르데는 깜짝 놀라 어깨를 움찔했다.

"설마요. 저는 후방에서 승리를 기다릴 겁니다. 인족이나 수족처럼 전선에 서는 것을 명예라고 생각하진 않습니다."

그렇다면 장례식에 참석하듯 차분한 장비를 갖추고서 본진에 틀어박히는 것이 좋았다.

'자기 혼자 안전한 곳에 있다니, 병사들의 사기를 떨어뜨릴 뿐이야.'

그렇게 말해 봤자 우트가르데의 화만 돋우게 될 것이다. 그래서 히로는 수상쩍은 자를 보듯 냉담한 눈으로 바라보는 데 그쳤다.

"그런데 흑진왕 폐하, 이 방은 어떻게 된 겁니까? 누군가에게 습격받은 것 같습니다만……?"

방의 참상을 보고 우트가르데가 의아한 눈길을 보냈다.

"미안하군. 그녀와 언쟁을 벌이다가 부서져 버렸어. 괜찮다면 새로운 침대를 준비해 줬으면 하는데."

히로가 당황하지 않고 억양 없는 말로 거짓말하자 우트가르데는 루카를 보고서 크게 웃었다.

"하하하! 상당히 격렬한 분이신 모양이군요. 좋습니다. 나중에 하인에게 준비하라 이르겠습니다."

그는 히로의 말을 조금도 의심하지 않았다. 자잘한 일을 신경 쓰지 않는 소인족답다고도 할 수 있지만, 이런 자잘한 일을 신경 쓸 여유가 없다고 하는 편이 옳을 것이다. 웃음을 그친 우트가르데가 조금 초조한 시선을 보냈다.

"그보다도 흑진왕 폐하, 요툰헤임 녀석들이 진군을 개시했다고 합니다. 우리 니다벨리르도 요격하기 위해 출진하게 되었습니다."

히로는 묵묵히 우트가르데의 말을 들었다.

그가 초대 황제의 위세를 빌려 금전을 모으고 인심을 장악한 것은 누구나 아는 사실이다.

그것을 자기 실력이라고 과신하고 있는 것이 눈앞에 선 불쌍한 황금 덩어리였다.

그렇다면 그가 이어서 무슨 말을 할지도 예상이 되었다.

"흑진왕 폐하는 어떻게 하시겠습니까? 가능하면 저와 함께 와 주셨으면 좋겠습니다만."

바움 소국이 자기편에 붙었다고 타국에 선전하고, 그밖에도 요툰헤임 진영을 무너뜨리기 위해 히로의 존재를 이용하고 싶을 것이다.

바움 소국에도 이득이 있다면 도와줘도 괜찮겠지만, 이 땅에서 평가가 내려갈 뿐 얻을 것이 전혀 없었다. 그래서 순식간에 생각을 마친 히로는 고개를 가로저었다.

"아니, 사양하도록 하지. 이쪽이 데려온 병사는 겨우 5백이야. 우트가르데 공에게 병사를 빌려서 이끈다고 해도 내 지휘를 순순히 따르지는 않겠지."

단호하게 이유를 대자 우트가르데가 얼굴을 숙이고 생각에 잠겼다.

그래도 따라왔으면 좋겠다는 마음이, 그림자에 가려져 보이지 않는 얼굴에서 전해졌다.

"그리고 우리는 교역 교섭을 하러 온 것이지 협력하러 온 것이 아니야. 무엇보다 호위 5백만으로는 용감한 소인족의 발목만 잡게 되겠지. 그러니 당신의 승전 보고를 여기서 즐겁게 기다리고 있겠어."

되도록 우트가르데를 띄워 주며 얼른 나가라고 히로는 내심 소원했다.

그것이 통했는지 알 수는 없지만 우트가르데는 기뻐하며 고개를 주억거렸다.

"그럼 궁전에서 기다려 주십시오. 어리석은 놈들을 도륙하고 금방 돌아오겠습니다. 하지만 전쟁이 벌어졌으니 자유롭게 행동하실 수는 없습니다."

우트가르데는 과장스럽게 손을 움직여 이마를 짚고서 탄식하는 동작을 취했다.

"죄송하지만 궁전에 체재하는 동안에는 감시가 붙고 행동이 제한될 텐데 괜찮으시겠습니까?"

"그건 당연한 일이지. 이견은 없어."

"그럼 이자를 두고 가겠습니다."

우트가르데가 가리킨 것은 토르킬이었다. 변함없이 노골적인 태도로 히로를 노려보고 있었다. 지명받은 토르킬은 그래도 표면상으로는 평정을 가장하며 우트가르데에게 공손히 배례하고 히로에게 몸을 돌렸다.

"잘 부탁드립니다."

"그래…… 나야말로 잘 부탁해."

머리를 숙인 토르킬에게 말하고서 히로는 우트가르데에게 질문했다.

"그런데 아까부터 궁전이 소란스럽군. 무슨 일 있나?"

"전쟁이 시작될 테니 걸리적거리는 놈들을 내쫓고 인근의 유력자들을 이곳에 피난시키기 위해 준비하고 있습니다. 흑진왕 폐하가 신경 쓸 일은 아닙니다."

우트가르데는 얼굴 앞에서 손을 휘젓고 발길을 돌렸다.

"그럼 흑진왕 폐하, 바로 군의가 시작되는지라 저는 이만 실례하겠습니다."

내방했을 때와 마찬가지로 우트가르데 일행이 분주하게 방에서 나갔다.

문이 닫힐 때, 히로는 가면 아래에서 섬뜩할 정도로 감정을 죽이고 있었다.

"선량군이 아니라고는 하지만…… 유력자를 피난시키기 위해 하인들을 내쫓다니 기가 막혀서 할 말이 없어."

화를 꾹꾹 누르듯 가면 위치를 조정한 히로는 기척을 느끼고 뒤돌아보았다.

"결과는 어땠어?"

"여기 적혀 있어요. 아마 히로 님이 상상한 결과와 다르지 않을 거예요."

히로의 눈앞에서 후긴이 한쪽 무릎을 꿇고 양손을 머리 위로 올리고 있었다.

손 위에는 보고서 한 장이 놓여 있었고, 히로는 그것을 집어 들어 빠르게 훑어보았다.

"홋…… 과연 그렇구나."

히로는 작게 웃고서 분부를 기다리는 후긴에게 시선을 옮겼다.

"수고했어. 너의 부하한테도 그렇게 전해줘."

"네!"

기뻐하며 활짝 웃는 후긴의 머리를 쓰다듬어 준 뒤, 히로는 턱에 손을 올리고서 다음에 행할 순서를 머릿속으로 확인하며 그 생각을 막힘없이 입 밖으로 꺼냈다.

"후긴, 성벽 밖에서 야영 중인 가더한테 가서 계획을 시작하라고 전해."

"알겠습니다."

"지금부터는 시간과의 승부야. 무닌한테도 그렇게 전해 줘."

"존명."

씩씩하게 대답한 후긴은 창밖으로 뛰쳐나갔다.

"몹시 슬퍼 보이네요."

후긴을 배웅한 히로 곁으로 지금까지 조용히 있던 루카가 다가왔다.

"그래 보여?"

"네. 그 보고서에 뭐라고 적혀 있었나요?"

편지 내용이 궁금한지 루카가 물어봤지만 히로는 그저 웃을 뿐이었다.

"아주 유쾌하고 재미있는 내용이 적혀 있었어."

하지만 히로의 눈은 결코 웃고 있지 않았다.

*****

제국력 1026년 6월 26일.

하늘은 상쾌할 정도로 맑았다.

비가 내릴 기미는 없었고 구름 한 점 보이지 않았다.

강풍이 대지를 지나자 새들이 기류에 몸을 맡기고서 날개를 퍼덕였다.

슈타이센 공화국, 로크 근교. 후에 슈타이센의 역사적 분기점으로 기록되는 곳이다. 하지만 지금은 그저 나무가 듬성듬성 들어선 숲이 펼쳐진 이름 없는 장소였고, 승패가 어느 쪽으로 굴러갈지는 아무도 몰랐다.

대지에서는 대량의 모래 먼지가 여럿 피어오르고 있었다. 그것은 서쪽과 동쪽으로 나뉘어 마치 연기 개수를 경쟁하듯 하늘을 끝없이 갈색으로 물들였다.

"좋은 장소를 잡았어."

바람에 날리는 옆머리를 한 손으로 누르고 리즈가 높직한 언덕 위에서 전장을 둘러보았다.

그녀 옆에는 측근인 노병 트리스가 복잡한 얼굴로 서 있었다.

"전망은 좋지만…… 사각지대도 조금 눈에 띄는군요."

숲이 있는 탓에 언덕에서 내려다봐도 눈길이 닿지 않는 곳이 몇 군데 있었다.

"색적 부대를 편제해서 주변을 살피게 할 수밖에 없겠지."

"그렇지요. 그래도 요툰헤임의 본진이 보이니 다행입니다."

요툰헤임 본진은 그란츠 본진에서 1셀(3킬로미터) 떨어진 오른쪽 전방에 있었다.

적인 니다벨리르도 만반의 준비를 했는지 3셀(9킬로미터)쯤 떨어진 언덕 위에 구축한 본진에서 함성이 들려왔다. 하지만 거기서 조금 내려와 아래쪽에 펼쳐진 니다벨리르 본대는 조용했다. 대열은 흐트러지지 않았지만 눈에 띄게 사기가 낮았다.

"니다벨리르의 본진과 본대는 사기가 상당히 차이 나는 것 같아. 혹시 니다벨리르 본대는 가족이 인질로 잡혔다는 자들로 구성되어 있나?"

"그럴 가능성이 크겠죠. 하지만 동정심이 들더라도 봐줘서는 안 됩니다. 이기지 못하면 그들의 가족을 해방시킬 수 없으니까요."

"……그렇지. 무엇보다 저들은 가족을 위해 필사적으로 저항할 거야. 사기가 낮아도 방심할 순 없어."

그렇게 말한 리즈는 트리스를 데리고 사방을 둘러쌌을 뿐인 간이 천막에 들어갔다.

준비된 긴 책상 주변에는 상석을 비우고 참모들과 함께 천기장들이 서 있었다.

경례하는 그들에게 답례한 리즈는 상석까지 걸어가 모인 자들을 둘러보았다.

"부담감에 시달리는 사람은 없지?"

리즈가 확인하자 참모를 포함해 용맹한 분위기를 휘감은 천기장들이 자세를 바로 했다. 긴장감은 있지만 과한 부담감은 없었고, 적당한 의욕이 흘러넘치고 있었다.

"좋아. 그럼 군의를 시작하자. 진행은 트리스한테 맡길게."

리즈가 뒤에 서 있던 트리스에게 말했다.

"알겠습니다. 주제넘지만 저 트리스 폰 타미에가 설명하겠습니다."

트리스는 공손하게 앞으로 나와 책상에 펼쳐진 지도를 지휘봉으로 가리켰다.

"우선 우리의 우군(友軍)인 요툰헤임의 보고에 의하면 니다벨리르군은 약 3만— 그중 본대가 2만이고 나머지 1만은 본진을 지키고 있습니다. 소인족이 중심인 군대라서 주로 중장보병이 비중을 차지하고 있고, 진형도 그에 따른 것을 사용할 겁니다."

트리스는 재빨리 말을 세워 니다벨리르군을 나타냈고, 이어서 요툰헤임군을 나타내는 말을 놓았다.

"반면 우군인 요툰헤임은 약 2만. 거의 모든 병사들을 전장에 투입할 것이라 여겨집니다. 기병이 중심이므로 기동력을 살린 싸움을 하겠지요."

마지막으로 놓인 말은 그란츠군이었다. 트리스는 설명에 맞춰 그 말을 동쪽으로 이동시켰다.

"그럼 먼저 우리 그란츠군의 역할을 설명하겠습니다. 요툰헤임 측이 요청한 것은 전장을 우회하여 일단 적의 본진을 함락시키고 그 기세를 몰아 전장에 난입, 동요하는 적의 본대를 뒤에서 치는 것입니다."

트리스의 설명을 보충하기 위해 리즈가 입을 열었다.

"요툰헤임군이 니다벨리르군을 유인하는 사이에 그란츠군은 적의 본진을 함락시키고 배후에서 본대를 급습— 요툰헤임군과 협공하면 된다는 거지?"

"맞습니다. 향후 외교를 생각해서 저희가 활약할 기회를 주려는 거겠죠."

이야기를 들은 리즈는 고개를 끄덕이고서 지도를 손으로 덧그리며 입을 열었다.

"그럼 감사히 받아들이기로 할까. 요청받은 대로 우회해서 적의 본진을 함락시키겠어. 그런 다음 본대를 협공하여 단숨에 전황을 바꾸고 싸움을 끝내는 거야."

일단 말을 멈춘 리즈는 트리스에게 새로운 말을 요구하여 지도에 놓아 나갔다.

"그 전에, 당연하지만 나는 이곳 지리에 어두워. 만약 적이 사각지대를 이용해서 우리 배후를 치면 귀찮아져."

적군도 우회하여 이쪽 본진을 노린다면 그란츠군과 딱 맞닥뜨릴 가능성이 크다. 그 밖에도 군데군데 있는 숲속에 복병을 숨기고 있을지도 모른다. 그렇다면 선제공격을 가하고 싶었다.

"그러니까 일단은 척후 부대를 먼저 보내자. 적군을 발견하는 대로 섬멸하는 것을 염두에 두고 적의 본진을 노리는 거야."

"요툰헤임 측에 지리를 자세히 아는 자를 파견해 달라고 하죠."

참모 한 명이 그렇게 진언하자 리즈는 고개를 끄덕여 승낙했다.

"그 밖에도 색적 부대를 조직해서 그란츠 본진 주변을 경계하자."

"전하, 제게 맡겨 주시겠습니까?"

리즈는 색적 부대의 지휘를 맡기기 위해 몇 명을 뽑으려고 했지만 브루투스가 앞으로 나왔다. 그는 베투가 의지하라며 보낸 인물이었다.

"색적만을 위해 요툰헤임 측에 안내자를 요청할 수도 없지 않습니까. 그 점에서 저는 이 부근을 자세히 아니 문제없는 인선이라고 생각합니다."

능력이 확실하지 않아서 부대를 맡기기에는 조금 불안했지만 이곳에 있는 누구보다도 슈타이센 공화국의 지리에 밝은 것은 분명했다. 그러나 리즈는 그에게서 뭔가 위험한 기운을 느끼고 있었다. 또한 베투가 보낸 자이기도 하여 아무래도 신뢰하는 것은 위험하다는 생각이 들었다. 하지만 막연한 감보다도 승리가 절실한 것 또한 사실이었다.

고민 끝에 입을 열려던 리즈 앞으로 지금까지 조용히 있던 트리스가 나왔다.

"제가 색적 부대를 이끌겠습니다. 여기 있는 누구보다도 전쟁 경험은 많으니 말입니다."

트리스는 브루투스를 힐끗 본 후, 지도를 바라보며 다시 입을 열었다.

"적이 숨을 만한 곳은 짐작이 가지만, 만전을 기하기 위해 브루투스 공을 보좌로 붙여 주시겠습니까?"

리즈의 표정을 보고 모든 것을 간파한 것처럼 트리스는 의미심장하게 씩 웃었다.

"······그래. 그러면 트리스에게 병사 백 명을 맡길게. 브루투스는 그를 보좌해 줘."

"예!"

리즈를 도울 수 있는 것이 기쁜지 트리스는 오랜만에 패기가 담긴 대답을 했다.

그러고서 그는 브루투스에게 몸을 돌리고 손을 내밀었다.

"브루투스 공, 잘 부탁하오."

"맡겨 주십시오. 저는 이 땅에 오래 체재해서 지도에 없는 길도 파악하고 있습니다."

브루투스와 트리스가 악수하는 것을 보고 리즈는 두 사람에게 말을 건넸다.

"트리스와 브루투스, 두 사람에게 맡기겠어. 조금이라도 이변을 감지하면 봉화를 올려."

"존명."

힘차게 대답한 그들은 한쪽 무릎을 꿇고 머리를 숙였다. 리즈는 만족스럽게 고개를 끄덕인 뒤, 참모 한 사람에게 지시를 내려 색적 부대 편제를 서두르라고 했다.

"그럼 트리스, 브루투스. 바로 준비에 착수하도록 해."

"알겠습니다."

트리스와 브루투스가 빠르게 천막을 나갔다.

그 뒷모습이 사라지는 것을 바라본 후, 리즈는 제4황군의 지휘관을 향해 입을 열었다.

"장미기사단은 준비됐어?"

"언제든 출격할 수 있습니다."

"그럼 당초 예정대로 장미기사단 2천과 그란츠 기병 1천은 적의 본진을 노리도록. 나머지 그란츠 기병 1천9백은 우리 본진을 지켜."

리즈는 차례차례 참모들에게 지시를 내리고 천기장을 치하했다.

이번에 리즈는 전선에 나서지 않고 본진에서 지휘한다.

아우라가 있었다면 전선에 나갔겠지만, 본진을 맡길 만한 무관이 진영에 없었다.

"이걸로 군의는 끝이야. 지휘관은 천기장들을 이끌고서 지휘하러 돌아가. 요툰헤임군이 움직이는 대로 진군을 개시하겠어."

"존명."

리즈에게 명령받은 자들이 일제히 움직이기 시작했다.

단숨에 주위가 어수선해지는 가운데, 리즈는 조용히 의자에 앉아 있었다.

"결과를 그저 기다리는 것도 뭐라 말할 수 없는 기분이네."

이번 싸움은 어디까지나 슈타이센인이 자국의 안정을 바라며 벌인 것이다. 그란츠인은 자신들의 권력 싸움에 이용하기 위해 멋대로 개입한 것에 불과했다. 생각하고 싶지 않은 일이지만, 만에 하나 패전한다면 모르쇠로 일관할 수 있도록 철저히 조력자의 선을 넘지 않았다.

"스카디에게 고마워해야겠지."

이쪽의 목적을 알면서도 그녀는 그란츠가 활약할 수 있게 전황을 좌우할 중요한 임무를 주었다. 그저 후방에서 썩혀도 뒷말이 나올 일은 없을 텐데 성실한 여성이다. 아니, 그릇이 크다고 해야 할까.

"그렇다고 해도 대담한 일을 하는 사람이야."

그란츠인에게 슈타이센은 이국의 땅이라 지리 정보에 어둡다.

그렇다고 요툰헤임군에 편입하더라도 연계가 될 리 없다. 공동 훈련을 한 적도 없는 사이이니 보조를 맞출 수 있을 리가 없었다.

"그래서 스카디는 요툰헤임군과 그란츠군을 분리하여 운용하기로 했어."

적의 본진 급습이라는 중요한 임무를 그란츠에 준 스카디는 호쾌하다고 할까 대범하다고 할까, 아직 만난 지 2주밖에 안 됐는데도 이쪽이 쑥스러워질 만큼 신뢰하고 있는 것이 전해졌다.

"기대에 부응해 보이겠어. 하지만……."

이국땅이라서 묘한 불안감이 드는 것도 사실이었다.

그렇기에 본진에서 리즈가 움직이지 않는다는 선택을 했다.

리즈는 책상에 펼쳐진 지도를 다시 바라보았다.

"숨어서 이동하기 적합한 지형…… 상대도 비슷한 생각을 할 거야."

적인 니다벨리르군은 강제로 징병된 탓에 사기가 낮았고, 장비는 갖췄지만 숙련도가 부족했다.

반면 요툰헤임군은 단결력이 있으며 기동력도 가지고 있었다. 급조한 군세라서 숙련도는 부족하지만, 개개인의 능력은 높고 사기도 나무랄 데 없었다.

참모들의 견해로는 요툰헤임이 이길 것이라고 했지만, 농민이 역전의 용장을 이기는 기적도 일어나는 것이 전쟁터다. 승부가 어떻게 될지 알 수 없는 것이 전쟁이었다.

"방심은 금물이야. 스카디, 건투를 빌게."

그때, 높은 음색이 울려 퍼졌다.

*****

용장하게 울리는 뿔피리 소리를 들으며 스카디는 말에 올라 탔다.

그녀 뒤에 정렬한 것은 2만의 군세. 군살 없는 강철 같은 육체를 가진 역전의 용사들이었다. 그런 그들의 무구는 통일되어 있지 않았다. 퇴물 산적 같은 경장병도 있고, 등목이라도 할 것처럼 상체를 훤히 드러낸 자도 있었다.

사령관인 스카디도 그랬다. 가벼운 차림에 노출한 부분도 많아서 전장인데도 정욕을 부추길 정도라 적에게 붙잡힌다면 무사하지는 못할 것이다.

무엇보다 산만했다. 그란츠군이 정적이라면 요툰헤임군은 동적이었다.

그런 거친 분위기 때문인지 병사들에게서는 긴장감이 느껴지지 않았다. 대열 따위 없는 것이나 마찬가지일 만큼 흐트러졌고, 지면에 앉아 담소하는 자까지 있었다. 당장에라도 잔치가 시작될 것처럼 풀어져 있었다.

규율을 중시하는 그란츠 측이 그들의 모습을 봤다면 졸도했을 것이다.

그만큼 요툰헤임군은 무질서하고 통일성이 없었다.

그런 가운데, 환호성이 일었다.

진두에 선 스카디가 병사들을 돌아봤기 때문이다.

긴장감이라고는 조금도 없는 군대를 타박하는 얼굴은 아니었다. 그녀는 산뜻하게 웃고 있었다.

"하하! 좋은 날씨야. 덕분에 모두의 얼굴이 잘 보여."

스카디는 햇빛을 받아 눈부시다는 듯 눈을 가늘게 뜨고 주위를 둘러보았다.

주변 병사들의 새된 목소리에 손을 들어 대답했다.

"다들 실수하지 마. 우리의 왕— 흑진왕^{수르트}에게 승리를 바쳐야 하니까."

인족이 숭배하는 신이 『정령왕』. 이장족이 숭배하는 신이 『요정왕』. 소위 『5대 천왕』이라고 불리는 다섯 신이 있는데, 수족이 숭배하는 신은 『흑진왕』이었다.

"그러고 보니 누님. 바움 소국에 흑진왕이라는 이름을 쓰는 왕이 탄생했다더군요."

"응……? 아아, 들은 적 있어. 누가 똑같은 이름을 사칭하든 우리랑은 상관없지."

"괘씸하지 않습니까? 우리 전신(戰神)의 이름을 인족이 대다니 가소롭기 짝이 없어요. 건방진 것도 정도가 있죠."

분개하는 측근의 얼굴을 보고 스카디는 크게 웃었다. 너무나도 우스운 주장이었기 때문이다.

"하하하! 우리 수족이 멋대로 흑진왕을 신이라며 떠받들고 있는 거잖아. 우리한테는 소유권을 주장할 권리가 없어. 그래서 누군가가 똑같은 이름을 대도 상관없다고 한 거야."

1000년 전, 압도적인 힘으로 여러 나라를 유린한 전설의

흑룡.

그 날개는 하늘을 가르고, 그 포효는 산을 부수고, 그 날카로운 발톱은 대지를 도려냈다.

그 힘에 반한 자들이 멋대로 흑진왕을 자신들의 신이라고 숭배하기 시작했다.

그들이 바로 수족의 시조인 십이지족이었다.

세계에 공포를 만연시킨 고고하면서도 극도로 위협적인 흑진왕은 한 영웅 앞에서 패퇴했으나, 그래도 수족은 오늘날까지 신앙을 이어 오고 있었다.

"빨리 흥분하고, 빨리 식고, 빨리 질리고, 빨리 실망하고, 그렇게 제멋대로인 수족치고는 드문 일이지만."

그렇다고 자신들까지 신앙을 이어갈 필요는 없으나 신앙심이라는 것은 본능적으로 갖춰지고 말았다.

"이해할 수 없는 건 자신들의 『왕』이 토벌됐는데도 선조님들은 인족의 싸움을 계속 도와줬다는 거야. 그란츠 제3대 황제의 대숙청이 시작될 때까지 인족과 계속 손을 잡았지."

변덕이 심한 수족이 그랬다니 놀라운 일이었다.

1000년 전에 무슨 일이 있었는지 알 방도는 없지만 지금 그 인족과 재차 손을 잡으려 하고 있었다. 심지어 그란츠 대제국의 제6황녀와……. 그것이 묘하게 스카디의 가슴을 뜨겁게 했다. 하지만 스카디와는 다른 감정을 품고 있는지 측근이 삐친 얼굴로 입을 열었다.

"그렇게 안일하게 구니까 동제도로 쫓겨난 겁니다."

"맞는 말이야. 지금은 십이지족이 존재하는지 확인할 방법도 없어. 하지만 수족은 이 중앙 대륙에도 있지. 그들의 자리는 남겨 둬야 해."

측근의 말에 스카디는 진지하게 대답했다. 그런 그녀 곁으로 전령이 왔다.

"누님, 그란츠군은 언제든 괜찮다는 모양이야."

"그래? 우리는 어때?"

측근에게 묻자 물어보지 말고 직접 확인하라는 듯 양팔을 벌렸다.

"기다리는 것도 질리려던 차예요. 언제든 갈 수 있습니다."

스카디는 만족스럽게 고개를 끄덕이고서 늘어선 병사들에게 날카로운 눈빛을 보냈다.

"우리의 왕에게 공물을 바쳐라! 그리하면 우리의 배후에 근심은 없을 것이다!"

스카디의 말이 울려 퍼지자 조금 전까지의 쾌활한 분위기가 순식간에 깨졌다.

아니, 시간이 멈췄다.

담소하던 자는 입을 벌린 채 얼빠진 얼굴로 스카디를 바라보았다.

"우리의 왕이 계신 천공에 승리를 바쳐라! 그리하면 우리의 적에게 절망을 주실 것이다!"

병사들은 차례차례 일어나 힘주어 무기를 잡았다.

그 눈은 거친 빛에 지배되어 있었다.

마음속 깊은 곳에서 연기만 피우던 불길이 단숨에 타올라, 작열하는 태양에 지지 않을 열기를 내뿜었다.

"우리에게 맞서는 적에게 철퇴를, 우리에게 용서를 구하는 적에게 자비를, 우리를 투쟁케 한 적에게 죽음을!"

이제 지면에 앉아 있는 병사는 없었다. 풀어질 대로 풀어졌던 얼굴은 굳게 다잡혀 있었다.

어느새 대열은 각이 딱딱 잡혀 있었다.

"우리 앞에 숨 쉬는 자가 있다면 물어봐라."

아무도 꿈쩍하지 않았다.

바람에 머리카락이 흔들릴 뿐, 눈을 깜빡이는 것조차 잊고서 시선은 한 점에 가 있었다.

그들을 흘겨본 스카디는 여왕처럼 침착하게 마지막 말을 꺼냈다.

"그대— 절망을 아는가?"

그 뒤, 스카디는 말 머리를 돌려 옆으로 팔을 뻗으며 외쳤다.

"적에게 절망을 새겨라! 전군, 진격!"

주위에서 뿔피리가 울리기도 전에 스카디는 힘차게 선두로 달려 나갔다.

스카디는 딱 한 번 그란츠 본진에 눈길을 보냈다.

"공주님, 뒷일은 부탁할게."

다시 전방으로 고개를 돌린 스카디 앞에서 니다벨리르군도 움직임을 보였다.

중장보병이 방패를 들고 그 틈으로 장창을 내밀어 제1진을 굳히기 시작했다.

그 후방에서는 대량의 사수가 활을 들고 있었다. 마치 상어가 입을 쩍 벌리고서 기다리고 있는 것 같았다. 이쪽의 기마를 꼬치로 만들어 깨물어 부수려는 것이 뻔히 보였다.

"변함없이 소인족다운 재미없는 방어네. 사기가 낮은 건 정답이었나."

상대에게서 고양감은 느껴지지 않았다. 느껴지는 것은 죽기 싫다는 공포였다.

파도처럼 밀려드는 요툰헤임의 기세를 보면 어쩔 수 없는 일이지만, 어기차다고 알려진 소인족치고 한심한 모습이기는 했다.

"그럼 사양 않고…… 그 틈을 노리기로 할까!"

스카디는 30루(90미터) 부근에서 경이적인 힘으로 손도끼를 투척했다.

그것은 니다벨리르군의 전열에 세차게 충돌하여 분진을 일으켰다.

스카디는 말 위에서 일어나 양팔을 벌렸다.

"어디, 자웅을 겨뤄 보자!"

그녀의 손에 갈고리발톱이 나와 있었다.

그 발톱은 옥처럼 투명하여 햇빛을 날카롭게 반사했다.

병사들을 이끌듯 허공에 광선을 그리며 적의 전열까지 달려간 스카디는 말의 등을 박차고 날아올랐다.

스카디가 철벽의 수비를 넘어 아득한 상공에 나타나자 니다벨리르병이 깜짝 놀라 얼굴을 들었다.

"왕조(王爪)가 얼마나 예리한지— 몸소 맛보도록 해!"

공중으로 뛰어오른 스카디는 허리를 비틀었다.

그 기세를 몰아 허공에서 몸을 회전시키니 갈고리발톱이 니다벨리르 병사의 얼굴을 난도질했다. 스카디는 그대로 적군 한가운데에 내려서서 팔을 휘두르며 빠르게 달려 나갔다.

"하하! 좋은데! 역시 피 냄새는 흥분돼!"

피보라가 흩날렸다. 경이적인 속도로 달리는 스카디를 누구도 공격할 수 없었다.

감을 믿고 창을 내지르는 자도 있었지만 오히려 갈고리발톱에 갑옷을 꿰뚫려 절명했다.

건드리지도 못하고 그저 몸에 구멍만 뚫리자 니다벨리르 병사들 사이에 공포가 퍼졌다. 그리고 주위에서 비명이 터져 나왔다.

요툰헤임군이 니다벨리르군의 전열을 부순 것이다.

"하하하하하! 자, 자, 날 막아 봐! 더, 더!"

스카디는 마치 짐승처럼 희희낙락 사냥감을 살육해 나갔고, 그녀 앞에서 니다벨리르군은 점토처럼 쉽사리 베여 나갔다.

낭패, 초조, 절박함…… 다양한 감정이 니다벨리르군에게서 발산되었다. 그래도 그들은 열심히 자신을 북돋아 무기를 휘둘렀다. 상대를 맞히지 못하더라도 사납게 소리 지르며 맞섰다. 그러나 그 모든 것은 스카디를 기쁘게 할 뿐이었다.

"좋아, 아주 좋아!"

뺨에 튄 피를 손등으로 닦고 그것을 핥는 스카디의 얼굴에서는 감출 수 없는 기쁨이 흘러넘치고 있었다.

"아아…… 참을 수가 없어……."

"아, 힉, 억?!"

적의 머리를 잡은 스카디는 천천히 갈고리발톱을 눈에 박아 뒤통수로 뇌척수액이 나오게 했다. 적병의 몸이 움찔움찔 몇 번이고 뛰었다. 뭍에 올라온 물고기처럼 사지가 경련했다.

"후후…… 더 팔팔한 녀석 없나?"

죽은 적의 머리에 갈고리발톱을 박는 감촉을 즐기며 스카디는 다음 사냥감을 찾아 시선을 돌렸다.

"이, 이 여자— 미쳤어?!"

"하! 이렇게 예쁜 여자한테 미쳤다니 너무하잖아."

마침내 시체를 놓은 스카디는 목을 뒤로 젖히고서 곁눈질했다.

"그 이유를 가르쳐 줄래?"

순간 강렬한 오한이 엄습했는지 실언한 니다벨리르 병사는 등을 돌리고 뛰기 시작했다.

하지만 순식간에 앞으로 돌아든 스카디가 그의 복부에 강렬한 발차기를 날렸다.

"커헉?!"

"하하! 못 들어 봤어?"

스카디는 겁먹은 병사의 머리를 움켜잡고 요염하게 입가를 핥았다.

"수족 여자는 낮에는 정숙하고 밤에는 음란하며, 평소에는 고양이지만 전시에는 호랑이란 말."

"짐승 새끼가!"

"그건 칭찬이야."

스카디는 붙잡은 적병의 머리를 경이적인 완력으로 터뜨렸다.

대량의 피를 뒤집어써도 그녀는 눈 하나 깜짝 안 했다. 황홀한 숨을 내쉬며 소란에 섞여 있었다.

"전장에 서면 속수무책으로 심장이 떨려. 억누를 수 없는 흥분이 흘러넘쳐서 내가 나로 있을 수 없게 돼. 종족과 관계 없이 누구나 마음속 깊은 곳에 그런 성질을 가지고 있지. 수족은 그저 그게 겉으로 쉽게 드러날 뿐이야."

스카디는 혼잣말을 중얼거리며 전장을 활보했다.

그녀 앞에 벽은 만들어지지 않았다. 팔을 휘두르기만 하면 차례차례 시체가 쌓였다.

"전장에 있는 모두가 죽음의 문턱에 서 있어. 그렇다면 즐겨야지. 안 그러면 손해잖아?"

스카디에게서 뿜어져 나오는 투쟁의 불길이 그녀를 에워싼 적병들을 가차 없이 위압했다.

"자, 날 꺾을 만한 남자는 없는 거야?"

니다벨리르병은 스카디에게서 슬금슬금 멀어졌지만 그 뒤에서는 요툰헤임병이 우렁차게 고함을 외치며 적을 도륙하고 있었다.

"누님을 포위하다니 건방진 놈들!"

호통이 울림과 동시에 스카디를 에워싸고 있던 적병이 날아 갔다.

눈사태가 휩쓸듯 경이적인 속도로 니다벨리르군을 유린하 는 것은 스카디의 친위대였다. 그중 한 명이 스카디에게 말을 몰아 다가왔다.

"누님! 혼자서 너무 달려 나갔어. 뒤에 있는 녀석들도 생각 좀 해줘!"

시뻘게진 얼굴로 숨을 몰아쉬는 측근에게 스카디는 코웃음 으로 대답했다.

"느려 터진 너희 잘못이지. 난 평범하게 달렸을 뿐이야."

니다벨리르병을 걷어차고 비스듬히 내려 베며 스카디가 말 했다.

"그건 그렇고 싸울 맛이 안 나네. 선대 니다벨리르가 더 강 했어."

대량의 혈액이 대지에 만들어 낸 늪을 요란하게 밟으며 스 카디가 걷기 시작했다.

"누님이 너무 강한 거겠지."

"그런 걸까……. 뭐, 좋아. 이 기세를 몰아 적의 본대를 꿰 뚫자고."

갈고리발톱에서 피를 털어 낸 뒤, 스카디는 다시 달려 나갔다.

*****

니다벨리르의 본진은 정적에 휩싸여 있었다.

개전하고 한 시진도 지나지 않아 본대의 전선은 붕괴됐고, 제2진도 요툰헤임군의 돌파력 앞에서 당장에라도 와해될 것처럼 무너지고 말았다.

언덕 위에서 전황을 지켜보던 우트가르데는 조소하고 천막으로 들어갔다. 그리고 무겁게 침묵하는 중신들을 향해 웃었다.

"하하! 역시 수족은 굉장해. 전투가 벌어지면 도저히 당해 낼 수가 없어."

"우트가르데 님, 웃을 일이 아닙니다."

장군 한 명이 우트가르데를 타박하듯 쓴소리했다.

씁쓸함을 머금은 그 표정을 보고 우트가르데는 냉소했다.

"용감무쌍한 고르모 장군이 그런 얼굴을 하다니 재미있군. 뭘 그렇게 초조해하는 거야?"

"본대가 질 것 같은데 당연히 초조하지 않겠습니까."

고르모 장군이 책상을 치며 분개하자 우트가르데는 어깨를 으쓱이고 자기 자리에 앉았다.

"병사 수가 줄어드는 게 걱정돼? 그럼 또 징병하면 되지. 그것도 다 떨어지면 리히타인 공국에서 노예라도 사 오면 되고. 그러면 문제없잖아?"

"……본대가 왜 저렇게 꼴사나운 모습이 됐는지 아십니까?"

얼굴을 시뻘겋게 물들이며 고르모 장군이 우트가르데에게

물었다.

"약하기 때문이겠지. 저딴 것들이 나의 백성이었다니 정말이지 한심해. 역시 죽였어야 했어."

책상에 놓여 있던 과일을 먹으며 우트가르데는 태평하게 키득키득 웃었다.

"그게 아니잖습니까! 당신은 선량군을 너무 우대했어! 타종족뿐만 아니라 동족까지 핍박한 것이 원인입니다!"

시끄럽다는 듯 우트가르데가 귀를 막자 숨이 턱 막힌 것처럼 고르모 장군의 얼굴이 보랏빛으로 변했다.

"네, 네 이놈—!"

허리에 찬 검을 잡은 고르모 장군을 다른 측근들이 허둥지둥 만류했다.

"고르모 장군, 진정하시오! 이런 상황에서 같은 편끼리 싸우면 정말로 지고 말 것이오."

"끄응……."

피가 흐를 만큼 아랫입술을 꽉 깨문 고르모 장군은 다시 의자에 털썩 앉았다.

그 모습을 보고 실소한 우트가르데가 책상에 팔꿈치를 올리고 지도를 바라보았다.

"그런데 본대가 괴멸하면 위험하지 않나? 이길 계책을 생각하는 게 너희 일이잖아. 앞으로 어떻게 할 생각이지?"

고르모 장군은 화를 몰아내듯 머리를 흔들고서 지도를 가리키며 입을 열었다.

"……본대가 괴멸하면 우리 군대는 집니다. 그러니까 우선—."

"그럼 철수하지."

간단히 내려진 결단에 측근들이 숨을 삼켰다.

고르모 장군조차 화내는 것도 잊고 어안이 벙벙해졌다.

"처음부터 나는 반대였어. 여기서 싸우면 이길 수 있다고 해서 오긴 했지만, 이길 수 없다면 가르자에서 농성하는 편이 나았어."

우트가르데가 경멸을 담아 콧방귀를 뀌자 고르모 장군은 부르르 떨며 필사적으로 화를 억눌렀다.

"타…… 타국이라면 그것도 가능했겠지만 상대는 같은 나라에 사는 자들로 가르자의 구조를 이해하고 있습니다. 게다가 수족이니 우리의 벽은 의미가 없습니다."

"화살이 날아오는 게 뭐 그리 대수라고."

"같은 나라에 사는 자들이라 가진 기술도 동등합니다. 병기를 이용하면 우리는 버틸 수 없습니다. 지켜 낼 병력도 없고요. 그렇기에 가르자 밖으로 나온 겁니다."

철저히 탄압을 가하고 강제로 징병하여 많은 백성들이 도망쳤다.

우트가르데가 인심을 모으기 위해 돈을 뿌리고 매일 밤 연회를 벌인 탓에 비축 식량은 의외로 적었다. 게다가 여기서 도망쳐 돌아가더라도 농성할 만한 사기는 없으니 최종적으로 남은 길은 굶어 죽는 것뿐이었다.

"무엇보다 리히타인 공국의 움직임도 신경 쓰입니다. 농성하면 확실히 우리는— 짧은 기간이나마 무사하겠지요. 하지만 그러면 가르자를 제외한 다른 도시는 요툰헤임과 리히타인이 차지할 겁니다."

"그럼 여기서 도망칠 수는 없겠군. 너희에게 책략은 있나?"

신기하다는 얼굴로 지도를 바라보는 우트가르데는 방금 들은 말을 제대로 이해하지 못한 것 같았다. 고르모 장군은 한탄을 담아 깊은 한숨을 쉬었다.

"예, 있습니다. 그러니까 도망친다는 한심한 선택은 하지 마십시오."

"그래그래. 알겠으니 그렇게 노려보지 마. 내가 잘못했으니 설명해줘."

"본대를 다시 일으키는 건 무리입니다. 그러니 반대로 본대를 미끼로 써서 적의 후방을 공격하는 겁니다."

고르모 장군은 지도상에서 말을 움직이며 우트가르데가 이해할 수 있게 설명했다.

"하지만 적도 똑같은 생각을 하고 있겠죠. 그러니 오른쪽 숲에 숨긴 복병을 일단 본진으로 되돌렸다가 바로 본대에 증원으로 보냅니다."

"왜 왼쪽 복병은 남기고 오른쪽만 물려서 본대에 증원으로 보내지? 그대로 본진의 방비를 강화하는 편이 낫지 않나?"

"우선 첫 번째 질문에 대답할까요. 우리 쪽에서 볼 때 그란츠군이 왼쪽에 있기 때문입니다. 수족은 좋게도, 나쁘게도 올곧아서 그다지 잔꾀를 좋아하지 않습니다. 그러니 오른쪽에서는 적이 오지 않을 거라고 판단했습니다. 그리고 본진을 강화하지 않는 이유는 미끼인 본대를 더 오래 살려 두기 위해섭니다."

"시간을 버는 건가?"

"예. 상황이 이러니 본대는 괴멸할 때까지 타격을 받게 해야죠."

인질을 잡아서 모은 무리다. 싸울 기력이 있는 자는 없었다. 무엇보다도 살아남으면 곤란해진다. 그들의 소중한 가족은 이미 슈타이센 공화국에 없기 때문이다.

"그들의 가족은 우트가르데 님이 노예로 팔아넘겼으니 말입니다. 살아 돌아가면 틀림없이 폭동이 일어날 겁니다."

"하하! 하지만 그 돈은 녀석들의 무구로 분명하게 환원했는걸."

우트가르데가 손뼉을 치며 웃자 고르모 장군은 벌레 씹은 표정을 지었다.

그것도 모른 채 우트가르데는 웃음을 참지 못하고 배를 부여잡았다.

"크큭! 인질로서 발목 잡던 가족이 소중한 목숨을 지켜 주는 방어구가 됐잖아. 대체 무슨 불만이 있겠어. 안 그래?"

우트가르데가 주위 측근들에게 동의를 구하자 선량군 출신인 그들은 망설임 없이 고개를 끄덕이고 똑같이 웃었다. 떠들썩한 웃음이 한바탕 천막에 울린 후, 우트가르데는 만족했는지 눈물을 글썽이며 고르모 장군에게 시선을 보냈다.

"그보다 아까 하던 이야기로 돌아가서, 만에 하나 우측— 요툰헤임 측에서 적이 오면 어쩔 거지?"

고르모 장군은 우트가르데의 말에 어깨를 으쓱였다.

"전쟁은 일종의 도박과 같습니다. 전황이 운에 좌우되는 일도 적지 않죠. 그러니 그 운을 조금이라도 많이 저희 쪽으로 끌어오고 싶습니다."

"호오…… 그런 신과 같은 일이 가능한가?"

어린아이가 옛날이야기를 듣는 것처럼 우트가르데는 눈동자를 빛내며 고르모 장군을 보았다.

"대기 중인 선량군 5천을 나눠서 왼쪽으로 우회하여 그란츠와 요툰헤임, 양 본진을 노립니다. 오른쪽은 요란하게 이동하고 왼쪽은 적과 마주치지 않도록 신중히 행동하게 할 생각입니다."

"왼쪽이 적과 마주치면 어떻게 되지?"

"그럴 일은 없습니다. 저희에게는 비장의 카드가 있으니까요."

눈을 수상쩍게 빛낸 고르모 장군은 입을 일자로 다물고 지도를 노려보았다.

지금까지 즐겁게 듣던 우트가르데가 경직될 만큼 무시무시한 얼굴이었다.

*****

난전이 벌어지며 세찬 흙먼지가 일어나 산소를 마시려고 하면 입에 모래가 들어와 메마른 목을 할퀴었다. 아무것도 하지 않은 채 서 있기만 해도 누군가의 피가 날아오고 비명과 함께 목이 지면을 굴렀다.

지면에 나뒹구는 모르는 사람의 팔을 밟고서 스카디는 달려드는 적을 꿰찔러 침묵시켰다.

"……역시 냄새가 나."

스카디는 양팔을 지면까지 늘어뜨리고 주위 상황을 확인했다.

칼부림 소리는 처음보다 격렬해졌고, 고함이 난무하며 소름 돋는 단말마의 외침이 귀청을 때렸다. 그 탓인지 위화감이 쇠 냄새에 섞여 정체를 파악할 수 없었다.

"뭐지…… 뭔가 신경 쓰여."

스카디는 머리를 흔들어 땀을 털어 내고 다리를 크게 벌린 채 시체 위에 앉아 숨을 내쉬었다.

갑자기 무방비해진 주인을 지키기 위해 친위대가 주변에 있는 적에게 달려들었다.

"누님, 지치셨습니까?"

"바보 같은 소리 하지 마. 내가 지칠 리 없잖아."

입을 쩍 벌려 하품을 한 스카디는 주위를 둘러보며 고개를 갸웃했다.

"뭔가 아까부터 냄새가 나."

"그야…… 땀과 피와 눈물 냄새 아닙니까?"

숨이 턱 막힐 정도로 피비린내가 진동하고 있는 것은 확실했다.

발 디딜 곳도 없을 만큼 시체가 땅에 넘쳐 났다.

가족을 생각하며 죽었는지 눈물을 흘리는 시체.

고통에 시달리며 얼굴을 일그러뜨린 채 죽어 간 시체.

부릅뜬 눈으로 원망을 쏘아 내는 시체.

하지만 마음에 두는 이는 아무도 없었다. 죽은 자를 모독하듯 시체는 원형이 남지 않을 만큼 짓밟혔다. 죽고 싶지 않다면서 다들 앞만 보고 필사적으로 싸우고 있었다.

다양한 감정이 충돌하고 양군의 욕망이 열기를 띠며 전장을 달궜다.

"아니야. 더 구린 냄새야."

본능이 위험 신호를 보냈다.

좌우로 고개를 돌려 확인했지만 필사적으로 싸우는 양군의 병사들만 눈에 날아들었다.

하늘을 올려다보니 맑디맑아서 심란한 마음과는 정반대였다.

"본진에서 연락 온 건 없어?"

"아무 연락도 없습니다. 봉화도 올라오지 않았으니 문제없을 겁니다."

"그럼 그란츠일까……. 아닌데. 대체 뭘까."

스카디는 일어나 앞머리를 쓸어 올리고 눈을 찌푸렸다.

그리고 발밑으로 굴러온 투구를 주워 들고서 고개를 갸웃했다.

머리가 들어 있는 투구에서 수도꼭지를 튼 것처럼 피가 흘러나와 지면에 흡수되었다.

하지만 피가 팔을 적셔도 스카디는 신경 쓰지 않는 기색이었다.

"아아…… 그런 건가."

위화감의 정체를 알아차린 스카디는 북쪽 하늘을 쳐다본 후, 적병과 싸우는 측근에게 물었다.

"본진에 예비군이 남아 있어?"

"아뇨. 처음부터 수적으로 불리했으니까요. 적의 본대를 괴멸시키기 위해 병력을 거의 다 전장에 투입했습니다."

"그래……. 그럼 여기서 갈 수밖에 없겠네."

스카디가 휘파람을 불었다. 그러자 그녀의 애마가 전장 한복판을 달려왔다.

"본대 지휘는 너한테 맡길게. 그리고 후방에 연락해서 2백 쯤 날 쫓아오라고 해 줄래?"

"네?"

측근이 얼떨떨하게 대답하는 것을 무시하고 스카디는 입술을 핥고서 입꼬리를 올렸다.

"나는 숨어 있는 두더지들을 잠깐 죽이고 올게."

그렇게 말함과 동시에 스카디는 전장을 달리기 시작했다.

그녀의 애마도 가속하기 시작해 순식간에 스카디 옆으로 왔다.

"하하! 잘 왔어. 나중에 포상을 줄게."

지면을 박차 도약한 스카디는 애마에 올라탔고, 그 기세를 몰아 적의 본대를 횡단하기 시작했다. 느닷없이 방향을 전환한 사령관을 본 아군이 당황해했지만 그것은 적도 마찬가지라서 창을 찌르는 공격은 허술했다. 그런 공격으로 스카디를 막을 수 있을 리도 없었다.

"방해돼."

갈고리발톱을 휘두르자 순식간에 적진이 잘게 썰렸다.

스카디는 적 본대의 우측으로 빠르게 튀어 나가 그대로 숲에 들어갔다.

전방을 막은 나무들을 피하며 스카디의 애마는 속도를 늦추지 않고 달렸다.

"오! 왔네."

뒤에서 달려오는 기척이 느껴졌다. 모습은 보이지 않지만 아군이 쫓아왔음을 알 수 있었다.

측근이 제대로 일을 한 덕분이리라.

"자, 냄새의 정체는 뭘까?"

쩌렁쩌렁하게 울리는 말굽 소리에 새들이 날아오르고, 스카디의 살기에 동물들이 풀숲에서 튀어나왔다.

그런 가운데, 나무들이 듬성듬성해지며 커다란 빛이 앞쪽에 보이기 시작했다. 출구였다.

짙게 웃은 스카디는 말 위에 섰고―.

"스카디 베스틀라 미하엘."

숲을 빠져나감과 동시에 날아올랐다.

"두더지들아, 사냥당할 시간이야."

그녀의 눈앞에 나타난 것은 조랑말을 탄 소인족 집단이었다.

"무슨― 으, 으악?!"

난데없이 나타난 스카디를 보고 깜짝 놀란 소인족은 순식간에 갈고리발톱의 먹이가 되었다.

"희미하게 모래 먼지가 보였거든. 혹시나 했는데 역시 감을 믿어 보길 잘했네. 심지어 선량군이라니 대박이잖아."

주인을 잃은 조랑말이 스카디 앞을 지나갔다.

뒤에서 행진 중이던 적병은 눈앞에 있던 동료를 갑자기 잃고 어안이 벙벙해져 있었다.

"역시 여자나 어린아이를 상대로만 싸울 줄 아는 선량군이야. 본대를 버리고 기습? 재미있는 짓을 하네. 지금 실패로 끝났지만."

스카디가 갈고리발톱에 묻은 피를 핥자 적병들은 얼굴을 굳히고서 뒷걸음질 쳤다.

"여, 여자……?"

"그게 뭐 어쨌는데?"

이상한 분위기를 풍기는 스카디를 보고 적병들은 마른침을 삼키고서 검을 뽑았다.

그들은 스카디를 에워싸고 자세를 낮춰 무기를 들었다.

반면 스카디는 이런 상황인데도 태연자약했다. 심지어 희미하게 미소를 짓고 있었다.

스카디는 양팔을 늘어뜨려 갈고리발톱을 땅에 박고 있었다.

어디서 공격해도 맞을 것 같지만 빈틈을 찾을 수 없어서 적병들은 발을 내딛지 못했다. 그런 그들을 어이없게 바라본 스카디는 양팔을 벌렸다.

"괜찮겠어? 너희는 좋은 기회를 놓쳤어."

"뭣—."

바보 취급하지 마라. 그 말은 영원히 나올 수 없게 되었다.

"돌격이다! 스카디 님을 구해 내라!"

"헉— 윽?!"

숲에서 차례차례 튀어나온 기마가 선량군의 측면을 물어뜯었기 때문이다.

"반격해라! 중장부대를—!"

조금 전까지 우위에 서 있던 그들은 단숨에 죽음의 문턱에 서게 되었다.

"으랴아아아아!"

수족의 경이적인 완력 앞에서 쇠방패는 쉽사리 함몰되었고, 소인족의 작은 체구는 날아갔다. 말굽이 휩쓴 지면에서 세차게 모래 먼지가 일며 비명과 노성이 뒤섞였다. 살이 짓눌려 터지는 섬뜩한 소리가 메아리쳐도 말의 울음소리가 모든 것을 삼켰다.

"원군이 올 때까지 버텨!"

혼전 속에서 스카디는 크게 외쳤다. 기습을 가해 우위에 섰지만 전황은 어떻게 굴러갈지 알 수 없었다. 상대는 선량군이었다. 썩었어도 소인족, 민첩성은 없지만 그 완력은 수족과 동등하거나 그 이상이었다.

"놓치면 용서 안 할 테니까 그리 알아!"

시간이 흐르면 전장에서 어느 정도 원군이 올 것이다. 측근은 걱정이 많은 성격이니 그 점은 염려하지 않았다. 하지만 원군이 오기 전에 적의 기습 부대를 놓칠 가능성이 컸다.

"되도록…… 여기서 해치울 수밖에 없어."

모래 먼지를 빠져나온 소인족을 단박에 침묵시키고 스카디는 도약했다.

"춤춰 보자고."

*****

전장에서 떨어진 곳은 조용했다.

북쪽 하늘은 갈색으로 물들고 거친 바람이 불고 있는데, 남쪽 하늘은 온화한 바람이 불어 나뭇잎들을 흔들고 있었다. 작은 동물들은 안온한 얼굴로 잠을 잤고, 시냇물이라도 흐르는지 새의 지저귐과 함께 물소리가 들렸다.

"여기도 이상 없나……."

트리스는 조용히 말을 몰며 주위를 둘러보다가 때때로 깊은 한숨을 쉬었다.

그가 한숨을 쉰 것은 꼭 북쪽 하늘을 보고 말았을 때였다.

"왜 그러십니까?"

"응……?"

돌아보니 젊은 병사가 걱정스러운 표정으로 트리스를 보고 있었다.

기마병 열다섯이 트리스를 따라오고 있었다. 색적 부대의 일원이었다.

리즈가 맡긴 병사 백 명— 그중 열다섯 명이었다.

나머지 여든다섯 명은 트리스가 수상하게 여긴 장소를 조사하러 갔다.

"아니, 아무것도 아니야."

트리스는 고개를 흔들었지만 옆얼굴에는 적막이 떠올라 있었다.

그것을 눈치챘는지 젊은 병사가 북쪽 하늘을 바라보았다.

"저쪽은 격렬하게 싸우고 있는 모양이네요."

새삼 들으니 가슴속에 눌러 담았던 감정이 재차 싹을 틔웠다.

트리스는 부러운 눈길로 모래 먼지가 피어오르는 곳을 바라보았다.

"그렇지. 이렇게 우리가 떠드는 동안에도 100명, 200명……
사망자가 계속 늘어나고 있을 거야."

격렬한 전투가 펼쳐지고 있을 것이다.

바람이 강한 탓에 모래 먼지가 북쪽 하늘을 광범위하게 뒤덮고 있었다.

예전에는 자신도 저곳에 있었다. 리즈 옆에 서서 중심이 되어 싸웠다.

하지만 나이를 먹은 지금은 이제 그럴 수 없었다. 트리스는 쓸쓸하게 미소를 지었다.

"또 젊은 목숨이 사라지고 노병은 이렇게 살아남겠지."

"트리스 님도 아직 젊지 않으십니까. 전선에 서지 않더라도 이렇게 나와서 적을 찾고 계시니까요."

"그렇게 말하는 자네는 전선에 서고 싶지 않나?"

"언젠가는 서고 싶지만, 색적도 심오하여 즐겁습니다."

"하지만 다른 사람들보다 수급(首級)을 얻을 기회는 적어. 자네는 공적을 쌓아서 출세하겠다는 뜻이 없나?"

"뜻은 있습니다. 언젠가는 5대 장군 자리를 손에 넣을 겁니다."

트리스는 저도 모르게 눈을 가늘게 좁혔다. 낙심하지 않고 앞을 보는 청년이 눈부시게 느껴졌기 때문이다.

자신도 옛날에는 이랬다고 트리스는 감개무량하게 생각했다.

그리고 당해 낼 수 없음을 알고 좌절했던 씁쓸한 추억도 가슴속에서 끓어올랐다.

"……그럼 전선에 서서 살아남게. 그러면 5대 장군 따위 금방 될 수 있어."

"하하, 그렇게 단순하진 않겠죠……."

"단순해. 전장에서 살아남은 자야말로 강자니까. 아무리 많은 수급을 얻었어도 죽으면 의미가 없어."

"그, 그렇군요……."

묘한 기백에 눌린 젊은 병사가 고개를 끄덕였다.

"그렇게 살아남아도 3급 무관밖에 못 될 가능성은 있지만 말이야."

그렇게 말하며 자조적으로 웃은 트리스는 본진에서 조금 과하게 멀어졌음을 깨달았다.

"여기는 이제 됐겠지. 남은 한 군데를 조사하고 나서 다른 부대와 합류해 돌아간다."

"예!"

트리스는 뒤에 있는 부하들에게 팔을 흔들어 따라오라고 지시했다.

그런 다음, 지도를 내려다보고 눈앞에 펼쳐진 경치와 대조하여 목적지를 향해 말을 몰았다.

"다른 부대에서도 연락이 없는 걸 보면 적의 기습은 기우였을지도 모르겠습니다."

"그럴지도 모르지. 하지만……."

전방에 시선을 보낸 트리스는 그 날카로운 눈을 가늘게 좁혔다.

눈앞에 있는 숲 건너편에서 기묘한 모래 먼지가 피어오르고 있었다. 동물 무리가 이동 중이라고 하기에는 규모가 컸다. 귀를 기울이자 바람 소리에 섞여 희미한 금속음이 들려왔다.

지도를 보고 확인하니 모래 먼지가 피어오르는 곳은 사전에 수상하다고 여겼던 곳이었다. 트리스는 지도를 정리하고 말에서 내렸다. 그리고 근처 나무에 고삐를 동여맸다. 다들 그 행동을 의아하게 바라보았지만 트리스는 아무렇지도 않은 얼굴로 젊은 병사에게 다가갔다.

"보험을 들어 둬야겠어. 무슨 일이 벌어질지 몰라. 그런 고로 자네의 말에 타도 되겠나?"

"예……? 그건 상관없지만, 보험이요?"

"음. 아무래도 기묘한 위화감을 지울 수 없어."

"위화감— 우왓?!"

트리스가 요란하게 말에 올라타면서 떠밀린 젊은 병사가 고구라질 뻔했다.

노병이라고는 해도 트리스는 훈련을 빼먹은 적이 없었다. 심지어 잘 단련된 몸은 곰처럼 우람했다. 그런 남자가 뒤에 탔으니 비좁게 느끼는 것은 당연했다. 오히려 말이 트리스의 중량을 버티고 날뛰지 않은 것을 칭찬해야 했다.

"뭐, 늙은이의 쓸데없는 걱정일 가능성도 없지 않지만."

"그, 그럼 갈까요."

젊은 병사가 가볍게 배를 차자 말은 조용히 이동을 시작했다. 후방에서 다른 그란츠 병사들도 따라왔다. 할 일이 없어진 트리스는 하늘을 올려다보다가 문득 그란츠 본진 방향이 눈에 들어와서 가볍게 인사했다.

"그러고 보니 브루투스 공의 부대에 많은 인원을 주셨는데, 이쪽 인원을 더 늘려도 괜찮았던 것 아닙니까?"

"노병의 감보다도 현지에서 조사했던 자가 더 믿을 만하겠지."

트리스는 거짓말을 했다. 사실은 브루투스를 믿을 수 없어서 많은 인원을 붙인 것이었다. 리즈도 그를 경계하는 것 같았지만, 수상하다는 이유만으로 그를 함부로 다룰 수는 없었다. 그런 횡포를 버젓이 부리면 그란츠군에 쓸데없는 불화를 낳게 된다.

그렇기에 색적이라는 명목으로 트리스는 감시 역할을 자청했지만, 부하들 앞에서 그를 밀착 감시할 수는 없어서 이상한 행동을 못 하도록 브루투스에게 많은 인원을 붙였다. 뭔가 수상한 움직임을 보인다면 바로 연락이 올 것이다.

"억측일지도 모르지. 그저 기분 탓이라면 좋겠는데……."

"예? 무슨 뜻입니까?"

"자네가 신경 쓸 일은 아니라는 뜻이네!"

"억?!"

강렬한 손바닥 일격이 등을 강타하자 갑옷을 입었는데도 그 충격이 어마어마했는지 젊은 병사가 고통스러운 표정으로 얼굴만 움직여 돌아보았다.

"트, 트리스 님, 대, 대체 무슨……?"

"아직 긴장을 늦추지 말라는 것이지. 자, 앞을 보게. 도착했네."

트리스는 말을 멈추게 하고 지면에 내려서서 전방에 있는 숲을 올려다보았다.

"다섯 명은 이곳에서 주위를 경계하도록. 나머지는 날 따라오게."

신속하게 지시를 내린 트리스는 부하 열 명 데리고 숲에 발을 들였다.

"여기서부터는 되도록 소리를 내지 말고 따라오게."

뒤에서 고개를 끄덕이는 기척을 느끼며 트리스는 전방을 보았다. 숲은 건너편의 빛이 보일 정도로 깊지 않았다. 다만 키큰 나무가 햇빛을 차단해서 그런지 스산하고 불쾌한 공기가 감돌았다. 무엇보다도 이곳에서는 생물의 기척이 느껴지지 않았다. 주위에 감도는 긴장감을 느끼고 모습을 숨긴 듯했다.

"……숨 막히는 곳이군."

트리스는 숨을 크게 내쉰 후 새로운 산소를 폐에 집어넣었다.

이마에 맺힌 땀이 뺨으로 흘러내렸다. 트리스는 얼굴에서 땀이 떨어지기 전에 소매로 닦았다.

트리스와 부하들은 길도 나지 않은 곳을 소리 없이 빠르게 나아갔고, 탁 트인 곳으로 나가기 직전에 황급히 웅크려 앉았다.

"이건⋯⋯."

트리스의 시선 끝─ 26루(약 80미터)쯤 앞에서 2천 이상의 기마가 행군 중이었다. 진로를 생각하면 명백하게 그란츠 본진을 노리고 있었다.

"위험하네요. 저들이 사각지대를 이용하면 본진에서 알아차리는 것이 늦어질 겁니다."

"음, 바로 공주님께 알려야겠어."

적군이 사각지대를 이용해 그란츠 본진에 접근하고 있는 것은 명백했다. 하지만 봉화를 올려 알리고 싶어도 나무가 방해되고, 바람이 강한 탓에 연기가 보이지 않을 가능성이 있었다. 그러다 적군에게 발각되면 본진에 알리기 전에 트리스 부대가 전멸할 것이다.

"당장 이곳을 벗어나─."

트리스가 말을 마치기도 전에 옆에 있던 그란츠병의 머리에서 피가 솟구쳤다.

피를 뒤집어쓰며 눈앞에서 벌어진 일을 순식간에 이해한 트리스는 옆으로 몸을 날렸다.

"적의 습격이다! 흩어져라!"

조금 전까지 트리스가 있던 곳에 화살이 여럿 꽂혔다. 지면을 구르며 억지로 자세를 바로 세운 트리스는 일어나자마자 검을 뽑았다.

그 순간, 기묘한 감각을 느꼈다.

"음?"

무언가가 점차 체내에 침입하는 섬뜩한 감촉에 온몸의 털이 곤두섰다.

"왜 네놈이, 여기 있지……?"

트리스의 눈앞에서 브루투스가 희열을 터뜨리며 웃고 있었다.

순간, 격통이 엄습했다.

상상하지 못한 아픔이라 트리스의 시선은 자연스럽게 그리로 이끌리고 말았다. 위화감의 정체가 시야에 잡혔다. 서슬 퍼런 칼날이 피를 뽑아내며 옆구리에 깊이 박혀 있었다.

"무, 윽?!"

"아하! 하하! 하하하하!"

웃으며 다가와 더욱 깊이 장검을 찔러 넣은 브루투스의 어깨가 트리스의 가슴팍과 충돌했다. 떨리는 손으로 그의 두 어깨를 잡은 트리스는 치밀어 오르는 토기를 참으며 입을 열었다.

"이건…… 뭐, 뭐 하자는 것이지? 브루투스……."

"니클 가문을 아십니까? 리히타인 공국과의 싸움에서 책임을 뒤집어쓴 불쌍한 귀족을 아느냐 말이야!"

그림자 장군— 키로의 얼굴이 트리스의 뇌리에 떠올랐다.

리히타인 공국과의 싸움에서 리즈의 충고도 듣지 않고 무모한 행군을 반복했다가 황제의 명을 받은 히로에 의해 지휘권을 박탈당했던 장군이었다. 게다가 키로 장군은 부하에게 명령하여 약탈을 자행했다고 하며, 연계되지 않는 노예들을 부대에 편입하여 선봉대의 괴멸을 초래했을 뿐만 아니라 그 자신도 전사하는 불명예까지 얻었다. 그 책임은 그의 가문인 니클 가문에까지 미쳤다. 거액의 배상금을 내고, 영지를 빼앗겼으며, 다른 가문에 선동당한 민중의 폭동이 시작되어 최종적으로 작위를 몰수당하면서 명가 니클은 모든 것을 잃고 몰락했다.

"……네놈, 니클 가문 사람이었나."

"그래, 맞아. 줄곧 복수할 기회를 엿보고 있었지!"

브루투스는 크게 외치고서 충혈된 눈으로 트리스를 노려보았다.

"세리아 에스트레야…… 그 여자가 없었다면 니클 가문은 몰락하지 않았어."

브루투스는 계속 파고들었다. 그럴 때마다 트리스의 옆구리에서 엄청난 양의 피가 흘러나왔다.

짐승처럼 씩씩거리며 트리스의 옆구리를 도려내려고 했다.

손톱이 피부를 찢었는지 칼자루를 움켜쥔 손에서 피가 흐르고 있었다.

하지만 분노에 지배된 브루투스는 아픔을 느끼지 않는지 원망하는 말을 외칠 뿐이었다.

"공적을 전부 뺏기지 않았다면! 그럼에도 아버지가 남긴 죄는 짊어져야 한다니 너무 불합리하잖아!"

"그렇다면 왜 상소하지 않았지? 불합리하다면……."

"기리시 재상 때문이다. 몇 번이고 면회 기회를 얻으려고 했지만 바쁘다며 거절당했어!"

"……그것과 공주님은 관계없지 않나."

"그란츠 황가의 인간이잖아!"

브루투스가 장검을 뽑자 트리스의 옆구리에서 피가 뿜어져 나왔다.

대량의 혈액이 튀어 지면을 검붉게 물들였다.

"으, 끄윽……."

트리스의 거구가 비틀거리며 턱이 위로 들렸다. 아득해지려는 정신을 붙잡아 버렸으나 다리에서 힘이 빠져 한쪽 무릎을 꿇고 말았다.

트리스는 새파래진 얼굴로 옆구리를 누르고 브루투스를 올려다보았다.

"……다른 자들은 어쨌지?"

"움직이는 데 방해돼서 이들에게 부탁해 죽였다."

브루투스가 팔을 벌렸다.

주위에는 사람들이 서른 명 넘게 있었다. 하지만 전부 키가 작고 땅딸막하여 마치 어린아이 같은 체구였다. 그렇다고 얕보고 덤비면 큰코다치리라. 그들은 소인족으로, 겉모습과는 다르게 그 완력과 체력은 인족을 크게 웃도는 종족이었다.

"내 행동을 제한할 생각이었겠지만 마무리가 허술해. 베투를 과하게 염두에 둔 결과겠지만."

"여, 역시 저 군세는 자네가 인도하고 있는 것인가······."

트리스는 그렇게 물으며 주위를 확인했다.

지면에 쓰러진 그란츠병은 넷. 급소에 화살이 박히면서 피를 심하게 흘리고 침묵하고 있었다. 간신히 살아남은 여섯 명은 나무들이 드리운 그늘 속에서 검을 뽑아 들고 담대하게 소인족을 노려보고 있었다. 그래도 트리스를 포함해 다치지 않은 자가 없었다. 이 상태로 포위를 돌파하기는 몹시 어려웠다.

하지만 무슨 수를 써서라도 이곳에서 빠져나가 본진에 당도하지 못한다면 트리스 뒤에서 진군하는 적의 기습 부대가 그란츠 본진을 덮칠 것이다.

트리스가 그렇게 생각에 빠지든 말든, 브루투스는 손에 든 검을 가지고 놀며 실소했다.

"너는 베투가 전하의 발목을 잡기 위해 날 보냈다고 생각했겠지. 설마 내가 개인적인 원한으로 니다벨리르와 내통하고 있을 줄은 몰랐을 거야."

브루투스는 피 묻은 칼끝으로 트리스의 턱을 들어 올리며 희색만면한 웃음을 지었다.

"안심하고 가도록 해. 자글자글 주름진 너의 목은 세리아 에스트레야에게 보내 주지. 어릴 때부터 자신을 섬긴 소중한 가신이잖아? 어떤 얼굴을 할지 기대되는군."

더는 참을 수가 없었다.

격분하여 눈에 핏발을 세운 트리스는 옆구리에서 손을 떼고 칼자루를 움켜잡았다.

"너 따위는…… 내 목을 벨 수 없다!"

트리스는 분노가 이끄는 대로 검을 휘둘렀지만 옆구리의 통증에 정신이 팔리고 말았다.

속도를 잃은 검은 브루투스에게 간단히 막히며 불꽃을 튀겼다.

"포기해. 너 같은 늙은이가 발버둥 쳐 봤자 소용없어."

의기양양하게 말하는 브루투스를 노려보고서 트리스는 검을 맞댄 채 크게 외쳤다.

"누구든 좋다! 포위를 돌파하여 공주님께 알려라! 본진으로 향하는 적이 약 2천쯤 있다고!"

"하하! 멍청하기는…… 한 놈도 남김없이 죽여!"

브루투스가 소리치자 그의 후방에서 칼부림의 폭풍이 휘몰아쳤다.

그란츠 병사와 소인족 간의 전투가 벌어진 것이다.

우렁찬 외침과 노호가 맞부딪쳐 나무들 틈을 빠져나갔다.

하지만 수의 차이는 도저히 뒤집을 수 없었다. 그란츠병이 아무리 정예여도 상대가 훨씬 많으니 금세 열세에 빠지고 말았다. 무엇보다 종족 특성조차 뒤처지니 당연한 결과이기는 했다.

"노병이…… 그만 포기해!"

소인족의 조력으로 다대일에서 일대일이 되었다. 심지어 상대는 상처를 입고 있었다.

그렇게 유리한 조건인데도 브루투스는 트리스에게 고전 중이었다.

"자네 생각대로 되지는 않을 것이야."

칼날과 칼날이 충돌했다. 아까보다 더 예리해진 트리스의 검은 브루투스의 몸을 띄워 후퇴시켰다. 트리스를 바라보는 브루투스의 얼굴에 경악이 스쳤다.

"……어디에서, 이런 힘을……!"

브루투스가 옆구리를 노리고 발차기를 날렸지만 트리스는 한 손으로 쳐 내며 자세를 무너뜨렸다.

"공주님을 모욕한 자는 용서치 않아. 이걸로 끝이다!"

격분하여 얼굴을 빨갛게 물들인 트리스가 힘껏 검을 휘둘렀다.

"소용없다고 했을 텐데! 노병 따위에게―."

허무한 끝이었다. 격렬한 일격은 장검을 부러뜨리고 브루투스의 목을 쳤다.

몸통에서 분리된 목은 승리자의 웃음을 지은 채 지면을 굴렀다.

"먼저 가서 기다리게. 나중에 내가 설교해 줄 테니."

이마에 맺힌 비지땀을 닦은 트리스의 시선은 자신을 에워싸는 소인족에게 향했다. 그들의 발밑에는 그란츠 병사들의 시체가 원통함을 나타내듯 고통스럽게 얼굴을 일그러뜨린 채 쓰러져 있었다. 그 근처에서 그란츠 병사 네 명이 소인족을 상대로 분투하고 있지만 마지막 발악에 가까워서 전멸하는 것도 시간문제였다.

"……작은 사람들이여, 비키게. 나는 공주님을 뵈러 가야만 해."

선혈이 흩날리는 가운데, 트리스는 옆구리에 난 상처도 잊고서 질주했다. 마치 전성기 시절처럼 그 몸은 가뿐했다. 소인족은 놀란 것 같았지만 이내 무기를 고쳐 잡고 트리스의 움직임을 막으려 들었다.

"상대는 시체나 마찬가지다! 하지만 다친 짐승만큼 위험한 것은 없지. 포위해서 확실하게 처리한다!"

속닥거리는 그들의 목소리에 트리스는 혀를 찼다. 부상자를 상대로 방심할 줄 알았더니 소인족은 의외로 수적 우세에 자만하지 않고 냉정했다.

"으아아아아!"

트리스는 짐승처럼 포효하며 검을 치켜들었다.

막히고 튕겨도 포기하지 않고 몇 번이고 공격을 가했다. 칼을 맞부딪치고 힘 겨루는 짓은 하지 않았다. 포위당한 상황에서 움직임을 멈추면 확실하게 등에 칼이 꽂히리라.

"비켜!"

"윽?!"

한 사람의 정강이뼈를 검으로 때려 부러뜨리고, 떨어진 도끼를 주워 힘껏 던졌다. 도끼는 소인족의 머리를 분쇄하며 요란하게 뇌척수액을 튀겼다. 거구를 날려 약동하는 트리스의 기세를 버티지 못하고 소인족의 포위망이 무너졌다.

"다들 무사한가?!"

트리스는 살아남은 그란츠병들과 합류했다.

"무사한 정도가 아니라 더 싸울 수 있습니다. 5대 장군이 되기 전에 이런 곳에서 죽을 수는 없으니까요."

숨을 헐떡이면서도 너스레를 떠는 젊은 병사를 보고 트리스는 어이가 없어서 웃어 버렸다.

"입이 살아 있는 걸 보니 더 싸울 수 있겠어."

등을 맞댄 트리스와 부하들은 주위를 둘러싼 소인족에게 칼끝을 겨눠 위협했다.

"트리스 님이야말로 상처는 괜찮으십니까?"

젊은 병사의 물음에 트리스는 핏기 없는 얼굴로 입꼬리를 올렸다.

"문제없네. 그보다도…… 이 상황은 조금 위험하군."

남은 상대는 스물세 명. 다섯 명이 그들을 전부 쓰러뜨리는 것은 무리다. 그것은 다들 알고 있을 것이다. 역시 이 상황에서는 젊은 병사도 농담할 여유가 없었다.

"그렇다면 해야 할 일이 무엇인지 알고 있겠지?"

트리스가 등을 돌린 채 그란츠 병사들에게 전하니 그들은 모든 것을 말하지 않아도 깨달았는지 동시에 고개를 끄덕였다. 트리스는 작게 숨을 내쉬고서 젊은 병사의 목에 팔을 둘러 그의 귀를 가까이 가져왔다.

"이 중에서 가장 젊은 자네가 본진에 알리게. 활로는 다른 자들이 열 거야."

하지만 숲 밖에 두고 온 말들은 이미 처리됐을 것이다. 이 난리가 벌어졌는데도 경계 역할을 맡긴 그란츠병이 오지 않았다. 무슨 일이 벌어졌다고 생각하는 것은 당연한 귀결이었다.

그러나 여기서 인간의 다리로 본진까지 가기에는 거리가 너무 멀었다. 다친 상태이니 머지않아 힘이 다할 것이 틀림없었다. 무엇보다 추격자가 붙으면 도망칠 수 없다.

"그러니 내 말을 쓰게. 장소는 기억하고 있겠지?"

"……트리스 님, 이렇게 될 줄 아셨던 겁니까?"

"그래서 위화감이 든다고 하지 않았나. 기분 탓이었다면 정말 좋았을 텐데 여기서 늙은이의 예감이 적중하다니, 내게는 역병신이라도 붙어 있는 모양이야."

"그렇지 않습니다! 트리스 님이 안 계셨다면 적의 기습 부대를 발견하지 못했을 겁니다. 그렇게 자신을 비하하지 마십시오."

미안하네. 트리스는 그렇게 한마디 중얼거리고 젊은 병사에게서 떨어졌다.

"……반드시 살아남아 공주님께 알리게."

안타까워하는 젊은 병사의 시선을 느끼며 트리스는 지면에 나뒹구는 부하들의 시체를 확인하고 남은 자들을 향해 입을 열었다.

"……길동무로 삼는 것을 용서하게."

대답은 없었다. 그란츠병들은 아무 말도 하지 않았다. 그래도 각오를 나타내듯 고개를 끄덕였다. 이것이 대답이라는 것처럼 투쟁심을 드러냈다.

"미안하네……."

트리스는 다시 한 번 진심으로 사죄의 말을 중얼거렸다.

그리고서 숨을 깊이 내쉬고 크게 외쳤다.

"제군, 영웅 궁전^{발할라}에서 만나세!"

트리스가 제일 먼저 달려 나갔다. 그 얼굴은 시체처럼 창백했다.

그래도 몸에서는 패기가 가득 뿜어져 나왔고 활력이 넘쳐흘렀다.

"아니……?!"

갑작스러운 큰 소리에 깜짝 놀란 적병의 목을 치고 트리스는 질주했다.

단숨에 주위가 소란스러워지며 격렬한 혼전이 펼쳐졌다.

트리스와 부하들이 비집고 들어가면서 적의 연계가 흐트러졌다. 그 기세에 눌려 적의 포위망이 뚫렸다. 트리스는 젊은 병사가 도망칠 수 있도록 최대한 자신들에게 주목을 모았다.

"가게! 공주님께 반드시 알리게!"

"예!"

젊은 병사가 빠르게 달리기 시작했다.

한 번도 돌아보지 않았다. 앞만을 보며 숲속을 전력으로 달려 나갔다.

"하, 한 놈 도망—."

적병이 쫓아가려 했지만 거구가 앞을 가로막아서 포기할 수밖에 없었다. 심지어 트리스는 교묘하게 몸을 이용해 사각지대를 만들어 젊은 병사의 모습을 감췄다.

"도망치지 않았네. 녀석에게는 중요한 임무를 맡겼으니까."

트리스는 양팔을 벌려 니다벨리르 병사를 위압했다. 이 앞으로는 보낼 수 없다는 기백이 느껴졌다.

상대는 소인족이다. 따라잡히지 않는다면 무사히 본진에 당도할 수 있을 것이다.

"늙은이가……."

"그렇게 다리가 짧으니 쫓아가도 따라잡을 수 없지 않나?"

어떤 종족보다도 자존심이 강한 소인족은 분노로 얼굴을 뻘겋게 물들였다.

"인족 주제에 깝죽대지 마라!"

"두더지는 지상에 나오지 말고 지하에나 숨어 있게!"

격렬한 칼부림 소리가 울렸다. 힘겨루기 없이 도끼를 튕긴 트리스는 소인족의 어깨를 잡고 박치기를 먹인 후 크게 검을 휘둘렀다. 그렇게 한 명의 팔을 베고 그 기세를 몰아 몸을 꿰찔렀다. 그리고 검은 그대로 둔 채 소인족이 들고 있던 도끼를 잡은 뒤 다음 사냥감에게 달려들었다.

'공주님…… 죄송합니다.'

트리스는 마음속으로 참회했다.

'공주님의 앞날에 함께 있을 수 없게 되었습니다.'

그래도 트리스는 웃었다. 늙은 몸이 마지막에 도움이 되어 만족했다.

'하지만 함께할 수는 없어도 공주님을 지켜보겠습니다.'

귀기 어린 얼굴로 날뛰는 트리스의 팔에 소인족의 도끼가 박혔다.

그래도 트리스는 전진을 멈추지 않았고, 팔은 그대로 허공으로 날아갔다.

"아직이야. 아직 멀었어!"

트리스는 멈추지 않았다. 그러는 동안에도 그란츠 병사가 한 사람, 또 한 사람 쓰러져 갔다.

창끝이 한쪽 눈을 도려내고, 옆구리가 떨어져 나가도 트리스는 쓰러지지 않았다.

"색적 중에 적과 만나서 목숨 걸고 싸운다."

분명 개죽음이라고 하는 자도 있을 것이다.

화려한 전장이 아니라 햇빛도 들지 않는 곳에서 분투하고 있으니까.

"하지만 노병의 마지막에 어울리는 근사한 무대일지도 모르겠군."

그래서 트리스는 계속 싸웠다.

죽음의 공포를 넘어 그저 충의를 다했다는 긍지를 가슴에 품고……

"내가 죽을 곳이 바로 여기로구나!"

아픔은 이제 느껴지지 않았다. 오감이 사라지고 있었다. 스스로도 살아 있는 것이 신기할 정도였다. 그래도 뭔가에 홀린 것처럼 트리스는 멈추지 않았다.

이를 악물고 힘껏 검을 휘둘렀다. 동료들은 이미 전부 숨졌는데도 단 한 명의 병사가 도망칠 시간을 벌기 위해 계속 싸웠다.

혼자 남은 트리스에게 몰려드는 소인족은 마치 매미에게 몰려드는 개미 같았다.

"이 녀석…… 어디에 이런 힘이……!"

"아직, 더…….'

트리스는 나무에 기대 몸을 지탱하고 검을 세차게 휘둘렀다.

난잡해진 앞머리가 시야를 덮었으나 그래도 가려진 눈은 아직 살아 있었다.

"뭣들 하는가……? 자, 아직 끝나지 않았다네."

도려내진 배에서 내장이 쏟아졌고, 잘 정돈되어 있던 수염은 엉망으로 흐트러져 피로 빨갛게 물들었다. 그래도 트리스가 내뿜는 범상치 않은 기백 앞에서 소인족은 공격하지 못했다.

"괴물인가……. 확실히 죽여야겠어. 다들 떨어져서 화살을 쏴라."

가까운 거리에서 활이 겨눠졌다. 모든 화살촉이 트리스를 향했다.

"죽여!"

무자비한 호령이 떨어졌을 때— 흐려지는 시야 속에서 트리스는 이상한 광경을 보았다.

"하……!"

사력을 다해 싸웠던 것이 거짓말이었던 것처럼 모든 소리가 사라졌다.

"뭐야, 거기 있었나, 애송이."

하얀 세계에서 검은 외투가 바람에 흔들렸다.

그 젊은이가 돌아보았고— 현실이 돌아왔다.

눈앞으로 날아오는 화살비를 바라보며 트리스는 미소를 지었다.

"그런가…… 그런가……."

사람은 죽을 때 생전의 일을 주마등처럼 떠올린다고 한다.

그렇다면 방금 본 광경도 그러할 것이다.

"그렇다면 말해 둘 것이 있네."

있을 리 없는 소년과 기적처럼 만났다.

그렇기에—.

"애송이! 공주님을 부탁하네!"
<small>히로</small>

—모든 것을 소년에게 기원했다.

*****

"……?"

문득 바람을 느낀 히로는 바닥에 펼쳐진 지도에서 시선을 들었다.

"죄, 죄송합니다. 히로 님, 제가 방해했나요?"

목소리를 따라 눈을 돌리자 열린 방 창문에서 후긴이 몸을 숙인 상태로 경직되어 있었다. 히로의 사색을 방해했을지도 모른다는 걱정에 그 얼굴은 불쌍할 정도로 새파랬다.

"아니, 신경 쓰지 마. 마침 쉬려던 차였으니까."

바닥에 발을 붙인 후긴에게 미소를 지은 히로는 일어나 그녀에게 다가갔다.

"그건 그렇고 젖었네. 비라도 내려?"

"네. 하지만 금방 그칠 듯해요. 여우비 같거든요."

가볍게 손으로 빗방울을 터는 후긴을 본 히로는 닦을 천을 찾기 위해 주위를 둘러보았다.

그러자 수건을 든 루카가 옆에서 나타나 말없이 후긴의 머리를 닦기 시작했다.

"루카 누님, 제가 닦을게요!"

"상관없어요. 내가 좋아서 하는 거예요. 조용히 있어요."

두 사람을 보며 쓰게 웃은 히로는 여전히 열려 있는 창틀에 손을 짚었다.

"비가 오면…… 뭐라 말할 수 없는 기분이 들어."

기분 좋은 바람에 빗방울이 섞여 뺨을 자극했다. 히로는 심장이 욱신거리는 것을 느꼈다.

"그리운 것도 같고, 쓸쓸한 것도 같고…… 안 좋은 기억이 떠올라."

애수가 대기에 싹트며 생겨난 독특한 냄새가 가슴에 비장함을 안겼다.

"지금쯤 리즈는 전장에서 싸우고 있으려나……."

서쪽 하늘을 바라보니 흰 구름 떼가 천공에 흐르고 있었다.

그저 고요했다. 저 너머에서 전쟁이 벌어지고 있으리라고는 누구도 상상하지 못할 것이다.

"히로 님, 리즈 누님이라면 괜찮을 거예요. 적을 척척 베고 있겠죠. 그리고 그 옆에서 트리스 영감님이『공주님~!』하고 외치는 모습이 눈에 선해요."

"확실히 그러네."

쉽게 상상이 가서 히로는 무심코 웃었다. 그것이 기뻤는지 후긴이 조잘조잘 떠들었다.

"트리스 영감님은 괴력의 소유자니까 소인족의 작은 몸 따위 날려 버릴 거예요!"

"붉은 머리 소녀가 강하다는 건 알지만, 그 영감님이란 녀석은 그렇게 강한가요?"

흥미가 생겼는지 루카가 반응을 보였다.

"강해요. 체력도 우리 오빠보다 뛰어났으니까요. 저는 트리스 영감님이랑 모의전을 몇 번 했었는데 한 손으로 꼽을 수 있을 정도밖에 못 이겼어요. 그리고 누가 뭐래도 리즈 누님을 키운 사람인데 약할 리가 없죠!"

"그런가요……. 한번 대련해 보고 싶네요."

흥분한 후긴이 바싹 다가오자 루카는 정색한 얼굴에 당혹을 드러내며 고개를 끄덕였다.

"……분명 괜찮을 거야."

히로는 자신을 타이르고 비에서 시선을 돌린 후, 찜찜한 마음을 떨치지 못한 채 창문을 닫았다. 그리고서 수건을 목에 감은 후긴을 보았다.

"아무튼…… 확실한 정보는 얻었어?"

온화하던 분위기가 순식간에 팽팽해졌다.

후긴은 그 자리에서 한쪽 무릎을 꿇고 머리를 숙여 히로에게 보고를 올렸다.

"네. 역시 인질 대부분은 리히타인 공국에 노예로 팔린 것 같습니다."

"……역시 그랬나. 정말로 구제할 길이 없는 녀석들이야."

히로는 실의를 나타내며 침대에 앉았다.

"가더한테 다음과 같이 전해. 시기 판별은 맡기겠다, 언제 움직여도 상관없다."

"알겠습니다. 우트가르데의 재물은 어떻게 할까요?"

궁전에 있는 보물 창고와는 별개로— 우트가르데의 방에서 갈 수 있는 지하실이 있었다.

그곳에는 대량의 금화와 보석이 숨겨져 있었다. 이웃 나라들로부터 받아 챙긴 것, 노예 상인에게서 얻은 것, 혹은 반항적인 자들에게서 약탈한 것도 포함되어 있을 것이다.

"……그건 예정대로 화려하게 쓰기로 할까."

숨겨진 방의 존재는 우트가르데와 일부 측근밖에 모른다. 원래는 히로도 알 수 없는 정보였다. 하지만 우트가르데가 없는 틈을 타 측근인 토르킬이 재물 일부를 가지고 나오는 것을 후긴의 부하 밀정이 발견했다.

"욕심에 넘어간 그에게 감사하자. 덕분에 사비를 털지 않게
됐어."

"그럼 오늘 밤에라도 숨어들어서 가지고 나오겠습니다."

고개를 끄덕이는 후긴을 확인하고서 히로는 다시 바닥으로
이동해 지도를 노려보았다.

"먼 곳에서 일어나는 일을 여기서 검토해 봤자 속만 타지
않나요?"

옆에 웅크려 앉은 루카가 아무 감정도 머금지 않은 얼굴로
고개를 갸웃했다.

"이렇게 연금 상태가 이어지니 뭔가를 하지 않으면 불안해서."

그렇게 말한 히로는 창밖으로 시선을 던졌다.

비는 이미 그친 상태였다.

제5장 장미 황희와 백야왕

태양이 서쪽으로 기울기 시작했다. 앞으로 한 시진 뒤면 해가 저물고 서늘한 기운이 찾아올 것이다.

그래도 지상에 휘몰아치는 열풍은 조금도 사그라지지 않았다. 피와 땀이 교차하며 독특한 냄새를 풍겨서 구역질 나는 이취가 계속 맴돌았다.

전투가 절정에 달한 지금, 그란츠 본진은 조금 분주했다.

천막과 전장을 오가는 전령이 연이어 찾아와 보고서를 놓고 갔다. 새로운 정보를 꼼꼼히 살펴본 참모들은 지도에 말을 놓고 보고서를 정리하여 상석에 있는 인물에게 건넸다.

"전하, 전장의 승패는 뒤집히지 않을 겁니다. 승리는 확실하다고 생각됩니다."

참모가 내민 보고서를 받은 리즈는 옆머리를 쓸어 올리고서 서면을 훑어보았다.

어딘가 관능적인 그 동작에 참모가 뺨을 빨갛게 물들였다. 그렇게 도망친 시선은 그녀의 발밑에서 자는 백랑에게 쏟아졌다.

"수고했어. 그란츠군은 상대의 본진에 도달했어?"

"아뇨, 아직 도달하지 못한 것 같습니다. 전령의 보고에 의하면 적의 복병을 발견하여 교전이 벌어졌지만 무난하게 무찔렀다고 합니다. 그래도 흐트러진 대열을 정비하느라 시간이 걸린 모양이라, 당초 예정보다 늦어지고 있습니다."

"그렇구나…… 그래도 오늘 중으로 끝날 것 같네."

3만 대 2만5천으로 시작한 대규모 싸움이었지만 하루 만에 결판이 날 듯했다.

처음부터 니다벨리르군의 사기가 낮았다고는 하지만, 칭찬해야 할 것은 요툰헤임군의 전투력이었다. 튼튼하기로 유명한 니다벨리르 중장보병의 벽을 쉽게 부숴 버렸다.

듣자 하니 스카디가 차례차례 적의 목을 베고 있는 모양이라 요툰헤임군의 사기와 기세는 멈출 줄을 모른다는 것 같았다. 좌측에 나타난 적의 기습 부대를 괴멸시킨 것도 대단했다. 그러나 사령관이 일시적으로 이탈한 탓에 본전장에서는 요툰헤임군이 밀리고 말았다. 하지만 스카디가 곧장 합류하며 형세를 다시 회복시켰다. 그녀의 높은 지휘 능력에는 탄복할 수밖에 없었다.

"수족은 전투 민족이니까요. 그야말로 싸우기 위해 태어난 것 같은 종족입니다."

수족의 민족성은 좋게도, 나쁘게도 올곧다. 노련하게 꾀를 부리지 못한다고도 할 수 있었다.

이번 싸움만 봐도 그런 성향이 현저히 나타나 있었다. 본진의 수비는 얼마 남기지 않고 거의 모든 병력을 전장에 투입했다. 타고난 육감으로 복병의 존재를 알아차렸지만, 자칫 잘못했으면 지금쯤 요툰헤임의 본진은 깡그리 불타 버렸을 것이다.

반대로 소인족은 장인 기질과 함께 상인 기질도 지니고 있었다. 그 능력을 믿고 자만한 결과, 부패를 초래한 현 상황에 이르렀지만, 어쨌든 지금까지는 두 종족이 잘 맞물려서 슈타이센 공화국을 이루어 왔었다.

"앞으로는 어떻게 될지 몰라."

지금까지 주도권을 쥐고 있던 소인족의 시대가 끝나고 새로운 지도 세력이 된 수족이 어떤 길을 걸어갈지는 미지수였다.

"그걸 위한 원로원이니 잘 기능하면 좋겠는데……."

부패한 소인족처럼 의회를 차지하지 말고 다종다양한 자들이 운영했으면 좋겠다.

"그 전에 방심하지 말고…… 이 싸움에서 확실하게 승리를 거머쥐어야겠지."

리즈는 책상에 펼쳐진 지도를 다시 바라보았다. 이제 와서 니다벨리르군이 역전하기는 몹시 어려웠다. 요툰헤임군의 기세를 꺾는 것은 간단한 일이 아니다. 그렇다고 열세에 몰린 니다벨리르군이 이대로 묵묵히 전멸할 것 같지도 않았다.

철수하여 본거지인 가르자에서 농성하며 제후들에게 분기하라고 촉구해 다시 일어나는 방법도 남아 있었다. 지금까지 펼친 압정 때문에 따르는 자는 별로 없겠지만…….

"그래도 농성하게 되면 장기전을 각오해야 해."

그란츠 측으로서는 환영할 수 없는 일이었다. 그란츠 대제국에 황제가 없기 때문이다. 황위 계승자도 잇달아 죽은 지금, 리즈가 장기간 자리를 비우는 일은 피하고 싶었다. 가능하면 여기서 우트가르데를 붙잡아 전쟁을 종결시키고 싶은 것이 본심이었다.

"……후우."

사색을 멈춘 리즈는 찌푸려진 미간을 풀고 참모에게 눈을 돌렸다.

"색적 부대로부터는 아무런 연락도 없어?"

리즈는 트리스의 귀환이 늦어지는 것을 의아하게 여겼다.

"예, 없습니다. 슬슬 돌아올 때가 됐습니다만……."

트리스는 신중하니 멀리까지 갔을 가능성도 있었다. 하지만 정기 연락을 게을리하는 남자는 결코 아니었다. 심란한 마음을 억누르고서 리즈는 새로 부대를 편제할까 생각했다.

그때—.

"전령! 전령! 전령!"

흙먼지를 휘감으며 진흙과 피로 범벅이 된 병사가 허겁지겁 천막 안으로 들어왔다.

작업하던 자들의 손이 멈추고 시선이 일제히 난입자에게 향했다.

"본진 우측 후방에 적이 있습니다. 수는 약 2천! 수는 약 2천입니다!"

"뭐라고…… 기습인가?!"

참모들이 자리에서 일어나 경악하여 떨었다.

리즈는 일어나지 않았지만 눈을 크게 뜨고서 젊은 병사를 바라보았다. 발밑에서는 서버러스가 소란스러운 소리에 벌떡 일어나 있었다. 리즈는 막연한 불안감을 달래듯 서버러스의 머리에 손을 얹었다.

그러는 동안에도 참모들은 지도에 달려들어 신병에게 질문을 던지기 시작했다.

"발견한 것은 언제쯤이지?"

"바, 반 시진쯤 전입니다."

"그렇다면 그렇게 많이 움직이지는 않았겠군. 피곤할 테지만 지도를 보고 정확한 장소를 알려 주겠나."

참모의 말에 고개를 끄덕인 젊은 병사는 다른 사람에게 부축 받아 지도로 다가왔다.

"본진에서 우측 후방으로 약 200루(600미터) 떨어진 숲에서 확인했습니다. 수는 약 2천, 전부 기마병이었습니다."

"아무나 척후에게 확인하라고 전해라. 사각지대를 이용한다면 어느 정도 진로는 예측할 수 있을 거다. 작은 모래 먼지도 놓치지 마라!"

명령받은 몇 명이 황급히 밖으로 달려 나갔다.

"본진에는 1천9백이 남아 있어. 공격에 나서도 충분히 싸울 수 있겠지."

"언제든 움직일 수 있게 준비하라고 각 부대장에게 지시해. 어디서 튀어나와도 대처할 수 있도록 말이야."

지금까지 트리스의 안부에 관한 정보는 없었다. 그래도 리즈는 눈을 감고 묵묵히 이야기를 들었다. 그 손은 피가 배어날 정도로 꽉 쥐어져 있었다. 그런 리즈의 심정을 헤아렸는지 서버러스가 그녀의 다리에 코를 문질렀다. 다정한 백랑을 향해 리즈는 작게 쓴웃음을 지었다. 지휘관이 이성을 잃은 모습을 보여 줄 수는 없었다. 황제를 목표하는 자가 사적인 감정을 우선하여 트리스의 안부를 물어서는 안 되었다.

"그건 그렇고 다른 자들은 어떻게 됐지? 왜 자네 한 명뿐인가?"

참모 한 명이 의문을 입에 담았다. 그러자 설명하던 젊은 병사가 얼굴을 일그러뜨렸다.

"브루투스 공이 니다벨리르와 내통하던 모양이라…… 매복하고 있었는지 저희는 적군을 발견한 숲에서 기습을 받았습니다. 다른 색적 부대도 아마 전멸한 것 같습니다."

"뭐라……."

참모들의 말문이 막혔다.

타국을 도와주러 왔는데 내통자가 나오다니 한없이 불명예스러운 일이었기 때문이다.

"저는 운 좋게 트리스 님께서 도망치도록 해주신 덕분에……."

정적이 찾아왔다.

벼락 맞은 것처럼 경직된 참모들이 걱정스럽게 리즈를 바라보았다.

그들은 트리스가 어떤 인물인지 잘 알고 있었다.

계급은 부사관이었지만 리즈가 냉대받던 시절부터 그녀를 지지한 충의 있는 자라며 병사들 사이에서도 소문이 자자했기 때문이다.

뭐라고 말을 걸면 좋을지 망설이며 참모들은 그저 멍하니 리즈를 보았다.

그런 그들에게 한층 더한 비보가 전해졌다.

"전령! 요툰헤임 본진에서 원군을 요청했습니다! 기습을 받은 모양입니다!"

눈을 부릅뜬 참모들이 입을 막고 신음했다. 심장이 입 밖으로 튀어나올 만한 충격이었다.

사고가 거의 정지된 상태에서도 리즈의 모습을 살핀 참모들은 곧장 마음을 다잡았다.

"연달아 터지는군. 어디서 나타났지?!"

"요툰헤임 본진의 좌측 전방에서 나타난 모양입니다."

"말도 안 돼. 놓쳤던 건가?! 조사도 제대로 하지 않고 괴멸시켰다고 여기다니 어떻게 그런 멍청한 짓을!"

홧김에 책상을 내리친 참모가 다시 전령을 보았다.

"수는 얼마인지 들었나? 이쪽에도 기습 부대가 다가오고 있다. 여분의 병력은 없어."

"수는 6백입니다. 하지만 요툰헤임군은 거의 모든 병력을 전장에 투입하여 본진의 방비가 미약하기에 오래 버티지는 못할 겁니다."

"2천과 6백인가……."

그란츠 본진에 남은 병력은 불과 1천9백— 양쪽 모두 대처하려면 분산할 수밖에 없었다.

"요툰헤임 본진을 버리는 방법도 있어."

"말이 되는 소리를 하게. 그런 짓을 하면 그란츠의 명성이 땅에 떨어질 걸세."

"본전장에서의 승리는 확실해. 그렇다면 요툰헤임 본진이 함락돼도 큰 영향은 없겠지. 요툰헤임의 사령관은 전선에 나가 있는 것 같고, 형세를 다시 수습하기는 쉬울 거야."

"하지만 요툰헤임 측과의 사이가 어색해질 가능성도 있지 않습니까? 향후 외교를 생각하면 나쁜 인상은 주고 싶지 않습니다."

의견이 정리되지 않았다. 지금까지 놀랍도록 순조로웠던 탓에 갑작스러운 위기가 닥치자 사고가 제대로 돌아가지 않는 것이리라. 심지어 제한 시간이 시시각각 다가오고 있어서 초조함이 참모들의 결단력을 둔화시켰다.

"지금도 적은 본진을 향해 다가오고 있네! 망설일 필요가 뭐 있나? 지금 당장 출진하여 우측 후방의 기습 부대를 섬멸해야 해. 그란츠 본진이 함락되는 것 이상의 불명예는 없어!"

"철저히 승리만을 노린다면 그래도 좋겠지. 하지만 향후를 생각해 보게. 요툰헤임 본진을 버리면 이웃 나라들의 웃음거리가 될 걸세."

그때, 주먹다짐으로 발전할 것처럼 백열화된 참모들에게 찬물이 끼얹어졌다.

"거기까지 해."

그것은 영도의 시선— 제6황녀가 뿜어내는 심상치 않은 분위기에 참모들은 숨을 삼켰다.

"같은 편끼리 싸울 때가 아니잖아. 병사들이 불신감을 가질 만한 꼴사나운 모습은 그만 보이도록 해."

"……하, 하오나—."

"입 다물어."

"예! ……죄, 죄송합니다."

칼날보다도 날카롭게 꽂히는 말에 참모는 대량의 비지땀을 흘렸다.

정적이 찾아온 천막에서 리즈는 의자에서 일어나 지도에 놓인 말을 움직이기 시작했다.

"요툰헤임 본진을 도와주러 병사 1천을 보내."

깜짝 놀란 참모들의 얼굴이 굳었지만 리즈는 개의치 않고 말을 이었다.

"4백은 본진에 두고 나머지 5백으로 우측 후방에 나타난 기습 부대를 치겠어. 지휘는 내가 해."

그렇게 말하고 외투를 나부낀 리즈는 걸음을 옮기기 시작했다. 서버러스도 발소리를 내지 않고 그 뒤를 따랐다.

그 뒷모습을 본 참모가 안색을 바꾸고 허둥지둥 말을 걸었다.

"전하, 다시 생각해 주십시오. 여기서 병력을 분할하는 것은 지극히 위험합니다."

리즈는 출입구에서 발을 멈추고 등을 돌린 채 참모에게 말했다.

"요툰헤임 본진이 함락되면 적은 기세를 몰아 이쪽으로 올 거야. 우측 후방에서 발견한 기습 부대가 합을 맞춰 공격을 가해 오겠지. 그렇게 되면 그란츠 본진은 포위당하고 말아."

"그, 그럼 그란츠 본진에서 적을 요격하면 되지 않습니까?"

참모가 계속해서 물고 늘어지자 리즈가 뒤돌았다.

"요툰헤임 본진이 함락되면 슈타이센 공화국에 큰 불씨가 뿌려지게 돼."

니다벨리르군의 목적은 무승부다. 열세에 빠졌으면서도 기발한 책략으로 요툰헤임 본진을 함락시키고 그란츠 본진을 반파시키는 것— 그런 다음에 미담을 만들어 선전하면 새로운 지지자가 우트가르데 곁에 모일 것이다.

기적이라는 이름의 반짝임은 종족과 상관없이 사람들을 끌어 모은다.

"무엇보다 전장에서 아직 승패가 갈리지 않았어. 후방에 걱정거리가 있으면 아무리 우세해도 불안해서 사기가 눈에 띄게 떨어져."

곧 있으면 해도 진다. 오늘 중으로 결판이 나지 않으면 본진을 잃은 요툰헤임군이 어떻게 될지는 상상하기 어렵지 않았다. 하지만 리즈의 설명을 이해는 해도 용인할 수는 없다고 참모들의 표정이 말하고 있었다.

"책략이 하나 있어. 그러니 여기서는 날 믿어 주지 않을래?"

리즈는 다시금 참모들에게 몸을 돌리고 미소를 지었다.

"짐은 너희들과 함께라면 그 어떤 난관도 극복할 수 있다고 믿어."

바람이 불었다.

입구가 흔들리고, 그 틈으로 햇빛이 들어와 리즈를 크게 빛냈다.

모두가 입을 다물고 그녀의 거룩한 모습에 넋을 잃고 말았다.

이윽고 누가 말하지도 않았건만 참모들은 자세를 바로잡고 일제히 그란츠식 경례를 했다.

"존명."

리즈의 존재감이 두드러지기 시작했다.

황족으로 태어났지만 누구에게도 기대받지 못하고 모든 이에게 소외당했던 소녀가 이렇게나 성장할 줄 누가 상상이나 했을까. 어린 소녀라고 얕보는 자는 이제 한 명도 없었다.

참모들은 눈앞에 있는 사람이 바로 자신들이 받들어야 할 차기 황제라고 확실히 가슴에 새겼으리라. 그들은 표정을 다잡고 신속하게 행동을 시작했다.

"부대 편제를 서둘러라. 각 부대장에게 연락해서 먼저 요툰헤임 본진에 원군을 보내."

"척후한테서는 아무 연락도 없나? 우측 후방에 숨은 기습 부대는 찾았는가?"

원래부터 다들 우수한 자들이었다. 그란츠인은 한번 정해지면 온 힘을 다했다.

리즈는 만족스럽게 고개를 끄덕이고 천막을 나가려고 했다.

"전하, 색적 부대는 어떻게 하시겠습니까? 장소는 알고 있고, 생존자가 있을지도 모르니—."

"……필요 없어. 눈앞의 적에게 집중해."

리즈는 그 말만을 고하고서 천막을 나갔다.

*****

"슬슬 사각지대는 이용할 수 없나……."

그렇게 말한 이는 니다벨리르 본진 좌측에서 그란츠 본진으로 향하는 선량군의 부관 케이트였다. 올해로 스물넷, 젊지만 수염이 짙은 소인족 청년이었다.

"앤드 님, 여기까지 왔으니 충분할 것 같습니다."

케이트는 나란히 달리는 지휘관에게 말했다.

"음. 여기까지 접근했다면 문제없겠군. 이제 상대가 어떻게 동요할지가 관건이겠지."

언덕 위에 구축된 그란츠 본진을 숲의 그늘에서 바라보며 지휘관 앤드가 웃었다.

"아까 본진에서 전령이 왔는데 여전히 본전장에서는 결판이 나지 않은 모양입니다."

"당연히 그래야지. 그렇게 빨리 결판이 나면 우리가 곤란해. 그리고 본대는 가족을 인질로 잡힌 녀석들로 구성되어 있잖아. 필사적으로 싸우겠지."

앤드가 우습다는 듯 목을 울리자 케이트도 즐겁게 웃음 지었다.

"하지만 가족이 노예로 팔렸다는 사실을 알게 되면 그 분노는 어마어마하겠죠."

"그때는 우리 집에 있는 인족 여자들을 돌려줘야지."

케이트는 그 말을 듣고 그의 저택을 방문했을 때를 떠올렸다.

기억이 틀림없다면 인질로 보이는 자의 모습은 없었을 터다.

"인질이 있었습니까? 제가 저번에 방문했을 때는 아무도 없었던 것 같습니다만."

"아아, 땅 밑에 있어."

앤드는 말 위에서 지면을 가리켰다.

"지하에 가둬 두신 겁니까…… 하긴, 도망칠 가능성을 생각하면 그편이 좋을지도 모르겠습니다."

케이트가 혼자서 납득하자 앤드는 그게 아니라며 얼굴 앞에서 손을 흔들었다.

"울고불고 난리 치길래 땅속에 묻어 줬다."

참혹하게 웃는 그를 보고 아까까지 같이 웃던 케이트는 벌어진 입을 다물지 못했다.

케이트도 선량군에 속한 자라서 다른 종족을 좋아하지는 않았다.

하지만 싫어하지도 않았다. 무엇보다 지휘관인 앤드 같은 잔학성은 조금도 가지고 있지 않았다. 그런 케이트의 반응을 무시하고 앤드는 계속해서 말했다.

"그런 고로, 더는 돌아오지 않을 테니 화내 봤자 아무 소용없어. 그리고 녀석들은 어차피 살아 돌아가도 죽을 운명이야. 원망할 거면 소인족으로 낳아 주지 않은 부모를 원망할 수밖에."

조롱 어린 음성으로 유쾌하게 이야기하는 그는 도저히 제정신이 아닌 것 같았다.

불쌍한 타종족을 동정할 마음은 없지만 이 이상 들으면 자신까지 이성을 잃을 듯해 케이트는 사담을 삼가고 자신의 직무로 돌아가기로 했다.

"그러고 보니 아까 그란츠군의 색적 부대를 괴멸시켰다는 보고를 받았습니다."

"호오, 잘했군. 그란츠군도 설마 자기들 쪽에서 내통자가 나올 줄은 몰랐겠지."

"하지만 유감스럽게도 그 내통자는 전사했다고 합니다."

"……하여간 인족은 약해 빠졌다니까."

별로 관심이 없는지 앤드는 그 이상은 말하지 않았다.

"그러고 보니 고르모 장군님이 이번 싸움을 무승부로 만들려 한다는 이야기를 들었는데 사실입니까?"

케이트의 물음에 앤드는 느긋하게 고개를 끄덕였다.

"음. 본대가 칠칠맞지 못하게 끝날 것 같으니 말이야. 고르모 장군님도 한탄하고 계시겠지. 하지만 역시 고르모 장군님은 대단해. 그란츠에서 내통자를 손에 넣고 본대를 미끼로 쓰는 대담한 방법을 사용하셨어."

"올곧은 수족에게는 효과적인 방법입니다."

"흥, 얌전히 목줄이나 차고 있을 것이지 주인을 물려고 덤비다니 어리석은 녀석들이야. 하지만 이번 싸움으로 누가 더 우위인지 알게 되겠지."

그렇게 말한 앤드는 등에 멘 도끼를 잡았다.

"그럼 슬슬 갈까. 이 이상 늦으면 질책받을지도 몰라."

그는 형형하게 눈을 빛내며 투지를 불태웠다.

입술을 적신 지휘관에게서는 진심으로 싸움을 즐기고자 하는 열의가 느껴졌다.

패배를 모르고 많은 무훈을 남긴 남자였다.

"내 명예를 위해 멀리 그란츠에서 와 주다니 고마운 일이야."

이 싸움은 힘을 증명할 기회— 그 끝에는 막대한 포상이 기다리고 있다.

그렇다면 전쟁을 즐기는 것도 어쩔 수 없는 일이었다. 실제로 선량군 중에서 앤드 이상의 무예를 보인 자는 고르모 장군뿐이었다. 인족인 그란츠인이 이길 수 있을 리 없었다.

"인족의 가느다란 목을 부러뜨릴 생각을 하니 좀이 쑤시는군."

앤드는 손에 익히듯 도끼를 몇 번 휘두르고 어깨에 얹었다.

"지금부터 그늘에서 나가 단숨에 적의 본진을 함락시킨다."

"알겠습니다. 전군에 통달하겠습니다."

케이트가 기수에게 신호를 보냈고, 앤드가 도끼를 들었다.

"우리의 영광, 깃발을 들어라! 멀리서 온 그란츠인에게 우리의 강함을 똑똑히 알려 줘라!"

지휘관의 말이 끝나자 니다벨리르군은 힘차게 숲의 그늘에서 뛰쳐나갔다.

조금 전까지의 정적을 먹어 치우며 쩌렁쩌렁한 말굽 소리가 대지를 뒤흔들었다.

햇빛을 받은 무구들이 빛을 반사하여 산란시켰다.

"하하! 승리는 눈앞—."

"전군 돌격!"

"─아닛?!"

직후, 니다벨리르 기습 부대는 오른쪽에서 격렬한 일격을 받았다.

갑작스러운 일에 앤드는 눈을 동그랗게 뜬 채 화염을 휘감은 검에 목이 베였다. 빙글빙글 날아오른 목의 가죽이 녹고 살이 타고 피가 증발했다. 땅에 떨어졌을 때, 두개골은 산산이 조각나서 바람에 실려 사라졌다.

목을 잃은 지휘관의 몸통이 말 위에서 떨어지고 나서야 케이트는 정신을 차렸다. 몸을 지키기 위해 순식간에 검을 번쩍여 육박하는 적의 칼날을 막으려고 했다.

"힉, 아─?!"

불길에 휩싸인 목이 솟구쳤다. 그의 검은 두 동강이 났고, 칼끝은 지면에 꽂혔다.

지휘관들을 따라 달리던 니다벨리르 병사들의 얼굴이 비애로 일그러졌다.

낯선 기마병들이 우측 숲에서 차례차례 튀어나왔기 때문이다. 그 후방에서는 사자 문장기가 바람을 받아 펄럭였다. 그 수가 자신들을 넘어설 만큼 많아서 니다벨리르 병사들은 죽음의 공포에 지배되었다.

슬프게도 그란츠 본진을 향해 힘껏 달리던 니다벨리르 기습 부대가 방향을 전환하기는 쉽지 않았다. 옆구리를 거하게 얻어맞으면서 니다벨리르 기습 부대 2천은 순식간에 분단되고 말았다.

"퇴, 퇴각! 빨리 퇴각해! 적이 오고 있다!"

기습하려 했는데 반대로 기습을 당했다. 사냥감을 노리고 있었는데 단번에 사냥당하는 처지가 되는 것만큼 무서운 일은 없었다. 뇌가 이해하기를 거부했다. 그들은 자존심을 지키기 위해 현실을 차단하고 다음 행동을 늦췄다.

"방해돼. 비켜."

"으악!"

혼란에 빠진 니다벨리르 기습 부대 사이를 종횡무진 달리는 그림자가 있었다.

붉은 불길을 뒤로 흩날리며 붉은 머리를 바람에 나부끼고 있었다.

여신 같은 여성이 말 위에서 춤췄다. 모두가 그 광경을 보고 꼼짝도 하지 못했다.

죽을 고비에 처했음에도 눈길이 가고 말았다.

선혈이 흩날리는 세계도 그녀를 중심으로 삼으면 장미처럼 아름다웠다.

그녀가 휘두르는 검은 봄바람처럼 온화하면서도 격렬했다.

그 붉은 칼날 앞에서 누구나 쓰러졌고, 명공이 벼린 검도 부러졌으며, 갑옷은 쉽게 꿰뚫렸다. 그녀가 지나간 길에는 멍한 얼굴을 한 니다벨리르 병사들의 시체가 겹겹이 쌓였다.

중중첩첩— 시체가 끝없이 만들어졌다.

"화려하게 피어나라—『염제』."
<small>레바테인</small>

돌연 그녀를 중심으로 발생한 화염 소용돌이가 천공으로

솟구쳤다.

열풍이 휘몰아쳐 그 엄청난 열기에 다들 얼굴을 일그러뜨렸다.

"넌 뭐야아아아아!"

공포를 몰아낸 니다벨리르 병사가 육박하는 여자에게 기백을 담은 일격을 가했다.

하지만 그가 평생에 걸쳐 터득한 기술은 허공을 갈랐다.

"칫—."

두 번째 공격은 가할 수 없었다. 그의 몸통은 이미 지면에 떨어져 있었기 때문이다.

거기서 붉은 머리 여자— 리즈는 말을 멈춰 세웠다.

그란츠 호위병이 눈 깜짝할 사이에 그녀를 에워싸 철벽의 수비를 만들었다.

기수가 제6황녀의 깃발인 백합 문장기를 들었다. 이어서 들린 것은 사자 문장기였다.

이것은 즉—.

"섬멸하라."

리즈는 손에 든 『염제』의 칼끝으로 천공을 가리키고서 단숨에 아래로 휘둘렀다.

그러자 미리 짠 것처럼 각지에서 절규가 터져 나왔다.

그란츠군은 겨우 5백, 니다벨리르군은 2천.

전력 차이는 명백했으나 아까부터 들리는 것은 니다벨리르병의 외침뿐이었다.

"우리의 장미 황희(皇姬)에게 승리를 바쳐라!"

제일 먼저 지휘관을 잃고, 이어서 부관을 잃은 니다벨리르는 혼란에 빠졌다.

게다가 우측 숲에서 펄럭이는 대량의 문장기가 그란츠 병사의 수를 착각하게 만들어 니다벨리르 병사들은 상황도 파악하지 못한 채 차례차례 죽었다. 아무리 종족 차이가 있어도 지휘관을 잃고 통제를 잃으면 오합지졸이었다.

그렇게 되니 머리를 잃은 뱀 따위는 사자로 화한 그란츠 병사의 상대가 되지 못했다. 대열은 흐트러질 대로 흐트러졌고, 니다벨리르 병사들은 자기 목숨을 지키기 위해 필사적이었다. 혼란이 시작되면 다들 죽자 사자 살아남으려 한다. 하지만 그란츠병은 방심하지 않았고 과신도 하지 않았다. 확실하게 니다벨리르 병사들을 도륙해 나갔다.

그야말로 사자분신(獅子奮迅)[#1]— 그 위협 앞에서 어쩔 방도도 없었다.

그들의 마지막 희망은 각자가 상관으로 받드는 부대장이었다. 하지만 대열조차 흐트러지기 시작한 상황에서 부대장들은 간단히 죽어 나갔다.

"아, 아아아……."

이길 수 없다. 그렇게 깨닫는 데 시간은 오래 걸리지 않았다. 목숨 앞에서는 자존심 따위 풍전등화였다. 니다벨리르 병사들은 무기를 버리고 도주하기 시작했다.

#1 사자분신(獅子奮迅) 사자가 성낸 듯 맹렬한 기세로 일어남.

"젠장, 젠장, 젠장! 오지 마!"

방패를 던지고, 검을 던지고, 체면을 불고하고 저항하며 니다벨리르 병사들은 말 머리를 돌려 대지를 달려 나갔다.

마음이 꺾인 뒤에 기다리는 것은 공포였다. 등 뒤에서 다가오는 적을 느끼며 도망쳐야 했다. 반면 도망치지 않고 동료들에게 버려진 용감한 니다벨리르 병사들은 모조리 그란츠 병사들에 의해 혼을 짓밟히게 되었다. 그렇게 순식간에 와해된 니다벨리르 기습 부대에 한층 더한 비극이 닥쳤다.

"추격해. 철저히 유린해."

리즈는 즉단했다. 향후 다시 적으로 나타나 앞을 가로막지 않도록 공포를 심어 둘 필요가 있었다. 리즈가 시체를 밟고 달리니 그란츠 병사들도 쫓을 수밖에 없었다. 전의를 잃은 니다벨리르 병사들을 베어 버리며 추격전에 나섰다.

"와, 왔다! 도망쳐!"

비명을 지르며 꼴사납게 도망치는 니다벨리르 병사를 그란츠 병사가 쫓는 모습은 집요하게 사냥감을 쫓는 사자 같았다.

리즈가 이끄는 그란츠 병사들은 평소보다 몇 배는 더 실력을 발휘했다. 왜 이렇게 활력이 넘치는지 그들 자신도 자문하고 있을 것이다. 아니, 그런 쓸데없는 의문을 그란츠 병사들은 조금도 품고 있지 않았다. 그저 마음속 깊은 곳에서 타오르는 불길에 몸을 맡기고 주인의 적을 말살한다는 생각만이 사고를 지배하고 있었다.

"어리석은 소인족들아, 우리의 장미 황희에게 부복해라!"

그란츠 병사가 무시무시한 기세로 창을 내질렀다. 방패를 버리고 무기조차 내버린 니다벨리르 병사는 이제 미덥지 못한 갑옷만으로 창끝을 막을 수밖에 없었다. 등을 꿰뚫린 소인족이 차례차례 말 위에서 지면으로 떨어졌다.

니다벨리르 기습 부대가 사방으로 흩어져 달아나자 멀찍이서 승리의 함성이 울렸다. 그제야 붉은 머리 소녀는 추격을 멈췄다.

"스카디는 이겼나 보네."

석양빛으로 붉게 물든 북쪽 하늘을 바라보며 리즈는 깊이 숨을 내뱉었다.

다시 폐에 산소를 집어넣자 숨 막히는 피비린내가 코를 찔렀다.

"……추격 중지. 주위를 경계하라고 전해."

부하에게 명령한 리즈는 전장을 둘러보며 조용히 말을 몰았다.

주위는 피바다가 되었고, 말 못 하는 고깃덩어리가 지면에 가라앉아 있었다. 주인을 잃은 말이 구슬피 울며 옆을 지나갔다. 이윽고 지면이 익숙한 색으로 변했다.

"서버러스, 돌아가자. 이 이상 추격할 필요는 없어."

리즈는 어릴 때부터 함께 자란 여동생 같은 존재에게 말을 걸었다.

피를 뒤집어써서 심홍색으로 물든 흰 털은 석양빛을 받아 검정에 가까운 색을 냈다.

"서버러스?"

지면에 앉은 백랑이 아까부터 리즈의 부름에 반응하지 않고 허공에 코를 휘젓고 있었다.

어디 다치기라도 한 걸까 싶었을 때, 서버러스가 갑자기 달리기 시작했다.

"기다려. 서버러스!"

무시무시한 각력은 순식간에 리즈와의 사이에 거리를 만들어 냈다.

리즈도 말의 배를 차 대지를 달려 나갔다.

"전하?! 어디 가십니까?!"

호위병들이 황급히 외치고 즉각 쫓아오는 기척이 느껴졌다.

리즈는 백랑을 놓치지 않도록 전방만을 바라보며 달렸다.

이윽고 전장에서 멀리 떨어진 곳에서 리즈는 말의 속도를 늦췄다.

"……여기는."

리즈의 눈앞에 숲이 있었다.

우거진 수풀 속으로 서버러스가 사라지는 것을 리즈는 곁눈질로 보았다.

"전하, 전하! 기다려 주십시오. 어디 가십니까?"

리즈를 따라잡은 그란츠 병사들이 말을 몰아 다가왔다.

"전하, 왜 그러십니까?"

부하가 물어도 리즈는 대답하지 않았다.

그저 말없이 전방의 숲을 바라보았다. 그리고 입구 부근에

도착하자 말에서 내렸다.

"전하, 위험합니다. 돌아가시죠."

뒤에서 제지하는 목소리가 들렸지만 리즈는 묵묵히 안쪽으로 나아갔다.

똑바로 앞만을 바라보며 무언가에 이끌린 듯이 발걸음을 옮겼다.

깊지 않은 숲이었다.

반대편의 빛이 보일 만큼 나무들도 듬성듬성하여 걷기 편했다.

잡초가 우거진 지면을 밟으며 나아간 리즈는 이윽고 걸음을 멈췄다.

조금 전까지 자연의 향기를 만끽할 수 있었는데, 이 앞은 바람이 잘 순환되지 않는지 피비린내가 진동했다. 그도 그럴 것이 많은 시체가 지면에 나뒹굴고 있었다.

숨이 붙어 있는 자는 한 명도 없었다.

"저, 전하…… 이곳은……."

뒤쫓아 온 호위병들의 갑옷 소리가 정적을 깼다.

부러진 도검, 나무에 박힌 도끼가 눈에 들어왔다. 얼마나 밟혔는지 피에 젖은 잡초가 땅에 파묻혀 있었다. 발바닥에서 전해지는 섬뜩한 소리는 진흙일까, 아니면 피가 스며들어서 나는 소리일까.

다만 장절한 싸움이 있었던 것은 틀림없었다.

본전장에서 떨어진, 역사에도 남지 않을 이름 없는 전장.

누구도 신경 쓰지 않을 싸움이 있었을 것이다.

단 한 사람이 도망칠 시간을 벌기 위해 수적 열세에도 물러서지 않은 용감한 전사들이 사라진 장소였다.

"……."

리즈는 지면에 쓰러진 시신을 향해 묵도를 올렸지만 그중에 낯익은 얼굴은 없었다.

허나 희미한 기대를 품을 새는 없었다. 서버러스의 슬픈 울음소리가 들렸기 때문이다.

이 숲에서 유일하게 석양빛을 받는 나무가 있었다.

그 나무줄기에 기댄 노병— 그의 팔을 백랑이 코로 건드리고 있었다.

리즈는 조용히 걷기 시작했다.

마치 잠을 방해하지 않으려는 것처럼 소리 내지 않고 다가갔다.

"……나 있지, 트리스한테 하고 싶은 말이 잔뜩 있었어."

리즈는 지면에 두 무릎을 꿇고 노병의 얼굴을 들여다보았다.

"하지만……."

노병의 뺨을 향해 양손을 뻗은 리즈는 눈물을 참으며 미소를 지었다.

"이런 얼굴을 하고 있으면 아무 말도 할 수 없잖아……."

숨을 거둔 트리스는 만족스럽게 웃고 있었다.

제국력 1026년 6월 29일.

슈타이센 공화국, 가르자 궁전.

별이 가득한 하늘 아래로 차가운 바람이 불었다.

밝은 하늘과는 달리 지상에 펼쳐진 거리는 어둠에 잠겨 있었다.

예전에는 대장간 도시로 번성했던 가르자이지만 지금은 박해와 강제 징병으로 인적이 사라지고 인구도 현저히 줄어든 상태였다.

그렇게 쇠퇴 일로를 걷는 도시에서 대량의 불이 밝혀진 곳이 있었다.

가르자의 영주, 우트가르데가 사는 궁전이었다.

하지만 우트가르데는 요툰헤임파와 결판을 내기 위해 전장에 나가 있어 현재 부재중이었다. 주인 없는 궁전을 지키고 있는 것은 각지에서 모인 유력자들이었다.

정적에 휩싸인 거리와 달리 궁전은 떠들썩했다.

연회라도 열고 있는지 쾌활한 노래 소리가 바깥까지 들려왔다.

순회하던 소인족 병사가 원망스럽게 궁전을 바라보고는 다시 경비를 위해 돌아갔다.

그런 궁전의 한 방에 바움 소국의 국왕— 히로가 있었다.

"소란스럽네."

히로는 침대 위에서 하품을 참으며 복도에서 들려오는 소음을 듣고 있었다.

짜증스럽게 귀를 매만지고서 히로는 다시 눈앞의 인물에게 시선을 보냈다.

험상궂게 생긴 남자— 무닌이 히로에게 머리를 숙이고 있었다.

"폐하, 니다벨리르가 졌다고 합니다."

의외성은 없었다. 개전하기 전부터 이렇게 될 줄 알았다.

그것을 모르는 니다벨리르파의 유력자들은 앞으로 전쟁터가 될 가르자로 피난을 왔다. 심지어 영주 우트가르데가 없는 틈을 타 멋대로 연회를 열고 대량의 식량을 쓸데없이 낭비했다. 오늘도 또 연회를 연 것을 보면 아직 그들은 패전 소식을 듣지 못한 듯했다.

"우트가르데는 어떻게 됐어?"

"밀정의 보고에 의하면 잘 도망친 것 같습니다. 하지만 오른팔이었던 고르모 장군을 비롯해 이번 싸움에 동행했던 참모들은 모조리 희생된 모양입니다. 이건 사흘 전의 보고이니, 붙잡히지 않았다면 슬슬 돌아올 겁니다."

무능한 자가 살아남고 유능한 자들이 대신 전장에서 사라진 듯했다.

흔한 이야기지만 들어서 기분 좋은 이야기는 아니었다.

"근데 고르모 장군이란 녀석도 가혹한 짓을 하는구나."

우트가르데는 농성하더라도 도시를 지켜 낼 수 없을 것이다.

심지어 궁전의 비축 식량을 기생충들이 갉아먹어서 장기 농성은 불가능에 가까웠다.

그 밖에도 병사들이 불만을 품고 경비 중이었다. 당연히 사기는 낮았고, 불평을 입에 담고 있는 현재 상황에서는 여차하면 우트가르데를 요툰헤임에 주저 없이 넘길 것이다. 이미 내부부터 붕괴되고 있으니 가르자의 높은 벽으로도 요툰헤임군의 침공을 막을 수는 없었다.

"니다벨리르는 끝난 것 같네."

그렇다면 히로가 이곳에 더 체재할 이유는 없었다.

우트가르데를 만난 다음에 목적을 달성하고 바움 소국으로 귀환하기만 하면 된다.

"그리고, 소식이 하나 더 있는데……."

무닌은 말하기 어려운지 우물쭈물했다.

망설이는 그를 의아하게 여기며 히로는 멍석을 깔아 주기로 했다.

"무슨 소식인데 그래?"

"트, 트리스 영감님이…… 전사한 모양입니다."

순간, 숨이 막혔다.

"……"

히로는 커다란 충격에 아무 말도 할 수가 없었다.

복잡하게 뒤엉킨 감정이 팽창하고, 그러면서 무언가가 몸속에서 소리를 내며 무너졌다.

이윽고 그 말뜻을 이해하자 억누를 수 없는 감정이 분출되었다.

"거짓말!"

히로의 시야를 가로지른 그림자가 그렇게 외치며 무닌에게 달려들었다.

"거짓말이야! 트리스 영감님이 죽었다고? 그럴 리가…… 잘못 안 거겠지!"

후긴이었다. 그녀는 다른 일을 보고하기 위해 무닌보다 한 발 먼저 히로를 찾아와 있었다.

그녀의 얼굴은 극한의 땅에 던져진 것처럼 창백했고, 충혈된 눈은 믿을 수 없다며 크게 뜨여 있었다.

"그, 그분이 죽을 리가 없잖아. 오빠도 트리스 영감님이 얼마나 강한지 알잖아?"

무닌의 어깨를 잡은 후긴의 손은 동요를 감추지 못하고 떨리고 있었다.

귀기가 감도는 후긴에게서 도망치듯 무닌은 바닥으로 시선을 돌렸다.

"알아. 그래서 나도 몇 번이나 확인했어. 하지만, 사실이야……."

"그, 그럴 수가…… 트리스 영감님이…… 죽다니…… 거짓말……."

긴장이 풀린 것처럼 온몸에서 힘이 쭉 빠진 후긴은 바닥에 이마를 대고 흘러넘치는 오열을 참으며 어깨를 떨었다. 그런 그녀의 머리에 손을 얹은 루카가 다정하게 쓰다듬었다.

히로는 천장을 올려다보고 그대로 침대에 앉았다.

"그런가…… 죽었나."

완고했다. 하지만 엄격해도 자상한 사람이었다.

젊은 병사들 사이에 섞여서 자주 훈련했던 것이 기억났다.

"원래는 장군이 될 수 있는 사람이었어……."

그가 남긴 공적은 셀 수 없을 정도다.

그것이 겉으로 나타나지 않은 것은 리즈의 부하였으니까—
그게 다였다.

리즈가 어릴 때부터 소외당했던 것은 주지의 사실이다.

『염제』의 총애를 받게 된 뒤로 그것은 더욱 현저해졌다. 위기감을 느낀 적대 파벌의 모략으로 좌천당하고 함정에 빠지며 수없이 생명의 위험에 노출되었다. 직속 부하였던 트리스도 예외는 아니었다. 그래도 그는 리즈를 배신하지 않고 계속 섬겼다.

"그런가…… 트리스 씨가 전사했나……."

언제 한번 리즈에게서 어릴 적 이야기를 들은 적이 있다.

엄마를 잃은 뒤로 리즈는 언제나 혼자 놀았다고 한다.

그런 그녀에게 손을 내민 것이 디오스였고, 그의 상관이었던 트리스였다.

그들은 귀족들의 눈 밖에 나는 것도 서슴지 않고, 출셋길이 막힐 것을 알면서도 그녀에게 검을— 살아갈 방법을 가르쳤다.

'그날…… 만나러 오셨던 건가요?'

창문으로 시선을 보내자 어둠의 장막에 뒤덮인 하늘에 뜬 보름달이 보였다.

'뭔가를 전하러 오셨던 건가요……?'

답은 알 수 없다. 고인의 마음은 누구도 알 수 없는 법이다. 그것은 히로가 가장 잘 알고 있었다.

'트리스 씨…… 화내고 계신가요? 슬퍼하고 계신가요……? 아니면, 웃고 계신가요?'

히로는 창문을 향해 딱 한 번 머리를 숙인 후, 가면 위치를 조정하고 침대에서 일어났다.

"……끝내자."

단 한마디를 했을 뿐인데 공기의 질이 바뀌었다.

변질이라기보다는 변모— 히로가 내뿜은 살의에 공간이 강제로 일그러졌다.

꺼림칙한 어둠이 방 안에 퍼지는 것을 느끼고 모든 시선이 히로에게 향했다.

"……폐하?"

무닌이 무심코 불렀지만 히로는 반응하지 않고 그저 천장을 보았다.

얼마나 시간이 지났을까. 영원하게 느껴지던 정적 속에서 히로가 바닥을 밟아 소리를 냈다.

"……비가 내리고 있어."

불쑥 중얼거린 히로의 목소리에 반응하여 무닌이 창밖을 보았지만, 별들이 수놓인 밤하늘은 고요했다.

"……비, 말입니까?"

말뜻을 헤아리지 못한 무닌이 곤혹스러워하는 동안에도 히로는 문을 향해 걸어갔다.

"그날부터— 태양은 줄곧 숨은 채야."

벌컥 문을 열자 니다벨리르 병사가 놀란 표정으로 달려왔다.

"흑진왕 폐하, 뭐하시는 겁니까? 방에서 나오실 때는 토르킬 님에게 허가를 받으셔야 합니다."

제지하는 니다벨리르 병사 두 명에게 히로는 엄연한 시선을 보냈다.

"방해돼."

히로는 흑도를 뽑아 주저 없이 두 사람의 목을 쳤다.

순식간에 벌어진 일이었다. 니다벨리르 병사들은 무슨 일을 당했는지도 모른 채 목이 잘리고 말았다. 이어서 묵직한 소리가 요란하게 복도에 울렸다. 니다벨리르 병사들의 몸이 피를 내뿜으며 쓰러진 것이다. 복도에 깔린 빨간 융단에 검은 얼룩이 퍼져나갔다. 그것을 힐끗 본 무닌과 후긴이 히로 뒤에서 한쪽 무릎을 꿇었다.

"폐하…… 분부를 내려 주십시오."

무닌이 뒤에서 말하자 히로는 주위의 기척을 살피며 입을 열었다.

"계획을 시작한다— 그렇게 모두에게 전해 줘."

"존명."

대답한 무닌은 소리도 없이 사라졌다.

"후긴, 너에게는 거리에 잠복한 자들의 지휘를 맡길게."

빨갛게 부은 눈으로 올려다보는 후긴에게 고한 히로는 그녀의 머리를 쓰다듬어 주었다.

"부탁해."

"예!"

깊이 머리를 숙인 후긴도 오빠처럼 모습을 감췄다.

그러는 동안 루카가 히로 뒤에 바싹 다가와 있었다.

"저는 뭘 하면 되죠?"

"알현실로 가자."

귓가에 속삭인 루카의 말에 조소를 띤 히로는 나뒹구는 시체를 밟고 걷기 시작했다.

소리를 들었는지 니다벨리르 병사들이 히로의 앞뒤에서 다가왔다.

그 수는 여섯. 중간에 낀 히로는 앞을 보았고, 그 등을 지키듯 루카가 몸을 돌렸다.

"깨어날 시간이야—『명제^{다인슬라이프}』."

어둠보다도 농밀한 암흑이 복도를 침식하기 시작했다.

공기가, 공간이, 세계가— 쪼개졌다. 찢어졌다. 부서졌다.

한없이 깊고 한없이 어두운 암흑이, 진흙에서 거품이 이는 것처럼 흘러넘쳤다.

변모를 이룬 어둠이 세계를 집어삼키고 절망과 갈망을 낳았다.

그 광경에 놀란 니다벨리르 병사들의 발이 멈췄다.

"뭐, 뭐 하자는 것이오?! 흑진왕, 미치셨소?!"

"연주가 시작됐어."

히로는 검지를 입가에 대고 귀를 기울였다.

"입 닥치고 들어. 이건 트리스 씨에게 바치는 진혼가야."

히로는 가면 안쪽에서 뱀처럼 눈을 가늘게 좁혔다.

*****

오늘 밤은 만월이었다.

장엄하고 정숙하며 소녀처럼 청초한 빛이 대지를 비추고 있었다.

그 운치를 쩌렁쩌렁한 말굽 소리가 찢어발겼고, 삼엄한 갑주 소리가 밤공기를 갈랐다.

"몇 명 남았지?!"

전력으로 말을 달리는 남자는 요툰헤임파와의 결전에서 패배하고 간신히 목숨만 건져 전장에서 도망친 니다벨리르파의 대표, 우트가르데였다.

"세 명 남았습니다! 다른 자들은 쫓아오지 못했습니다!"

"제기랄! 이렇게 비참한 꼴이 된 것도 전부 고르모 장군 탓이야!"

우트가르데는 말의 속도를 늦추고 호흡을 가다듬으며 욕을 내뱉었다.

"하아, 젠장! 고르모 장군의 영지는 태워 버리겠어. 가족도 패전 책임으로 처형이야!"

"기다려 주십시오. 고르모 장군님은 우트가르데 님이 도망치실 수 있게 전장에 남았습니다. 충의를 보인 장군의 가족에게 책임을 지우는 것은 너무 가혹한—."

"닥쳐!"

눈동자에 분노의 색을 담은 우트가르데는 쓴소리를 한 측
근을 그대로 베어 버렸다.

주인을 잃은 말이 소리 높여 울며 어둠 속으로 도망쳤다.

사라지는 말의 뒷모습을 콧방귀를 뀌며 지켜본 우트가르데
는 남은 두 병사에게로 눈을 돌렸다.

"너희도 나한테 설교할 건가?"

"아, 아닙니다…… 저희는 그런 송구스러운 일을 조금도 생
각하지 않습니다."

"그럼 됐다. 재미없는 소리를 하면 너희도 베어 버리겠어."

우트가르데는 검을 휘둘러 피를 털고 칼집에 넣었다. 그리
고서 말없이 팔을 내밀어 병사에게 물을 요구했다. 병사가 허
둥지둥 물통을 건네자 우트가르데는 단숨에 들이켰다.

"아아, 미지근하지만 맛있군. 정말이지, 왜 내가 이런 봉변
을 당해야 하는 거야."

"다시 일어날 수 있습니다. 인근 유력자들은 건재하므로 그
들의 영지에서 병사를 모으면 될 겁니다. 이쪽에는 흑진왕이
있으니 녀석을 이용하면 여러 나라에서 금전도 모이겠지요."

달빛이 비추는 성벽을 바라본 우트가르데는 웃으며 고개를
끄덕였다.

"녀석을 실컷 이용해야지. 우선은 농성으로 시간을 벌면서
귀족 제후들을 분기시키고, 그런 다음 도적들에게 돈을 줘서

요툰헤임파에 붙은 의원들의 영지를 불태우는 거야. 어느 쪽에 붙는 게 이득인지 가르쳐 줄 필요가 있어."

시간만 벌면 문제없다.

잃어버린 돈도 초대 황제의 목걸이와 흑진왕이라는 달콤한 꿀이 다시 벌어다 줄 것이다.

"후후, 아직 하늘은 날 버리지 않았어. 난공불락의 도시에서 구경하고 있으면 문제는 저절로 해결돼."

가르자의 높은 성벽을 황홀하게 바라보며 우트가르데는 문으로 다가갔다.

하지만 곧장 이변을 깨닫고 말을 멈췄다.

"응? 왜 문이 열려 있지?"

"이상하군요. 경비병도 없는 것 같습니다."

"누가 모습을 살펴— 웃?!"

갑작스러웠다. 말이 크게 요동치자 우트가르데는 땅으로 내동댕이쳐졌다.

"으윽?! 뭐, 뭐야?"

낙마했지만 깜짝 놀랄 새도 없었다. 일어선 말이 그를 향해 쓰러지는 것을 알아차렸기 때문이다. 정신이 하나도 없었지만 순간적으로 옆으로 도망쳐서 말에 깔리는 일은 피할 수 있었다.

"갑자기 이게 무슨……."

무슨 일이 벌어졌는지 확인할 시간도 주어지지 않았다. 뒤에서 큰 소리가 연거푸 났기 때문이다.

"……네놈들은 뭐냐."

돌아보니 수많은 타종족이 서 있었다. 검, 창, 도끼…… 개중에는 허름한 차림으로 괭이를 든 자까지 있었다. 그들은 짐승처럼 형형히 눈을 빛내며 우트가르데를 노려보고 있었다. 그 발밑에는 신음 한 번 내지 못하고 무참한 모습이 된 병사 두 명이 쓰러져 있었다.

"이 녀석은 신분이 높아 보이는데? 무엇보다 소인족이잖아. 죽여 버려!"

그들은 우렁차게 외치며 달려들었다.

"천한 것들이 이게 무슨 짓이냐!"

이해할 수 없는 상황이었지만 생명의 위험을 느낀 우트가르데는 재빨리 검을 뽑아 한 명을 찔렀다. 이어서 다른 사람의 팔을 베자 우트가르데의 검술에 놀란 불한당들이 거리를 벌렸다.

"이, 이 자식!"

"농민 따위가 날 이길 수 있을 줄 알았나!"

주위에 검을 휘둘러 협박하니 무리가 겁을 먹었고, 그 틈을 타 우트가르데는 문 안으로 도망쳤다. 우트가르데는 뒤에서 아우성치는 자들을 비웃었지만 곧 얼굴을 굳혔다.

"대체 무슨 일이 일어난 거야."

웬일로 거리에 사람이 넘쳐 났다. 하지만 그것은 이상한 광경이었다. 다들 피 묻은 도검을 들고서 거리를 활보하고 있었다. 사람들은 술병과 식량을 손에 들고 보석 종류를 몸에 걸치고 있었다.

그들의 시선이 횃불과 함께 우트가르데에게 향했다.

"오! 화려한 병정이 살아남아 있군."

우트가르데는 새파란 얼굴로 불빛을 받은 자신의 황금 갑옷을 내려다보았다.

"우리한테서 뺏은 돈으로 아주 좋은 물건을 만들었네? 응?"

증오에 찬 시선이 심장을 꿰뚫었다. 우트가르데는 자신을 에워싸는 민중을 향해 검을 휘둘렀지만 그들은 배짱이 두둑한지 주춤하지 않았다.

"궁전 녀석들은 뭘 하고 있는 거야……! 왜 이런 상황이……."

"하! 녀석들은 눈치채지도 못했어. 평소처럼 밤낮으로 연회를 즐기는 중이니까."

"연회라고— 컥?!"

궁전을 올려다본 우트가르데의 뺨에 충격이 가해졌다. 다가온 민중에게 얻어맞은 것이다.

우트가르데가 지면에 쓰러져 신음하자 발차기가 안면을 직격했다.

"그래! 네놈들이 우리한테서 뺏은 걸로 말이야!"

"그, 그만! 네놈들, 내가 누군지 알고— 억?!"

꼬리에 꼬리를 물고 이어지는 폭력에 우트가르데는 팔을 들어 필사적으로 몸을 보호했지만 몰매 앞에서는 아무런 의미도 없었다.

*****

가르자 궁전.

알현실에서는 거리의 이변을 눈치채지 못한 채 연회가 열리고 있었다.

다들 포도주가 그득한 은잔을 들었고, 그 팔을 정부의 목에 감고 있었다. 반대쪽 팔은 또 다른 정부의 허리에 가 있었다.

그들의 얼굴은 하나같이 빨갰고 동작은 둔했으며, 술에 취해 향락에 빠져 있었다.

"그러고 보니 팔라리스 의원님…… 또 새로운 인질^{노예}을 손에 넣으셨다던데……?"

"그래. 이전 것은 못 버티고 망가져 버렸으니까. 지금은 페릴로스 의원의 가족이 내 저택에서 인질^{노예}로 지내고 있지. 뭐, 아들 말고는 노예 상인에게 팔아넘겼지만."

"전쟁터에서 돌아와도 아들밖에 없는 건가요. 그것참, 너무하십니다."

"오히려 감동해서 기뻐하겠지. 적자는 무사하니 말이야."

그런 대화가 도처에서 되풀이되었다. 인질이 된 집안의 자녀들을 한곳에 모아 그 자리에서 매매하는 자까지 있었다. 새로운 장난감을 얻고 기뻐하며 고문을 가하는 자, 맛을 본다면서 구석으로 데려가는 자도 있었다. 취한 자들은 가감을 몰랐다. 내일 아침에는 시체 몇몇이 알현실에서 나오리라.

하지만 그것을 타박하는 자는 없었다. 영주 우트가르데가 자리를 비운 동안 궁전을 맡은 토르킬도 교성과 비명이 뒤섞인 공간을 기분 좋게 느끼고 있었기 때문이다.

"누군가가 부패라는 말을 꺼내도 마음 상하는 자는 아무도 없어. 왜냐하면 이것이 정점에 선 자들에게 허락된 특권이니까."

강자가 웃고 약자는 희롱당한다. 그것이 자연의 섭리였고, 이것은 당연한 광경이었다.

같은 입장이 되고 싶으면 늘 이기는 편에 서 있어야 했다.

"팔라리스 의원님, 전에 드린 말씀을 잊지 마시길."

토르킬이 귓가에 속삭이자 그는 기분 좋은 얼굴로 느긋하게 고개를 끄덕였다.

"이런 연회를 열어 주었으니 말이지. 우트가르데 님께서 개선하시는 날, 그대를 원로원에 맞아들이자고 반드시 진언하겠네."

"그렇게 말씀해 주시니 안심입니다. 답례로 나중에 튼튼한 인질을 드리겠습니다."

"크큭, 기대하겠네. 그건 그렇고 그대도 걱정이 많군."

어이없어하며 어깨를 으쓱인 팔라리스 의원이 토르킬을 올려다보았다.

"내가 한 번이라도 약속을 어긴— 윽?!"

"응?"

뜨뜻미지근한 액체가 얼굴에 튀자 토르킬은 멍하니 자신의 얼굴을 만졌다.

"뭐⋯⋯야?"

빨갛게 물든 손을 본 후, 뇌척수액을 흩뿌린 팔라리스 의원을 내려다보았다.

그 순간 시야가 모래 먼지에 뒤덮였고— 주위에서 비명이 메아리쳤다.

식기가 깨지는 소리가 울려 퍼졌다.

식자재가 짓밟히는 소리, 고통스러워하는 목소리가 알현실에 울려 퍼졌다.

"제, 젠장! 위병! 아무도 없나?!"

토르킬은 외침과 동시에 바닥에 엎드렸다. 그러자 뭔가가 머리 위를 빠르게 지나갔다.

모래 먼지 때문에 아무것도 보이지 않았다. 하지만 소리만은 선명하게 들렸다. 혼란에 빠진 자들이 주위에서 허둥지둥 돌아다녔고, 유독 비명만 크게 들리는 것이 불안을 조장했다.

"일단 이 모래 먼지를 어떻게든 해야 해……."

토르킬은 결심하고 일어나 알현실의 구조를 머릿속에 그리며 달리기 시작했다.

목적은 발코니로 나가는 커다란 창문— 그것을 열면 시야는 확보할 수 있을 터다.

토르킬은 발바닥으로 느껴지는 섬뜩한 감촉을 밟고, 때로는 눈앞에 나타난 인물을 밀치며 나아갔다. 속도를 늦추지 않고 일직선으로 달려 창문에 몸을 부딪쳤다. 쌍여닫이 창문은 요란하게 열렸지만 충격으로 유리가 깨졌다. 몸을 가누지 못한 토르킬은 발코니 위를 굴렀다.

"어떻게 됐지……?"

내부에 시선을 집중하니 모래 먼지가 천장 부근에서 소용돌이치며 밖으로 빨려 나가는 것이 보였다. 동시에 바닥에 쏟아진 포도주의 향긋한 내음과 바닥 일면을 가득 채운 비릿한 피 냄새가 섞여 구역질 나는 악취가 코를 자극했다.

그리고—.

"······네놈, 여기서 뭐하는 거지?"

시야가 완전히 양호해지자 토르킬은 놀라움이 섞인 목소리를 내뱉었다.

알현실에는 수많은 시체— 유력자들이 절망에 물든 표정으로 쓰러져 있었다.

그 중앙에 마치 밤을 구현한 듯한 칠흑색 칼을 들고, 처참한 현장 속에서도 더러움을 모르는 순백색 외투를 나부끼는 남자가 서 있었다.

토르킬은 한밤중에도 계속 태양이 떠 있는 것 같은 인상을 품고 말았다.

"백야왕(白夜王)······."

그것은 공교롭게도 그의 이름과 정반대의 의미를 이루었다.

토르킬의 눈에 새겨진 것은 알현실의 중앙, 시체 위에 선 한 남자.

—살점이 흩어진 피바다에 군림하는 『왕』의 모습이었다.

"흑진왕, 네놈! 여기서 뭐하는 거냐?!"

토르킬이 고함치자 돌아온 것은 실소였다.

흑진왕은 과장되게 어깨를 들썩이고 양팔을 벌렸다.

"나도 연회에 끼워 달라고 할 생각이었지만……."

흑진왕이 주위를 둘러보자 토르킬도 실내의 모습을 확인했다.

살아남은 유력자들이 눈물과 콧물 범벅이 된 한심한 모습으로 그늘에 숨어 있었다.

그런 그들의 모습을 본 흑진왕은 이 자리에 어울리지 않을 만큼 상냥하게 미소를 지었다.

하지만 그 안쪽에 섬뜩한 것을 감추고 있는 듯한 소름 끼치는 기운을 풍기고 있었다.

"나라가 추하니 연회도 추해. 이런 꼴이어서야 참가할 수 없겠어."

"웃기지 마라! 네놈이 한 짓이잖아!"

캐물을 필요도 없었다. 베여 죽은 시체, 침착한 흑진왕의 태도를 보면 일목요연했다. 화를 터뜨린 토르킬은 나뒹구는 사과를 짓밟고 허리에서 검을 뽑았다.

"왜 화내는 거지? 자랑스러운 연회가 더럽고 지저분해서 화내는 건가?"

흑진왕은 물어보는 어조로 말했지만 내용은 틀림없이 도발이었다.

"우리 동포를 무도한 수단으로 죽이고서 그렇게 말하다니…… 아주 미친 것 같군."

토르킬은 바닥에 발을 붙이고 미끄러지듯 흑진왕과 거리를 좁혔다.

매끄러운 발놀림은 상대방에게 위화감을 주지 않을 정도였고, 그 조용한 동작은 훌륭했다.

"자신들이 한 짓은 나 몰라라 하는 건가. 너희야말로 타종족 인질을 어떻게 했지? 같은 소인족 인질에게 무슨 짓을 했지?"

흑진왕은 품에서 종이 한 장을 꺼내 읽기 시작했다.

선량군이 무엇을 했는지, 이 나라에서 자신들의 권력을 유지하기 위해 얼마나 많은 희생을 낳았는지, 동족 배척, 타종족 박해, 노예 매매…… 그들의 죄가 차례차례 열거되었다.

"닥쳐! 네놈이 뭘 알아?!"

짜증스럽게 흑진왕을 노려본 토르킬은 입에 거품을 물고 쏘아붙였다.

"너는 우리나라에 관해 아무것도 몰라! 이 나라에서는 선량군이 바로 법이다! 하지만 네놈은 타국의 인간이지. 이런 짓을 벌이면 다른 나라들이 가만있지 않을 것이다! 어떻게 될지 알고 있을 텐데? 너희 같은 소국 따위 순식간에 소멸할 거다!"

그에 대한 대답은 냉담한 미소였다. 흑진왕의 얼굴에 어두운 감정이 스쳤다.

"유감스럽게도 그 희망은 들어줄 수 없어. 결국 이렇게 될 운명이었으니까. 민중의 손에 심판받아 집이 불타고 일족은 살해당했겠지. 나는 그것을 앞당겼을 뿐이야."

맞물리는 것 같지만 맞물리지 않는 대답에 토르킬이 의아한 표정을 지었다.

흑진왕은 그런 그를 비웃고서 귀에 손을 대고 가면 안쪽에 가라앉은 두 눈을 감았다.

"안 들리나? 너희에게 다가오는—."

그때 커다란 폭음이 울렸다.

공기를 뒤흔드는 강렬한 폭발— 하지만 그것은 내부에서 난 소리가 아니었다.

"붕괴하는 니다벨리르의 발소리야."

한 번, 두 번, 세 번, 네 번. 폭발음은 수그러들 기미를 보이지 않았다.

토르킬은 무심코 뒤돌았다. 자신이 열어젖힌 창문을 지나 발코니로 뛰쳐나갔다.

숨어 있던 유력자들도 무슨 일이 일어났는지 확인하기 위해 발코니로 쇄도했다.

—거리가 불타고 있었다.

어둠에 잠겨 있던 거리는 방대한 빛을 내며 한 번뿐인 화려한 불길을 뿜어내고 있었다.

발코니에서 낭패감을 드러내며 혼란스러워하는 소인족의 등을 향해 흑진왕은 조소의 말을 던졌다.

"강제 징병에서 도망친 자들의 무장봉기. 아무도 내가 한 짓이라고는 생각하지 않겠지. 자업자득이니까."

그렇게 말하며 걸음을 옮긴 흑진왕— 히로는 옥좌에 도달하자 발을 멈췄다.

"자신이 초래한 업화의 불길에 몸을 태우도록 해."

히로는 주저하지 않고 옥좌에 앉았다. 그 시선은 입구에 선 여성에게 향해 있었다.

"루카, 남은 자들을 죽여."

유력자들에게도 그 말이 들렸는지 발코니에 몰려들었던 자들이 흠칫 놀란 얼굴로 돌아보았다.

하지만 발코니에서 나가기도 전에 루카가 창문에 도달하여 엄청난 힘으로 『금강저』를 휘둘렀다. 후방에 있던 불쌍한 유력자 다섯 명에게 강렬한 타격이 가해졌다.

공기를 도려내고 살이 파열되는 소리가 울려 퍼졌다.

그리고 비명이 멀어졌다. 폭풍을 버티지 못하고 그중 몇 명이 발코니에서 떨어져 버린 듯했다.

『금강저』의 기세에 몸이 끌려갔던 루카는 발을 바닥에 단단히 붙이고서 무시무시한 완력으로 무기를 되돌렸다. 갑절로 늘어난 파괴력이 다시 유력자들에게 집중되었다.

비명인지 신음인지 알 수 없는 절규가 알현실을 가득 채우고 곧장 하늘로 올라갔다.

루카는 마지막으로 『금강저』를 머리 위로 치켜들고 열렬한 일격을 발코니에 내리쳤다.

"아? 어?"

균열이 생긴 발코니를 바라보며 유력자들은 입가를 실룩였다. 공포로 정신이 망가졌는지 헛웃음 같기도 한 복잡한 표정을 지었다. 그런 그들에게 루카는 화사하게 웃어 보였다.

"죽어."

동시에 발판이 붕괴되었고, 유력자들은 지상을 지배하는 어둠 속으로 사라졌다.

"음……?"

고개를 갸웃한 루카가 창문과 하늘의 경계선으로 다가가 지상을 바라보았다.

필사적인 형상으로 창틀을 붙잡은 토르킬이 있었다. 바람을 맞아 당장에라도 떨어질 것 같았으나, 희색을 띤 루카를 본 토르킬의 얼굴은 울 것처럼 일그러졌다. 떨어뜨릴 것이라고 생각했겠지만 루카는 『금강저』를 놓고 그의 손목을 잡아서 끌어 올렸다.

"장난감이 살아 있었어요."

그녀는 그대로 토르킬을 바닥에 내동댕이쳤다. 토르킬이 폐에 모인 산소를 내뱉으며 격통에 허덕였지만, 루카는 콩주머니처럼 가볍게 그를 던졌다.

"아, 윽! 으억?!"

몇 번이고 바닥에 머리를 부딪치며 그는 옥좌 앞까지 굴러 갔다.

루카가 바닥을 울리며 다가와 격통에 몸부림치는 토르킬의 발을 잡았다.

"힉, 히익?!"

무표정으로 내려다보는 루카를 보고 무슨 감상을 품었는지는 토르킬의 얼굴이 이야기하고 있었다. 그는 도망치려는 것처럼 힘껏 팔을 뻗었다. 아픔마저 잊게 되는 죽음의 공포, 그는 눈물이 맺힌 얼굴로 히로의 다리에 매달렸다.

"사, 살려줘……."

"널 살릴 가치가 있다면 생각해 보지."

"뭐……."

"등가 교환이야. 지금 네가 필사적으로 붙들려고 하는 그 목숨, 그에 상응하는 것을 제시해."

"사, 살려 준다면 무사히 이 나라에서 나갈 수 있게 도와주겠어! 이런 소동이 일어났으니 금방 궁전의 위병들이 오겠지. 너희가 무사히 도망칠 수 있게 그들을 설득해 주겠어!"

"……밖을 봐. 거리가 불타는 게 보여? 이런 상황에서 야단법석을 떨던 녀석들을 구하러 위병들이 올 것 같아?"

"그, 그건…… 그, 그렇다면! 재물을 주겠어! 우트가르데 님이 모은 재물이 어디 있는지 알려 주마! 굉장하다고! 도시 한두 개는 살 수 있을 만한 재물이 있어!"

"아쉽지만 그건 이제 없어."

"뭐?"

망연해하는 토르킬을 보며 히로는 모멸을 담아 실소를 흘렸다.

"무장봉기시키려면 금전이 필요했거든."

실은 나중을 생각해서 우트가르데의 재물 일부는 보물 창고로 옮겼다.

'승리한 자들에게 돌아갈 전리품— 도움이 되기를……'

하지만 그 사실을 토르킬에게 전할 필요는 없었다.

"원래 너희가 뺏은 것이니 민중에게 돌려줬다고도 할 수 있겠지."

히로는 다리에 매달린 토르킬의 얼굴을 차올렸다.

"으윽?!"

토르킬의 코뼈가 부러지며 피가 터져 나왔다. 격통에 얼굴을 부여잡고 신음하던 토르킬은 루카가 자신을 질질 끌고 있음을 깨닫고 필사적인 형상으로 바닥에 손톱을 박았다.

하지만 그 정도로 멈출 리가 없었다. 빠진 손톱을 남기고 가느다란 핏자국 열 개를 바닥에 그리며 토르킬은 멀어졌다.

"뭐든 하겠다! 마음을 고쳐먹겠어! 앞으로는 백성을 제일로—."

하지만 토르킬은 말을 끝맺지 못했다.

히로가 냉엄한 무표정으로 토르킬을 흘겨보았기 때문이다.

"……참회하며 심연에 삼켜지도록 해."

"아, 아…… 시, 싫어. 죽고 싶지 않아…… 죽고 싶지—."

달빛도 거리의 불빛도 닿지 않는 어둠 속으로 토르킬이 사라졌다.

"아, 안 돼, 익?! 으아아아아! 히익!"

뼈가 부러지는 소리, 귀에 거슬리는 비명이 메아리치고, 살이 터지는 섬뜩한 소리가 귀를 훑고 지나갔다. 거기에 여성의 웃음소리가 섞였다. 즐겁게 요리하는 주부처럼 콧노래를 흥얼거렸다.

"거기 숨어 있는 소인족, 나와."

토르킬이 사라진 반대편 어둠으로 눈을 돌린 히로가 말했다.

대답은 없었지만 공포에 찬 기척이 떨리는 것이 느껴졌다.

"안 나오면 죽이겠어."

살의를 담아 고하자 젊은 여성 몇 명과 중년의 소인족이 나왔다.

인상을 쓴 히로는 옥좌까지 다가오라고 손가락으로 그들에게 지시했다.

가까이서 보니 여성들은 지저분한 마대 같은 것을 입고 있었고, 중년 소인족은 보석으로 몸을 치장한 전형적인 귀족이었다.

"대가족이네. 아빠와 딸들인가?"

그럴 리가 없지만, 히로가 묻자 중년 소인족이 격렬하게 고개를 끄덕였다.

반면 여성들은 고개를 푹 숙였다. 그 태도만으로도 어느 정도 사정은 헤아릴 수 있었다.

"그런가……."

대규모 연회였다. 창부를 부르는 귀족도 있었겠지만 그녀들은 아무래도 다른 것 같았다.

화장을 하지 않았고, 세련되지 못한 소박한 인상을 주는 아가씨들이었다. 아마 어딘가에서 잡혀 왔을 것이다. 동족조차 이렇게 취급하다니, 더더욱 구제할 길이 없을 만큼 썩어 빠졌다.

히로는 중년 소인족을 손짓하여 불렀고, 그가 다가오자 목을 움켜잡아서 들어 올렸다.

"커억?!"

"넌 살려 줄게."

그렇게 말하자 고통 속에서 소인족의 눈이 희망으로 반짝였다.

"단, 조건이 있어. 이 소란을 듣고 위병들이 올 거야. 그자들을 붙들고 가능하면 경비라는 명목으로 성 밖으로 쫓아내 주겠어?"

소인족은 고개를 끄덕였으나 히로는 힘을 줘서 그의 목을 꺾었다.

"미안. 거짓말이야."

손을 놓자 그는 실이 끊어진 인형처럼 바닥에 무너졌다. 여성들이 작게 비명을 질렀지만 히로가 그녀들을 쳐다보자 입을 막고 조용해졌다.

"봉기한 군중이 집중된 곳은 북문 부근이야."

귀족들의 저택이 모여 있는 장소였다. 그곳에서는 약탈이 자행되고 있을 것이다. 그런 장소에 그녀들이 가면 어떻게 될지는 상상하기 어렵지 않았다.

"그러니까 남문으로 도망쳐. 문은 활짝 열려 있으니 쉽게 달아날 수 있을 거야. 여기 있는 유력자들의 금품을 몇 개 뺏어서 부모 곁으로 돌아가도록 해. 아, 그리고 궁전에서 나갈 때는 뒷문을 이용하면 돼. 거기에는 순회하는 병사가 한 명도 없어."

히로가 내쫓듯 손을 휘젓자 소인족 여성들은 기뻐하며 달려 나갔다. 가다가 근처 시체에서 보석 종류를 벗겨 내고 밖으로 나갔다. 개중에는 목숨보다도 보석에 눈이 멀었는지 오랫동안 보석을 긁어모아 품에 안고서 도망치는 자도 있었다. 그 모습에는 히로도 기가 막혔지만, 그 탓에 도망치지 못하더라도 거기까지 돌봐 줄 수는 없었다.

그녀들이 떠나고 나니 고요했다. 공허한 밤바람이 약탈당한 유력자의 시체를 어루만졌다. 그때 루카가 히로 곁으로 다가왔다. 뺨에 묻은 피를 닦으며 입술을 핥아 요염하게 적셨다. 그녀는 그대로 히로의 발밑에 앉아 무릎에 머리를 올렸다.

"만족했어?"

"네, 제법 튼튼했어요."

빛이 깃들지 않은 루카의 시선은 허공을 정처 없이 방황했다. 히로는 그런 그녀를 향해 쓰게 웃었다.

그리고서 주위를 둘러보았다. 넘어진 촛대에서 시체로 옮겨 붙은 불이 바닥에 흥건한 술의 힘을 빌려 세차게 타올랐다. 불빛이 가면 위에서 일렁이며 음영을 만들었다.

"새끼 새가 독립하고 2년의 세월이 지났어."

들으라고 하는 말은 아니었다.

달빛이 비쳐 드는 피투성이 세계에서 히로는 활활 타오르는 불길로 손을 뻗었다.

"너는 어떻게 성장했을까. 웃고 있을까? 아니면 울고 있을까?"

정적에 휩싸인 세계에서 히로는 옥좌에 등을 기대고 천장을 올려다보았다.

"리즈, 너의 하늘은 아직 맑니?"

이제 히로의 눈에 창궁이 비칠 일은 없다. 어둡게 가라앉은 세계가 펼쳐져 있을 뿐이다.

발코니와 이어진 깨진 창문으로 바람이 들어왔다. 실내를 가득 채운 숨 막히는 피비린내가 가시고, 불길은 바람을 받아 더욱 거세졌다.

"성장한 모습을 내게 보여 줬으면 좋겠어."

불꽃이 튀는 가운데, 히로의 웃음이 번졌다.

붉은 머리 황녀의 미래에 펼쳐진 무한한 가능성.

앞으로 도래할 시대의 너울, 살벌한 시대가 올 것이다.

"피와 살이 터지는 전쟁, 멈췄던 세계가 움직이기 시작했어."

1000년의 톱니바퀴가 소리를 내며 돌기 시작했다. 모든 종족이 다시 중앙 대륙에서 약동하기 시작했다.

무관하게 있을 수 있는 자는 존재하지 않는다.

—신(神)조차도.

"수없이 되풀이됐어. 몇 번이고 실패를 거듭하며 반복했어."

히로는 눈앞에 펼쳐진 큰불을 움켜쥐듯 주먹을 내밀었다.

"전환기다."

즐겁게 목을 울린 히로를 루카가 공허한 눈으로 올려다보았다.

히로는 어딘가 비애가 담긴 그 시선을 알아차렸지만 더는 멈춰 서 있을 수 없었다.

앞으로 계속 나아갈 수밖에 없다. 이 길을 골랐을 때부터 되돌릴 수 없는 일이었다.

"정말…… 나는 뭘 하고 있는 걸까."

이윽고 웃음을 감춘 히로는 지친 것처럼 옥좌에 깊숙이 앉았다.

문득 시야에 오른손이 들어왔다. 머나먼 날 리즈와 했던 약속이 머릿속에 떠올랐다.

"리즈…… 아득히 높은 곳에서 널 기다릴게."

조금 전까지의 강직한 분위기가 사라지고, 히로는 나이에 걸맞게 눈가를 슬프게 일그러뜨렸다.

"그때는 나를……."

단 하나의 소원. 줄곧 소년이 바란 일이다.

줄곧 가슴에 간직했던 것. 그녀에게 힘든 선택을 시킨다는 것은 알고 있다.

하지만 피할 수 없는 길이었다.

알현실에 파열음이 울려 퍼졌다.

날아오른 불똥이 구석에 서린 어둠을 몰아내고 새로운 불씨를 만들어 냈다.

그런 가운데서 희미한 소리를 알아차린 히로는 붕괴한 입구로 시선을 보냈다.

"히로 님, 민중을 선동하던 부하가 폭행당하는 우트가르데를 발견했습니다."

열풍에 얼굴을 찡그리며 조용히 나타난 이는 후긴이었다.

뒤에는 그녀의 부하 두 명이 같이 있었다.

그리고 그 두 부하 사이에 소인족— 우트가르데가 양팔을 구속당한 모습으로 서 있었다.

"잘했어."

공로를 치하한 히로는 눈앞으로 손을 내밀었다. 무슨 동작인지 깨달은 후긴이 우트가르데를 데리고 다가왔다. 옥좌 앞에서 무릎을 꿇은 우트가르데가 히로를 노려보았다. 퉁퉁 부은 얼굴에서는 뭔가 말하고 싶다는 분위기가 감돌았다. 하지만 재갈을 물고 있어서 말은 할 수 없었다.

"우트가르데, 오랜만이야. 패잔병치고는 안색이 건강해 보여서 다행이네."

손을 들고 가볍게 말하자 후긴이 재갈을 벗겼고, 곧바로 우트가르데가 짖었다.

"이게 뭐하자는 거지?! 네놈은 슈타이센과 동맹을 맺으러 온 것 아니었나?!"

"아무도 그런 말은 안 했어. 그저 교섭하러 왔을 뿐이야."

팔걸이에 팔을 올리고 한 손을 든 히로는 우트가르데를 멸시하듯 내려다보았다.

"뭐라고?"

"잘레강을 해방해 줬으면 싶었거든. 리히타인 공국의 백성들이 물 부족에 허덕이고 있어서 말이지."

"잘레강 해방…… 그게 다인가?"

눈을 동그랗게 뜬 우트가르데가 질문을 되풀이했다.

"그래, 그게 다야."

히로가 어깨를 으쓱이고 한숨을 쉬자 우트가르데의 얼굴이 뻘게졌다.

"고작 그걸 위해 이렇게까지 하는 건가?!"

"아니, 안심해도 돼. 그밖에도 물어보고 싶은 게 있어."

일어나려는 낌새를 느낀 루카가 머리를 들었고, 옥좌를 벗어난 히로는 우트가르데에게 다가갔다.

"토르킬 님! 의원 여러분, 지시를 내려 주십시오! 민중이 폭동을⋯⋯?!"

그때 다급한 목소리가 들려왔다. 거리에서 벌어진 이상 사태에 대처할 수 없게 된 병사들이 알현실로 달려온 것이다. 하지만 점점 거세지는 불바다, 시체로 가득한 알현실의 처참한 현장을 보고 경직되었다. 그런 그들을 향해 우트가르데가 크게 외쳤다.

"나를 구해라! 여기 괘씸한 족속이 있다!"

그 목소리가 활기를 불어넣었는지 정신을 차린 병사들이 검을 뽑았다.

"우트가르데 님?! 네 이놈들—."

하지만 우트가르데의 희망은 순식간에 사라졌다. 후긴이 쏜 화살이 정확하게 그들의 목을 꿰뚫어 절명시켰기 때문이다. 재차 절망의 구렁텅이에 빠진 우트가르데의 얼굴에서 핏기가 가셨다.

"네, 네놈, 니다벨리르와 전쟁할 생각인가?!"

"성도 없고, 병사도 없고, 힘도 없는 왕이 어떻게 전쟁한다는 거지?"

"아직 나를 원조하는 자들이 있다! 그 녀석들한테 돈을 받으면—."

"나라마저 잃어버린 자에게 돈을 준다고?"

히로가 내뿜는 범상치 않은 기운에 우트가르데는 말을 삼켰다.

"아무도 원조 따위 해주지 않아. 너에게는 이제 아무것도 안 남았어. 포기해."

"그, 그렇다면, 잘레강 해방을 조건으로 리히타인과 화친을 맺어서 노예 무역을—."

히로는 바닥을 차 우트가르데의 말을 잘랐다.

"유감스럽게도 잘레강은 리히타인군 1만에 의해 이미 해방됐어."

"뭐?"

"고작 5백이어도 안쪽에서 공격받으면 어쩔 도리가 없지."

히로와 함께 온 『아군』 5백이 국경을 이미 함락시켰을 터다.

우트가르데는 감시 명목으로 국경 수비대장인 토르킬을 궁전에 두고 수비병 대부분을 가르자에 배치했다. 철벽이라는 위명을 믿고 소수로 지켜 낼 수 있을 줄 알았겠지만, 그런 허술한 방비는 배후에서 치면 아주 간단히 붕괴된다. 철벽이 붕괴된 후에는 리히타인군 1만이 국경에서 우르르 몰려들며 끝이 났다.

"그, 그게 목적이었나?"

"그게 다는 아니지만…… 너한테 전부 이야기할 필요는 없지."

히로에게서 농밀한 어둠이 피어올랐다. 순백색 외투가 바람을 받아 세차게 펄럭였다.

"이제 시간이 없어. 너와 함께 분신자살할 생각은 없거든."

히로는 루카와 후긴에게 먼저 밖으로 나가라고 눈짓했다.

명령받은 그녀들은 불바다가 된 알현실을 침착하게 나갔다.

그 뒷모습을 지켜본 히로는 다시 우트가르데에게 시선을 떨어뜨렸다.

"너를 원조한 그란츠 귀족에 관해 궁금한 게 있어."

"어, 어떻게 그걸……?!"

"우연히 알게 됐어."

히로는 우트가르데의 목으로 손을 뻗었다.

"이걸 조사하다 보니 알게 됐지."

우트가르데의 목 아래에서 빛나는 사자 장식이 불빛을 반사했다.

"만일의 사태가 있어선 안 되니까……."

히로는 다정한 손길로 초대 황제의 목걸이를 우트가르데에게서 벗겨 냈다.

그런 다음 『흑춘희』^{흑동백 공주} 속에 소중하게 갈무리하고 우트가르데의 목을 붙잡아서 들어 올렸다.

"너, 알티우스와 아무런 관계도 없잖아."

산뜻하게 웃으며 히로는 흑도를 치켜들었다.

*****

　난공불락의 도시, 가르자. 그 말을 모두가 머릿속에 떠올리고 있었다.

　간단히 함락시킬 수는 없으리라고 각오하고서 가르자까지 진군했다. 하지만 니다벨리르군을 여러 번 타파하고 증오스러운 선량군을 무찌른 요툰헤임군의 사기는 높았다. 어떤 성채든 함락시킬 수 있었다.

　이번 진군은 그 정도 기합으로 이루어졌다.

　하지만 여러 번 본진을 급습 받으면서 방심은 금물이라고 자신을 다잡고 있었다.

　그래서 요툰헤임군은 많은 공성 병기를 준비하여 가르자까지 쳐들어왔다.

　그러나 이해할 수 없는 상황과 맞닥뜨리게 되었다.

　제국력 1026년 6월 30일.

　니다벨리르의 본거지, 난공불락으로 유명한 가르자가 불타고 있었다.

　도처에서 검은 연기가 피어올랐고, 고함과 비명이 하늘에 소용돌이쳤다가 바람에 쓸려 갔다. 전쟁에 종군한 적이 있다면 수없이 봤을 광경이리라.

　누구나 약탈이라는 두 글자를 떠올렸을 것이 틀림없다.

　하지만 울타리를 둘러쳤을 뿐인 마을과는 사정이 달랐다.

보호하는 벽이 없는 도시와는 달랐다.

선인들이 만들어 올린 집대성— 난공불락으로 이름 높은 가르자의 벽이었다.

"무슨 일이 일어난 거야?"

높은 성벽에 압도됐던 리즈는 곧장 이변을 알아차리고 당혹스러운 표정을 지었다. 성벽에 공격을 받은 흔적은 없었다. 그런데도 가르자의 문은 활짝 열려 있었다. 울려 퍼지는 여러 노호와 귀청을 찢는 비명이 더더욱 의문에 박차를 가했다.

"공주님."

스카디가 자신의 군대를 벗어나 리즈 곁으로 다가왔다. 호위병들의 얼굴은 날카롭게 다잡혀 있었다. 정체 모를 분위기가 그들의 경계심을 강화했다.

"스카디, 이건 대체 어떻게 된 거야?"

"나도 모르겠어. 일단 부대를 몇 개 편제해서 상황을 살펴보라고 보냈어."

함정일 가능성도 생각해서— 그렇게 말하고 싶은 것 같았지만, 스카디의 얼굴은 그것이 무의미할 것을 이야기하고 있었다.

"우트가르데가 도시를 태우고 거점을 옮겼을 가능성은?"

리즈의 물음에 스카디는 고개를 저었다.

"없어. 가르자 이상의 방어력을 가진 도시는 존재하지 않아."

"리히타인 공국이 벌인 짓일지도 몰라."

"국경에 구축된 방벽은 가르자만큼 튼튼하진 않지만 지금의 약해진 리히타인은 절대로 무너뜨릴 수 없어. 만약 무너뜨리더라도 가르자까지 함락하려면 병력이 10만…… 아니, 20만은 필요할 거야."

그때 모래 먼지를 일으키며 기마 하나가 달려왔다. 등에 걸린 빨간 깃발은 요툰헤임에서 전령을 나타냈다.

"선행 부대가 올린 보고입니다. 도시에 적이 숨어 있는 것 같지는 않지만 백성들이 폭주하여 약탈을 자행하고 있다고 합니다."

"……그런 것치고는 소란스러운데."

스카디가 무슨 말을 하고 싶은지 리즈도 알 수 있었다.

가르자에는 거의 소인족만 살았다.

강제 징병에 끌려가지 않기 위해 타종족은 도시에서 도망쳤고, 니다벨리르파가 저항하는 자들을 배척하여 가르자의 인구는 현저하게 감소했을 터였다.

그런 의문을 눈치챈 것은 아니겠지만 전령이 대답해 주었다.

"각지의 마을로 도망쳤던 자들이 소문을 듣고 돌아온 모양입니다. 그 탓에 소인족의 수를 웃돌게 되었고, 약탈은 더욱 거세지고 있는 듯합니다."

지금까지 축적된 울분이 한꺼번에 폭발했을 것이다. 원한은 무서웠다. 이성을 잃고 주저 없이 과도한 폭력으로 해결하려 들게 된다.

일단 냉정해지면 자기혐오에 빠지겠지만, 주위가 똑같은 일을 되풀이하면 감각은 마비되고, 동조 사고가 작용하여 죄악

감이 구석으로 밀려나 버린다.

"칫…… 소인족을 미워하는 건 이해하지만, 약탈 같은 걸 하면 녀석들과 똑같다고 인정하는 꼴이잖아."

앞머리를 쓸어 올린 스카디가 멀리서 가르자의 거리를 바라보았다. 그 눈은 슬픔에 차 있었다. 폭거를 반복하는 국민들 때문에 속이 상해서 그런 것일까, 아니면 도망치지 못하고 폭력에 노출된 소인족을 생각해서 그런 것일까.

"바로 군대를 움직인다. 폭동을 멈추는 거야. 그리고 병사들이 약탈하지 않도록 철저히 금지시켜."

측근에게 명령을 내린 스카디는 리즈에게 겸연쩍은 표정을 지었다.

"미안해. 전쟁은 이걸로 끝이야. 모처럼 도와주러 와 줬는데 나라의 수치를 드러내는 결말이라니 납득할 수 없겠지만."

"그렇지 않아. 우리도 폭동을 가라앉히는 걸 도울게."

"고마워. 그럼 인족의 대처를 맡겨도 될까? 동족의 말이라면 순순히 들을지도 모르니까."

폭동은 금방 진정될 것이다. 적대하는 요툰헤임군이 왔다. 무엇보다도 복수는 이루었다. 처벌을 피하기 위해 허둥지둥 도망칠 것이 틀림없다.

문제는 민중보다도 이 혼란을 틈타 거리에서 약탈을 되풀이하는 도적이었다.

"우트가르데는 어떻게 할 거야?"

"가르자가 없으면 그 녀석은 아무것도 할 수 없어. 설령 돌아왔었더라도 이런 꼴이어서야…… 살아 있을지조차 의심스러운데."

스카디와 리즈는 나란히 달려 가르자로 향했다.

가까이 다가갈수록 가르자의 높은 방벽에 놀람을 금할 수 없었다.

하지만 지금 상황을 생각하면 벽은 장식 같았고, 공허했다.

"지독하네."

선행한 요툰헤임군의 뒤를 따라 문을 지난 리즈의 감상은 그것이었다.

가로에 흩어진 유리 파편이 햇빛을 받아 무디게 빛났다. 돌바닥 사이사이가 수로라도 되는 것처럼 피가 흘렀다. 소인족의 시체가 여기저기 나뒹굴었고, 전부 폭행당한 흔적이 남아 있었다. 다른 종족의 시체도 눈에 띄었다. 전리품을 서로 차지하겠다고 싸웠는지 무수한 칼자국이 난 채 숨이 끊어져 있었다.

양옆에 늘어선 가게는 불타 무너졌고, 상품을 강탈당했는지 내부는 휑했다.

마치 폐허에 들어온 듯한 착각이 들었다.

주위에서 고함이 오갔다. 희미하게 칼부림 소리가 났다. 어딘가에서 요툰헤임 병사와 도적의 전투가 시작됐을지도 모른다.

"제일 심한 건 북문 부근 같아. 귀족들의 저택이 모여 있는 곳이야."

부하에게 보고받은 스카디가 탄식하며 리즈에게 말을 몰아

다가왔다.

"도적들이 점거해서 시체가 산처럼 쌓였다고 해."

"우리 쪽에서 병사를 보낼까?"

"아니, 미처 도망치지 못한 녀석들이니까 괜찮아. 대부분은 우리가 왔을 때 달아난 것 같거든."

리즈는 스카디가 무리해서 웃고 있음을 알 수 있었다.

앞으로 직면할 곤란을 생각하면 무리해서 웃어야 헤쳐 나갈 수 있었다. 이토록 철저하게 파괴되었으니 부흥은 어려울 터였다. 치안상의 문제, 그리고 자금 면에서도 힘들 것이다. 요툰헤임군이 도시를 함락시켰다면 문제없었다. 병사들이 폭주하긴 했겠지만 요툰헤임군이 전리품을 독점할 수 있었을 것이다. 하지만 늦게 온 탓에 귀족들에게서 몰수해야 할 재산이 남아 있지 않았고, 약탈당한 물건 대부분은 도시 밖으로 반출되었다. 파괴된 도시를 부흥시키려면 막대한 자금이 필요하다. 니다벨리르의 유력자들이 모은 자산으로 그 돈을 마련하려고 했는데 계획이 어긋났다. 이제 기대할 수 있는 것은 우트가르데의 궁전이지만…….

"……여기도 약탈당한 것 같네."

철문은 요란하게 부서졌고 주변에는 니다벨리르 병사들의 시체가 쌓여 있었다.

벽에는 대량의 피가 튀었고, 궁전도 불탔었는지 흰 연기에 휩싸여 있었다.

스카디와 함께 리즈가 부서진 철문을 지나자 궁전 입구에서 요툰헤임 병사 한 명이 튀어나왔다.

"스카디 님, 내부를 수색했고 보물 창고가 무사함을 확인했습니다."

"뭐라고?"

"불길은 조금 전에 진화된 모양이라 약탈당하지 않은 것 같습니다."

"······그거 다행이네. 밖으로 운반하라고 지시해. 그리고 궁전 주위의 경계를 강화하도록."

"예, 바로 수행하겠습니다."

측근과 병사에게 지시를 내린 스카디의 옆얼굴에는 안도가 떠올라 있었다.

하지만 리즈는 의문을 품었다. 왜 재물이 반출되지 않았을까.

보통은 약탈하고 나서 불을 지르지 않나. 왜 재물은 무사하고 궁전만이 불탔을까. 이해할 수 없는 위화감을 품은 채 리즈는 스카디와 함께 궁전 내부에 발을 들였다.

"바깥과 비교하면 깨끗하네······."

신기하게도 입구 부근에는 불탄 흔적이 없었다.

하지만 통로를 나아갈수록 화재가 얼마나 위협적이었는지 알 수 있었다.

"확실히······ 이상해."

코를 킁킁거린 스카디도 위화감을 알아차린 듯했다.

불은 알현실을 중심으로 번진 것 같았다.

그리고—.

"이건 뭐야……?"

알현실에는 불탄 시체가 넘쳐 났다. 사지가 멀쩡한 시체는 하나도 없었다.

스카디가 시체 앞에 웅크려 앉았다.

"베인 상처…… 이 녀석은 목을 베였어. 약탈당했나? 아니, 그렇다면 왜 여전히 보석을 착용하고 있지?"

그리고 재보도 궁전에 남아 있었다. 도적에게 습격 받았을 가능성은 낮을 것이다.

그렇다면 생각할 수 있는 것은 하나— 목적이 그들의 목숨이었을 경우다.

시체를 뒤지며 생각에 잠기는 스카디 옆을 지나 리즈는 옥좌로 향했다.

도중에 희미하게 남은 정령의 잔재를 알아차린 리즈는 허공으로 손을 뻗어 움켜잡았다.

그것은 주먹 틈으로 빠져나와 공기에 녹아 사라졌다.

그래도 한순간 감지할 수 있었다.

꺼림칙하게 느껴지는 힘— 하지만 강렬한 외로움이 가슴을 옥죄었다.

이 힘은 딱 한 번 느낀 적이 있었다. 소년이 가지고 있던 힘의 일부였다.

"……그래, 네가 있었구나."

리즈는 다시 걸음을 옮겼고, 옥좌를 향해 고개를 조아린 시체를 발견했다.

몸의 크기를 보면 소인족일 것이다. 의복은 불탔고, 피부는 화상을 입어 검붉게 물들어 있었다. 이취가 코를 찔렀지만 파괴된 창문으로 바람이 들어와 조금 나아졌다.

그때, 리즈가 어떤 물건을 알아보고 걸음을 빨리해 단숨에 옥좌까지 거리를 좁혔다.

"금은으로 꾸민 사자 장식…… 초대 황제의 목걸이야."

옥좌에 놓여 있던 목걸이를 주워 든 리즈는 다시 주위를 확인했다.

방은 광범위하게 불탔는데 신기하게도 옥좌 주위만큼은 전혀 그을리지 않은 모습이었다.

"……히로, 너는 여기서 뭘 하고 있었던 거야?"

대답해 줄 사람은 없었다.

창문으로 들어온 온화한 바람만이 리즈의 뺨을 어루만졌다.

"이건 굉장한데……. 여기만 타지 않다니, 오히려 섬뜩해."

스카디는 영문을 몰라 멍하니 있었지만 대충 헤아린 리즈는 쓴웃음을 지을 수밖에 없었다.

그때—.

"스카디 님! 전령, 전령입니다!"

전령이 허둥지둥 뛰어 들어왔다. 스카디는 머리카락을 마구 흩트리며 몸을 돌렸다.

"뭔데 그렇게 시끄럽게 굴어? 좀 진정해."

"니다벨리르의 동쪽 국경 부근에서 리히타인 공국이 침공 중! 리히타인 공국이 침공 중입니다!"

스카디는 머리를 긁적이던 손을 멈추고 눈을 크게 떴다.

하지만 금세 경직을 풀고 성큼성큼 전령에게 다가갔다.

"왜, 왜 갑자기…… 숫자는?!"

"약 1만입니다. 하지만 잘레강까지 진군하고 멈춘 모양입니다!"

전령에게 다가가던 스카디의 발이 멈췄고, 그녀는 풍만한 가슴을 받치듯 팔짱을 꼈다.

"뭐? 잘레강?"

스카디의 의문에 전령은 크게 고개를 끄덕였다.

"예전에 니다벨리르파가 막은 강입니다."

"그곳인가…… 젠장! 이런 상황에 오다니 꼭 노린 것 같잖아."

발을 구르는 스카디의 등을 어딘가 아득한 눈으로 바라보며 리즈가 말했다.

"노린 거야……."

심장 고동이 빨라졌다. 리즈는 무심코 가슴께에 손을 얹었다.

다양한 책략을 구사하고 남을 속이는 것이 특기인 소년이 이곳에 있었다.

근처에 그가 있었다는 확실한 사실을 알게 되자 마음속에서 커다란 불길이 타올랐다.

그런 리즈의 모습을 알아차리지 못한 스카디는 의아한 얼굴로 돌아보았다.

"뭐라고?"

"니다벨리르에서 병사가 없어질 것을 내다보고……. 당주가 없으면 판단을 물을 상대도 없어. 그사이에 책략을 부려서 이번 혼란을 일으켰어."

훌륭하다고 말할 수밖에 없었다. 그가 무슨 일로 이곳을 찾아왔었는지는 모른다.

하지만 그는 무너뜨리려면 20만이라는 병력이 필요하다는 가르자를 책략만으로 함락시켰다. 그 수단이 비인도적이어도 그는 해치웠다.

"그다음에는 혼란을 틈타 단숨에 무찌르는 거지. 그 아이가 잘 쓰는 전술이야."

그래도 유약함이 남았다. 요툰헤임이 앞으로 가르자를 부흥시킬 것을 생각해서 보물 창고가 약탈당하지 않게 배려했다.

그래서, 그렇기에, 그의 그런 유약하고 다정한 망가진 혼^{마음}을 구해 주고 싶었다.

리즈는 머나먼 날에 맺은 약속을 떠올렸다. 달콤하면서도 안타까워 자애의 마음이 가슴 안쪽에서 욱신거렸다.

"······히로."

리즈는 초대 황제의 목걸이를 세게 움켜쥐고, 그가 앉아 있었을 옥좌를 눈에 새겼다.

에필로그

"조금 더 체재하고 가지……."

스카디의 말에 리즈는 미소를 지었다.

"얼른 데리고 돌아가고 싶으니까 이번에는 허락해 줘."

리즈는 뒤쪽에 준비된 지붕 없는 마차를 바라보았다. 그곳에는 관이 실려 있었고, 그 위에서 서버러스가 슬픈 얼굴로 잠들어 있었다. 관 안에서는 트리스가 두 번 다시 깨어나지 않을 잠에 빠져 있었다. 그란츠 대제국으로 돌아가면 성대하게 보내줘야 했다. 디오스와 함께 저쪽에서 즐겁게 술을 주고받을 수 있도록.

쓸쓸한 눈으로 관을 보는 리즈를 인식하고 스카디는 포기한 것처럼 어깨를 떨궜다.

"그런가……. 무슨 일 있으면 연락해. 바로 달려갈 테니까."

"그 전에 리히타인 공국을 어떻게든 해야 하지 않아?"

"어떻게든 대화로 결판을 낼 거야. 이 이상은 나도 싸울 수 없으니까."

하지만, 하고 스카디는 웃으며 이어 말했다.

"수족은 받은 은혜는 반드시 갚아. 최근 그란츠도 뭔가 큰 일인 것 같던데, 위기에 빠지면 바로 불러."

쓴웃음을 지은 리즈는 작게 고개를 끄덕였다.

"응, 고마워. 그때는 도와줘."

"뭐, 나중에 정식으로 인사하러 갈게. 슈타이센 공화국의 대표로서 말이야."

"호화로운 식사를 준비하고 기다릴게. 다음에는 그란츠식 연회도 즐겨 봐야지."

"그래? 그럼 당장 가기로 할까?"

"기다릴게."

리즈는 말 머리를 돌리고 뒤돌아본 채 손을 흔들었다.

문득 하늘을 올려다보니 구름 한 점 없이 맑게 개어 있었다.

트리스 폰 타미에.

그의 인생은 결코 행복하지 않았다.

누구도 바라지 않았던 제6황녀 리즈를 지지하여 제후 귀족의 눈 밖에 났던 노병.

수많은 공적을 남겼으나 출세하지 못하고 3급 무관으로 생애를 마쳤다.

언제 한번 리즈가 횡포를 부리는 귀족을 나무랐다가 오히려 비난받은 적이 있었다.

무력한 자신을 책망하는 리즈를 트리스는 엄격한 눈으로, 그러면서도 자상한 목소리로 타일렀다.

『우실 만큼 분하다면, 횡포를 부리는 귀족들을 바꾸고 싶다면 강해질 수밖에 없습니다. 하지만 그것은 상상할 수도 없을 만큼 험난한 길이 될 겁니다.』

정의감이 강했던 리즈는 즉각 강해지겠다고 선언했다.

트리스는 그런 그녀의 머리를 다정하게 쓰다듬으며 난처한 웃음을 지었다.

『하지만 지금의 어린 공주님에게는 무리지요……. 그러니 공주님이 강해지실 때까지는 제가 방패가 되고 검이 되어 이 목숨이 다할 때까지 공주님을 지키겠습니다.』

한쪽 무릎을 꿇은 트리스는 리즈의 손을 잡고 깊이 머리를 숙였다.

『함께 울고, 함께 웃고, 함께 싸웁시다.』

그리고 그는 마지막으로 웃으며 이렇게 말을 맺었다.

『저는 세리아 에스트레야 전하의 첫 번째 가신이니 말입니다.』

먼 옛날의 추억은 지금도 잊지 않고 가슴속에 소중히 간직하고 있었다.

"자, 돌아가자."

그란츠 대제국으로 돌아가면 쉴 새도 없다.

본격적으로 페르젠 탈환 계획에 착수해야 했다.

게으름 피우면 영웅 궁전에서 지켜보는 첫 번째 가신에게 혼날 것이다.

슬퍼할 여유는 없었다. 그것은 분명 트리스가 허락하지 않을 것이다.

리즈는 고삐를 꽉 움켜잡았다.

"트리스, 지켜봐 줘. 나는 반드시 여제(女帝)가 될 거야."

어릴 적에 바랐던 꿈은 현실이 되고 있었다.

그녀의 길을 비추듯 태양이 크게 빛났다.

■작가 후기

『신화 전설이 된 영웅의 이세계담 8』을 구매해 주셔서 감사합니다.

전권부터 이어서 읽어 주신 분은 반갑습니다.

제2부를 개시하면서 지도도 있고, 캐릭터 소개도 있고, 캐릭터가 성장했고, 새로운 캐릭터가 등장하고— 제1부와 꽤, 아니, 대폭 바뀌었는데, 이번 권은 즐겁게 읽으셨나요?

재밌었어! 그렇게 말씀해 주신다면 좋겠습니다.

각설하고 독자 여러분, 지금부터 제가 무슨 말을 할지 아시겠죠?

맞습니다. 표지와 삽화를 보면 아실 겁니다!

리즈가 엄청나게 아름다워요……. 진짜 예뻐졌다고 절절히 느낍니다. 독자 여러분은 표지의 리즈를 봤을 때 가슴에 눈이 갔나요? 아니면 엉덩이?

저는 아닙니다. 둘 다 아니었습니다. 제가 주목하길 바라는 곳은 거기가 아니에요.

—등입니다.

너무 단단하지도 않고 너무 부드럽지도 않은 적당히 탄탄한 멋진 어깨뼈부터 훌륭한 곡선을 그리는 등. 표지에서 배어나는 히로의 멋짐과 어우러져 리즈가 참을 수 없이 아름답습니다.

계속 바라볼 수 있어요. 최고 아닌가요?

그래도 새로운 캐릭터인 스카디를 잊으시면 안 됩니다.

누님 기질의 여성도 좋지 않나요? 자세히는 말할 수 없지만 다음 권에서는 리즈와 함께 그녀도 활약하니 기대해 주세요! 물론 아우라와 스카아도 등장하므로 그쪽도 기대해 주시면 좋겠습니다.

그럼 페이지가 얼마 남지 않았으니 감사 인사를 드리겠습니다.

미유키 루리아 님, 매력적인 일러스트들은 러프 단계부터 저의 중2심을 흥분시키는 원동력입니다. 새로운 능력에 눈뜰 날도 그리 멀지 않았습니다.

담당 편집자 I 님, 변함없이 폐를 끼치고 있습니다. 모자란 점이 많겠지만 앞으로도 힘을 보태 주시기 바랍니다.

편집부 여러분, 교정자분, 디자이너분, 본 작품과 연관된 관계자 여러분, 앞으로도 잘 부탁드립니다.

그리고 독자 여러분. 제2부를 쓸 수 있게 된 것도 전적으로 여러분이 지지해 주신 덕분입니다. 진심으로 감사드립니다.

앞으로도 더욱 멈추지 않는 중2를 발신해 갈 테니 응원해 주시기 바랍니다.

그럼 또 뵐 날을 기대하고 있겠습니다.

타테마츠리

신화 전설이 된 영웅의 이세계담 8

초판 1쇄 발행 2019년 11월 10일

지은이_ Tatematsuri
일러스트_ Ruria Miyuki
옮긴이_ 송재희

발행인_ 신현호
편집장_ 김은주
편집진행_ 최은진 · 김기준 · 김승신 · 원현선 · 권세라
편집디자인_ 양우연
국제업무_ 정아라 · 전은지
관리 · 영업_ 김민원 · 조은걸 · 조인희

펴낸곳_ (주)디앤씨미디어
등록_ 2002년 4월 25일 제20-260호
주소_ 서울시 구로구 디지털로 26길 111 JnK디지털타워 503호
전화_ 02-333-2513(대표)
팩시밀리_ 02-333-2514
이메일_ lnovelpiya@naver.com
ㄴ노벨 공식 카페_ http://cafe.naver.com/lnovel11

SHINWA DENSETSU NO EIYU NO ISEKAITAN 8
©2017 by Tatematsuri
First published in Japan in 2017 by OVERLAP, Inc.
Korean translation rights reserved by D&C MEDIA Co., Ltd.
Under the license from OVERLAP, Inc., Tokyo JAPAN

ISBN 979-11-278-5311-2 04830
ISBN 979-11-278-4025-9 (세트)

값 7,000원

©Udon Kamono/OVERLAP
Illustration Hitomi Shizuki

꽝 스킬 【지도화】를 손에 넣은 소년은
최강 파티와 함께 던전에 도전한다 1권

카모노 우동 지음 | 시즈키 히토미 일러스트 | 이경인 옮김

15세 노트가 『증여 의식』에서 받은 스킬은【지도화】.
레어도는 높지만 다른 스킬보다 쓸모가 없는, 이른바 꽝 스킬이었다.
소꿉친구에게 버림받고 실의의 바닥에 빠진 노트는
모험가 생활로 번 돈을 술에 쏟아붓는 나날을 보내지만—
그런 나날은 느닷없이 끝을 고했다.
"우리는 그 스킬을 가진 너를 필요로 하고 있어."
최강 파티 『어라이버즈』에 소속된 진의 권유를 받게 된 노트.
그의 운명은 크게 변하기 시작한다—
이번에야말로 노력을 포기하지 않고, 발버둥 치겠다는 결의와 함께.

최강 파티에 들어간 소년이
이윽고 최강에 도달하는 판타지 성장담, 개막!

© Takehaya
illustration Poco
Originally published by HOBBY JAPAN

단칸방의 침략자!? 1~26권

타케하야 지음 | 뽀코 일러스트 | 원성민 옮김

소년 사토미 코타로가 홀로서기를 위해 찾아낸 단칸방.
부엌 욕실 화장실 포함에 월세는 단돈 5천엔.
어느샌가 그 방은 침략 목표가 되었다?!

'미소녀', '유령', '외계인', '코스플레이어' 그 누가 상대라해도

"너희에게 이 방을 넘겨줄 수는 없어!"

단 한칸의 방을 걸고 벌어지는 침략일기, 시작합니다!

TV애니메이션 방영 화제작!!